Yi Ge Ren De Xiaoshuo Yuedu Bang

王春林：
一个人的小说阅读榜

APTIME
时代出版
时代出版传媒股份有限公司
安徽文艺出版社

王春林◎著

王春林，山西文水人。山西大学文学院教授，博士生导师。商洛学院客座教授。山西省委联系的高级专家。中国小说学会副会长，山西省作家协会副主席，中国作协小说委员会委员，第八、九届茅盾文学奖评委，第五、六、七届鲁迅文学奖评委，中国小说排行榜评委，中国当代文学研究会常务理事。主要从事中国现当代文学研究。曾先后在《文艺研究》《文学评论》《中国现代文学研究丛刊》《当代作家评论》《小说评论》《南方文坛》《文艺争鸣》《当代文坛》《扬子江文学评论》等刊物发表学术论文五百余万字。出版有个人专著及批评文集《话语、历史与意识形态》《思想在人生边上》《新世纪长篇小说研究》《多声部的文学交响》《新世纪长篇小说风景》《新世纪长篇小说地图》《贾平凹〈古炉〉论》《乡村书写与区域文学经验》《不知天集》《中国当代文学现场（2013—2014）》《新世纪长篇小说观察》《中国当代文学现场（2015—2016）》《文化人格与当代文学人物形象》《王蒙论》《文学对话录》《中国当代文学现场（2017—2018）》《贾平凹长篇小说论》《新世纪长篇小说叙事经验研究》《抉择的高度——张平小说研究》《王春林2019年长篇小说论稿》《王春林2020年长篇小说论稿》《中国当代文学现场（2019—2020）》《战争与和平的人类之梦》《长篇小说的高度》《非虚构文学：真相与反思》等。曾先后获得过中国当代文学研究第9届、第15届优秀成果奖，山西新世纪文学奖，赵树理文学奖，山西省人文社科奖，《当代作家评论》《中国当代文学研究》《黄河》年度评论奖等奖项。

Wang Chunlin:
Yi Ge Ren De Xiaoshuo Yuedu Bang

王春林◎著

王春林：一个人的小说阅读榜

时代出版传媒股份有限公司
安徽文艺出版社

图书在版编目（ＣＩＰ）数据

王春林：一个人的小说阅读榜/王春林著. —合肥：安徽文艺出版社，2023.7
 ISBN 978-7-5396-7631-9

Ⅰ．①王… Ⅱ．①王… Ⅲ．①小说评论－中国－当代－文集 Ⅳ．①I207.42-53

中国版本图书馆CIP数据核字(2022)第239485号

出 版 人：姚 巍
责任编辑：张妍妍　柯　谐　　　　　装帧设计：张诚鑫
....
出版发行：安徽文艺出版社　　www.awpub.com
地　　址：合肥市翡翠路1118号　邮政编码：230071
营 销 部：(0551)63533889
印　　制：安徽新华印刷股份有限公司　　(0551)65859551
....
开本：710×1010　1/16　印张：17.75　字数：200千字
版次：2023年7月第1版
印次：2023年7月第1次印刷
定价：68.00元
....

（如发现印装质量问题，影响阅读，请与出版社联系调换)
版权所有，侵权必究

目　录

刘庆《唇典》:永无终结的苦难命运史／1

夏商《东岸纪事》:上海"日常叙事"中的"宏大叙事"／32

张翎《劳燕》:战争中人性与命运的裂变／54

石一枫《心灵外史》:精神信仰／79

严歌苓《芳华》:自我经验与精神分析学深度／99

鲁敏《奔月》:自我本原探寻中的哲学思考与追问／116

关仁山《金谷银山》与柳青《创业史》比较谈:新型农民形象与叙事逻辑／144

马笑泉《迷城》:一部拥有鲜明文化品格的政治小说／159

范稳《重庆之眼》:抗日战争的事件化叙述／178

陶纯《浪漫沧桑》:"借史托人"与生命的深度凝视／195

陈仓《后土寺》:自我生存经验支撑下的城乡冲突书写／208

张新科《苍茫大地》:当精神信仰遭遇日常生活／224

徐兆寿《鸠摩罗什》:如何以艺术想象的方式直面精神信仰／232

向岛《伴狂》:社会现实批判与乌托邦想象／243

周荣池《李光荣下乡记》:地域风情与人性善的书写／258

修白《金川河》:时间的河流与生命痛感记忆书写／270

刘庆《唇典》:永无终结的苦难命运史

2017年眼看就要过半,迄今为止,这一年度内最令我震撼的长篇小说,莫过于刘庆这部可以说是已然精心打磨多年的《唇典》(载《收获》杂志长篇专号2017年春卷)。刘庆,既非名不见经传的刚出道的作家,也不是名噪一时的当红作家,但他具备小说写作的实力,却是毋庸置疑的一件事情。我最早知道刘庆,是在二十年前的1997年。那一年,同样是在我所一贯敬仰的《收获》杂志上,我曾经不无惊艳地读到刘庆的长篇小说《风过白榆》。虽然已过去二十年时间,但那种惊艳的感觉依然恍若昨天。然而,在这长达二十年的时间里,除了一部名为《长势喜人》的长篇小说曾经产生过不小的影响之外,刘庆基本上处于沉默的状态之中。二十年时间,在另外一些出手频繁的作家那里,或许早已经有很多部长篇小说问世了,但在刘庆这里,却只有区区四部而已(这期间,刘庆还有一部长篇小说《冷血》由出版社直接出版,影响平平)。如此一种境况的生成,一方面固然与不同作家个体的写作习性有关;另一方面,却也充分说明刘庆是一位写作态度相当严谨的作家。尤其是2003年《长势喜人》问世以来,将近十五年的时间里,刘庆只是写出了一部《唇典》。这段相对漫长的时间里,虽然不能说刘庆时时刻刻都在酝酿思考

《唇典》的创作，但从基本的小说创作规律来说，《唇典》这部长篇小说的酝酿与构思时时萦绕于心，恐怕也是不轻易否定的客观事实。在这样一个恨不得越来越快的只知道比拼速度的时代，一位拥有突出艺术天赋的作家，竟然可以沉下心来，能够用将近十五年的时间心无旁骛地酝酿、构思一部长篇小说，其实是非常不容易的事情。尽管长篇小说《风过白榆》与《长势喜人》都曾经在发表的时候产生过不小的影响，但以我对刘庆过人艺术天赋的了解，却总还是对他的这两部作品隐隐约约地生出一种不满足的感觉。不是说那两部长篇小说写得不好，而是说拥有超人艺术天赋的刘庆并未人尽其才，他绝对应该写得更好。就这样，到了2017年的时候，我们终于等到了这部最起码在篇幅上厚重异常的长篇小说《唇典》。在两次认真地读过《唇典》，两次不无艰难地从《唇典》的艺术世界里跋涉而出之后，我终于抑制不住内心的兴奋。毫无疑问，刘庆一部更高水平的长篇小说就这样毫无征兆地横空出世了。只有在极其谨慎地做出这种判断之后，我才彻底搞明白，原来，这么多年来我内心殷切期望于刘庆的，正是他能够尽早奉献给中国文坛一部相当罕见的、沉甸甸的、具有史诗品格的长篇小说。

　　查阅、了解刘庆的生平资料，可以确认这样一些基本事实。其一，刘庆是汉族人。其二，出生地为吉林省辉南县。其三，大学学历，毕业于吉林财贸学院。了解这些基本事实，是为了帮助我们更好地理解长篇小说《唇典》。细读《唇典》，即不难发现，活跃于其中的若干主要人物形象，诸如郎乌春、满斗、柳枝、李良萨满等，其满族身份确凿无疑。与此同时，文本中也以非常大的篇幅来展开对萨满文化的充分描写。所有这些，带给读者一种明显的感觉——仿佛作家刘庆本身就应该是一位满族作家。然而，确凿的事实却告诉我们，刘庆是一位汉族作家。刘庆的民族身份，再加上他的出生年月，首先绝对排除了《唇典》自传性的可能。这样的一种事实澄清却并不意味着《唇典》的书写与刘庆个人全然无干。这里，需要澄清的一个基本史实就是，虽然《唇典》集中描写展示的20世纪前半叶，满族与汉族之间还存在着极其鲜明的民族差异，但在经过了相当长时间的民族交融演变之后，20世纪后半叶以来，曾经界限非常分明的满与汉这两个不同的民族，已经差不多处于不分你我彼此交融的状况。如此，一方面固然在为刘庆《唇典》中的相关描写提供必要的历史依据，另一方面却也是试图进一步明确作家刘庆与《唇典》之间的内在紧密关联。理解后一个问题的关键在于，我们到底应该怎样为《唇典》定位。在我看来，与其说《唇典》是一部展示描写满族人在20世纪前半叶苦难命运的长篇小说，莫如说它是一部旨在描写展示东北人或者说曾经的伪满洲国人在20世纪前半叶苦难命运的长篇小说。确立如此一个基本前提之后，刘庆与《唇典》之间血肉相连的关系自然也就一目了然了。虽然说东北作为中国的一部分毋庸置疑，但一种无论如何都不能不正视的历史事实是，在一部充满了屈辱的中国近代史上，东北作为一个相对独立的社会单元，不仅单独成立过所谓的"伪满洲国"，而且还曾经数度沦入异族的残暴统治下。也因此，假若我们把《唇典》理解为一部透视再现20世纪前半叶东北长达半世纪跌宕起伏命运变迁的长篇小说，那么，刘庆自己身为一个东北人的内心痛楚，自然而然也就充分地融入《唇典》的创作之中。与此同时，我们之所以特别关注刘庆的大学毕业生身份，意在强调《唇典》这样一部非亲历性长篇历史小说的写作，不仅需要大量征用相关的历史资料，而且也需要作家进行充分的"考古性"田野调查。要想很好地完成如此繁重的"作业"，具备一定的知识能力,是显而易见的事情。而刘庆具备突出的知识能力,正与他所接受的大学教育紧密相关。

那么,一部旨在透视表现东北人长达半世纪之久苦难命运的长篇小说,为什么要被命名为"唇典"呢?这一问题,必须联系在《唇典》中为作家刘庆所广泛征用的萨满文化才有望得出理想的答案。所谓萨满,是一种普遍存在于包括中国东北在内的欧亚大陆与北美大陆的神职人员。在萨满文化盛行的地区,他们被看作神与人之间的沟通者。与其他宗教中的神职人员相比较,萨满最大的特点就是能够以个人的躯体作为人与鬼神之间实现信息联通的媒介。具体来说,萨满作为这种媒介的方式主要有两种,一是以神灵为主体,通过萨满的舞蹈、击鼓、歌唱等形式来完成精神世界对神灵的邀请或引诱,进而使这些神灵以所谓"附体"的方式附着在萨满体内,并通过萨满的躯体完成与世人的交流;二是以萨满为主体,同样通过舞蹈、击鼓、歌唱来达到"灵魂出壳"的境界,以一种自由的形态在精神世界里上天入地,使萨满的灵魂能够脱离现实世界去同神灵交往。这两种神秘仪式,一般都被称为"跳神"或"跳萨满"。需要强调的是,在完成上述神秘仪式的过程中,所有的萨满都会表现出程度不同的昏迷、晕厥、失语、神志恍惚、极度兴奋等生理状态。这类生理状态,一般被称为"下神""抬神"或"通神"。在学术界,则把此类现象统称为"萨满昏迷术"或"萨满催眠术"。就这样,萨满一方面形式上成功地将人的祈求、愿望转达给神,另一方面也成功地把神的意志传达给人。直言之,萨满这类神职人员存在的意义和价值,就是通过各种超自然的法术掌握人类生命形态中神秘的一面。对于萨满的以上这些特点,刘庆在《唇典》中通过李良萨满为柳枝驱魔和为伪满洲国皇帝溥仪登基作法这两个重要的情节进行过堪称传神的形象展示。在为柳枝驱魔的这个部分，作家就借用叙述者的口吻写道："萨满是世上第一个通晓神界、兽界、灵界、魂界的智者。天神阿布卡赫赫让神鸟衔来太阳河中生命和智慧的神羹喂育萨满，星神卧勒多赫赫的神光启迪萨满晓星卜时；地神巴那姆赫赫的肌肉丰润萨满，让萨满运筹神技；恶神耶鲁里自生自育的奇功诱导萨满，萨满传播男女媾育之术。萨满是世间百聪百伶、百慧百巧的万能神者，抚安世界，传替百代。"正因为萨满集纳了如此之多的智慧与能量，所以，他才可以在人间替苦难的人们排忧解难。《唇典》中的李良萨满，就是这样一个人物形象："李良萨满正是萨满中的萨满，他是我们河谷的骄傲。"质言之，"法力无边大慈大悲"的李良萨满之所以能够给读者留下深刻的印象，与以上两个重要情节存在着紧密的内在关联。

对于萨满一边唱歌一边敲鼓一边施法"跳神"或者说"跳萨满"过程的描写，固然是《唇典》中不容忽视的一个部分，但相比较而言，萨满文化在《唇典》中的重要性却在于为刘庆提供了一种切入观照世界的视角与世界观。这一点，突出地体现在作家对叙述者以及叙述方式的精心设定上。《唇典》采用了一种可谓第一人称和第三人称混杂于一的叙述方式。首先，是对于第一人称叙述者"我"的精妙设定。叙述者"我"，名叫满斗，是小说中一个不可或缺的主要人物。这个人物形象，有着不为人知的离奇身世。一直等到读完全部作品之后，我们才可以彻底搞明白他身世的复杂性。他的生身母亲是柳枝，因为柳枝是怀着他嫁给郎乌春的，所以郎乌春与他之间就属于没有任何血缘关联的父子关系。因为有李良萨满保护柳枝的特别说法，所以，在很长时间里，"我"的出生，在故事的主要发生地白瓦镇一带的民间社会，一直被认为是柳枝被一只白色的公鸡奸淫欺凌的结果。但其实,他的生身父亲却另有其人。这个人,不是别人,正是与郎乌春与满斗父子虽然也有过短暂的联合但从本质上看应该被视为终其一生的对手兼敌人的王良也即李白衣。叙述者"我"也即满斗,正是这位当年的电灯工程师李白衣,后来的救国军司令王良,奸污未婚姑娘柳枝之后的结果。但也正是满斗这位身兼叙述者功能的人物,与后来成为王良也即李白衣夫人的花瓶姑娘苏念之间,发生了一场可谓荡气回肠的生死恋情。从伦理道德的角度来看,苏念既是满斗的恋人,也是他的后妈。而王良也即李白衣,既是满斗的生父,也是他的情敌。需要强调的一点是,这里提及的,正是《唇典》中最重要的几位人物形象。借助于如此盘根错节简直就是一团乱麻的人物关系,刘庆意欲象征隐喻的,实际上正是20世纪前半叶东北一部异常复杂的历史。

充满离奇色彩的身世之外,叙述者"我"也即满斗被赋予的一个特异功能,就是他竟然拥有一双与常人迥异的并可以在夜间视物睹人的眼睛。用为他接生的女萨满韩桂香的话来说,就是"你的满斗是一个猫眼睛男孩。他会看到得更多,别人的白天是他的白天,别人的黑夜对于他还是白天"。关键在于,具有这种特别的夜视功能的满斗,同时可以进入别人的梦境,乃至于透视未来:"我身上的阴气太重了,半年以后,噩梦再次出现,我又能看见别人的梦境。我看见了我额娘的梦,她的梦里,郎乌春再一次出现了,他穿着一身整齐的军装,腰下一口佩剑,剑把上拴着长长的红穗子。郎乌春不理额娘,额娘看着他的背影,哭得十分伤心。"就这样,一种可谓一箭双雕的叙事效果就是,在描写满斗可以看见别人梦境的同时,刘庆非常巧妙地交代了军人郎乌春被提拔为可以身带佩剑的军官的信息。关于透视未来,文本中出现过这样一个细节。李高丽问满斗:"满斗,你能看清黑夜,你能看清未来吗?"对此,满斗的感觉是:"未来山重水复,看清未来比看见肚子里的蛔虫更困难。"但尽管如此,满斗仍然竭力地张望了一下未来,他所看到的竟然是"今年乌鸦多,明年骨头多"。虽然透视未来要困难许多,但能够看到"明年骨头多",正充分确证着满斗具备这方面的功能。正因为满斗具有非同寻常的特异功能,所以才被为他作法的李良萨满一眼看中:"这个猫眼男孩与我有缘,他将来会成为一个萨满。只有一样,他现在必须将自己的能力隐藏起来。"既然被李良萨满认作天生有缘的徒弟,而且也跟随着师父参加过为伪满洲国皇帝溥仪作法的仪式,那满斗自然也就是一位小萨满无疑。

我们都知道,长篇小说《唇典》的故事时间跨度从 20 世纪初一直延展至 20 世纪末的市场经济时代,差不多有一个世纪的长度。虽然从总体上说作家采取了与时间同步的顺时序叙述方式,但叙述过程中时空时有颠倒交错,却也是无法被否认的一种文本事实。尤其是,小说一开头就叙述其实根本不可能为满斗所知的父辈郎乌春、柳枝他们的故事,所有这些得以成立的一个基本前提,就因为满斗是一位拥有超自然能力的小萨满。与此同时,需要注意的另外一点却是,刘庆一方面通过叙述者"我"进行第一人称叙事;另一方面却也不时地会溢出第一人称的可能性视角,径直以第三人称的全知方式展开小说叙事。到了这个时候,"我"便悄然隐退,随之而粉墨登场的就是"满斗"。很多时候,即使只是在同一个并不算很长篇幅的叙事段落里,也往往会出现两种不同的叙述方式并置的现象。比如"柒胼胝满斗"中第二十五章《绝望的战斗》中的一个叙事段落:"汗水湿透满斗的前胸后背,我一点力气也没有了。神通广大的李良萨满,你能告诉我怎么办吗?运筹帷幄的杨靖宇司令,英勇果敢的赵尚志司令,斯文坚定的周保中将军,你们快点告诉我应该怎么办啊。满斗嘛,只是一个最小的战士,一个最无能的小兵,我怎么能够处理这么复杂的局面?"前面还在强调是满斗,紧接着就是"我",然后很快又转换为"满斗",一般情况下,界限分明的第一人称和第三人称两种不同的叙述方式,就这样你中有我我中有你近乎水乳交融地整合到了一起。究其根本,这种情况得以生成,与作家赋予"我"也即满斗的萨满身份有关。正因为"我"是可以超脱于自我之外的萨满,所以在进行小说叙事的时候,便可以在第一人称限制与第三人称全知之间做自由的人称转换。在以第一人称的视角切入故事的同时,也可以跳身而出,以全知方式去叙述"我"不在场时的其他故事。

但千万请注意,除了叙述技术层面的特点之外,刘庆设定第一人称叙述者"我"也即满斗这一萨满形象作为切入表现对象的叙述视角,更大的价值在于引入并确立了一种有别于主流史学的并带有鲜明东北民间色彩的世界观。这一点,非常突出地体现在对于1945年抗战胜利的描写上。作为一部以东北抗战历史为主要表现对象(关于这一点,容稍后详述)的长篇小说,1945年的抗战胜利,应该是一个重要的关节点。我们注意到,在其他的那些以抗战为书写对象的小说作品中,只要写到抗战胜利,几乎无一例外的都是全民狂欢的景象。即以作家张翎最近一部书写抗战的长篇小说《劳燕》为例,也未能免俗,未能脱出此种艺术窠臼。"那日的狂欢,一直持续到深夜,全村的人都拥到了那个平日严禁闲人出入的练兵场,除了斯塔拉。""半夜之后,人群终于累了,渐渐散去。伊恩却还未尽兴,悄悄拉住我和刘兆虎,说要到我家喝酒。他说他藏了两瓶威士忌,训练营有规矩,不许在营地喝酒。他今天并不在意破一破规矩,只是两小瓶酒分到这么多人嘴里,每人只分到一小口,所以只能是私下尽兴。""见我犹豫,伊恩就在我肩上擂了一拳,说别告诉我你的上帝如何如何的,今天除了杀人,什么样的浑事上帝都可以原谅。"只要认真地读一读这些叙事话语,即不难感受到包括作家自己在内的人群中那样一种举世狂欢的兴奋情绪的普遍存在。如此一种欣喜若狂的场景描写,带给读者的一种明显的错觉就是,只要可诅咒的战争一结束,整个世界就会万事大吉地进入太平盛世。但到了刘庆的这部《唇典》中,同样的抗战胜利,却似乎没有在人心中激起过任何波澜。"1945年春天过后,种种迹象表明,伪满洲国出现了坍塌的征兆。""几天后的一天清晨,确切地说,日本人宣布投降后的第五天,街上忽然传来呐喊:'大鼻子来了!'"大鼻子不是别人,正是东北人非常熟悉的苏联人。"驾驶车辆的是一个身着整齐的苏联军官,歪戴一顶军便帽,嘴里叼着一个烟斗……""扮演解放者角色的苏联大兵越来越让人担心了,总有喝多的苏联军人突然闯进镇上居民家中,他们将饭桌上的朝鲜辣酱当果酱,手指一抹就吃,结果辣得打嘟噜。"日本人战败了,紧接着到来的苏联人除了引起一片新的骚乱之外,实际上也并没有给东北带来真正的福音。说实在话,刘庆如此一种可谓冷静到了极致的描写,总是能够让我们情不自禁地联想到鲁迅先生《记念刘和珍君》中的"时间永是流驶,街市依旧太平,有限的几个生命,在中国是不算什么的,至多供无恶意的闲人以饭后的谈资,或者给有恶意的闲人作'流言'的种子"那一段名言。在叙述者"我"的观察叙述视野中,所谓的抗战胜利,对于东北的普通民众来说,只不过意味着换了一群新的统治者而已。这样,改用鲁迅的话说,就应该是"时间永是流逝,街市依旧不太平"。在我看来,能够以如此一种冷峻的笔触展示这样一幅迥异于主流叙事的抗战胜利的图景,与刘庆所特别设定的具有萨满这一社会身份的第一人称叙述者"我"也即满斗之间存在着不容剥离的内在紧密关联。正因为萨满具有超然于普通生命之上的甚至干脆通灵的精神属性,所以刘庆才可以借助于这样的一种叙述视角完成对于社会历史更高远深邃的观察与反思。

事实上,无论是小说的命名,抑或是章节的区隔,皆与刘庆择定了"我"也即满斗这样一位具有萨满社会身份的第一人称叙述者紧密相关。首先,当然是小说的命名。这一点,在"引子"前半部分即有着明确的交代:"博额德音姆是'回家来的人',一位逝去的大萨满,才艺卓绝的歌舞神和记忆神。相传,博额德音姆附体于萨满之后,便要通宵欢唱、舞蹈,不知疲惫。她能用木、石敲击出各种节拍的动听音节,学叫各种山雀的啼啭,嘀喽,嘀喽,非常欢快。她站在猪身上作舞,猪不惊跑,也不会把她摔下。她魂附萨满,她的萨满魂魄便传讲家族的故事,家族故事成为唇典,如长河之水滔滔而诉。"顾名思义,"唇典"者,嘴唇的盛典也。何以为嘴唇的盛典?当然是"如长河之水滔滔而诉"的历史故事。在某种意义上,《唇典》的第一人称叙述者"我"也即满斗,正是如此一位被博额德音姆附体了的萨满,满纸滔滔地讲述着郎乌春、柳枝、王良也即李白衣、苏念,当然也包括他自己在内的人生故事。这故事,固然是家族的故事,但同时也是社会的故事、满族人的故事、东北的故事。再开阔一点理解,满斗所滔滔不绝地讲述着的历史长河故事,又何尝不是中国故事与人类故事呢?其次,是章节的区隔。《唇典》不同章节的区隔,同样采用了非常满族化的方式。整部长篇小说,除了引子与尾歌两部分之外,共计四十章。而这四十章内容,却又被分别配置于十个"腓凌"之中。"腓凌是满语,译成汉语就是'回',章节。"由此可见,整部《唇典》实际上就是由十回共四十章组成的一部厚重异常的长篇小说。问题在于,既然可以用"回"来标明章节,刘庆为什么一定要用"腓凌"来表达呢?细细想来,作家如此征用满语的原因,显然是要使得整部小说的章节结构布局与身为满族人中的萨满的第一人称叙述者"我"也即满斗相匹配。既然这部长篇小说从头至尾都是萨满满斗的滔滔话语之流,那作家刘庆在进行章节区隔的时候,也就只能使用满语"腓凌"了。具体来说,《唇典》中的十个"腓凌"分别是"头腓凌郎乌春""贰腓凌柳枝""叁腓凌满斗""肆腓凌花瓶姑娘""伍腓凌山上大爷""陆腓凌郎乌春""柒腓凌满斗""捌腓凌郎乌春""玖腓凌柳枝"以及"拾腓凌灵魂树"。其中,除了最后一个"腓凌"的名称为"灵魂树"之外,另外九个"腓凌"全部都是人名。具而言之,其中郎乌春出现次数最多,共计三次,满斗与柳枝次之,各出现两次,山上大爷与花瓶姑娘再次之,各出现一次。某种意义上,这几位主要人物出现次数的多少,标志着他们各自在《唇典》文本中的重要程度。除此之外,更重要的一点恐怕在于,前后十个"腓凌",依照书写内容,又可以被进一步切割为三大部分。其中,前三个"腓凌"为一部分,后两个"腓凌"为一部分,中间的五个"腓凌"为一部分。单就篇幅和体量来说,前后两部分加起来,正好等同于中间的一部分。三部分的这种布局本身,就说明着中间一部分在小说《唇典》中的重要性。更进一步地说,中间一部分的起止时间是1931年到1945年。这两个年头,都有重要的历史事件发生。1931年,发生了九一八事件,早已磨刀霍霍的日军迅速占领东北全境,东三省彻底沦陷。1945年,伴随着苏联红军的出师东北,日本天皇被迫宣布无条件投降,东北长达十四年之久的抗战就此终结。这就说明,《唇典》中间最重要的五个"腓凌"所集中描写的正是东北的十四年抗战。从这个角度来看,断言《唇典》是一部旨在呈现东北抗战历史真实境况的长篇小说,就是一个可以成立的结论。假若这样理解的话,那么,前三个"腓凌"所组成的那个部分,就可以被看作是东北抗战的"前史",而后面两个"腓凌"所组成的那个部分,自然也就是东北抗战的"后史"。

前面,我们已经断言《唇典》是一部旨在透视表现东北人或者说曾经的伪满洲国人在20世纪前半叶苦难命运的长篇小说,这里,却又指称《唇典》是一部旨在呈现东北抗战历史真实境况的长篇小说,这样,一个无法回避的问题自然是,这两种不同的说法是否自相矛盾?答案自然是否定的。一方面,越是优秀的长篇小说,其思想主题内涵越是拥有某种多义性;另一方面,以上两种貌似不同的说法,其实有着无可置疑的内在关联性。其一,说到20世纪前半叶东北人所遭逢的苦难,长达十四年之久的抗战无疑是最具代表性的一个历史段落。其二,所谓命运的表达,绝对离不开一个较长的历史时段。只有把人物置于拥有一定长度的时间段落内加以悉心观察,我们方才有可能体会认识到命运的奥秘抑或真相。对于刘庆来说,为了很好地实现这一宏大的艺术意图,就把整部小说的故事时间差不多延展到了将近一个世纪的时间范畴。比如说郎乌春,他人生故事的高潮尽管集中在东北抗战时期,但假若作家的笔触不是从更遥远的1919年写起,那么,他那样一种如浮萍一般在命运长河中随波逐流的悲剧质点,就无从得以充分的表现。再比如满斗,假若小说时间只是到1945年便戛然而止,那么,他个人命运的悲剧性便同样无从得以表现,只有把故事时间延展到"文革"乃至所谓市场经济时代,作为曾经的抗联战士的满斗被命运之手随意把玩捉弄的那种悲剧质点才能呈现出来。

事实上，也只有把《唇典》的故事时间延展到将近一个世纪的长度，我们也才能体会到作品思想主题的另外一个意味深长之处。这一方面，一种重要的象征性物事，就是出现在白瓦镇的小火车。应该注意到，除了引子外，小说开头部分也即在"头腓凌郎乌春"这一部分，曾经先后两次提及"小火车"这一物事。一次是在开头第一段："白瓦镇的第一班小火车吭吭哧哧地爬过东面雪带山一个山峁，然后进入库雅拉河谷，和大河平行着行驶一段以后，驶进首善乡和敬信乡之间一段狭长的山谷。"由这样一班现实中的小火车，叙述者联想到了十二年前也即1919年的情形："十二年前，小火车就到过我们这里。不过，那次它没今天这么神气，不敢大吼大叫，只能时断时续发出几声喘息。那一次，三个朝鲜人用一个猪皮匣子将小火车拎到白瓦镇，朝鲜人还有一个铁皮箱子，里面装着一个胖胖圆圆的炮弹一样的怪家伙，名字叫作柴油发电机。"因为叙述者明确交代郎乌春成为白瓦镇"灯官老爷"的时间，是民国八年，也即1919年，所以，小火车真正出现在白瓦镇的时间，应该是九一八事变发生的1931年。一部旨在透视表现东北人悲剧命运的长篇小说，为什么要从"小火车"写起呢？实际上，也并不仅仅是小火车，还有其他的一些物事，比如"柴油发电机"以及"西洋影戏"（也就是电影）。究其根本，作家刘庆的《唇典》之所以一开始就从这些带有明显现代气息的物事写起，所欲象征说明的，正是一种叫作"现代性"的物事的到来，从根本上改变了东北人乃至于中国人的生存方式。通常所谓"三千年未有之大变局"者，指的其实就是这种状况。对于这一点，生性自尊敏感的郎乌春早有感觉："他知道这个世界有什么变化正在发生着，那是和库雅拉河谷完全不同的一个世界，他有一种想出去见识一下的冲动。"事实上，从郎乌春应火磨公司经理韩玉阶的邀请披上军衣从一生戎马生涯开始，他就不自觉地被纳入了这样一个席卷一切的现代化进程之中。无论如何，我们都不能忽略，在诸如"小火车""西洋影戏"以及"柴油发电机"这样一些物事出现之前，白瓦镇的生活一直是平静祥和的，一派淳朴自然的田园意趣。"记住这个春天吧，此后多年，库雅拉河谷没有这么安宁的日子了。"这里"安宁的日子"的具体所指，正是白瓦镇此前的平和岁月。但到了后来，这种已经延续了上千年之久的古老生活方式，便由于"现代性"这种怪物的出现而被彻底打破了。由此可见，在作家刘庆的理解中，东北人此后长达一个世纪的迄今并未终结的生活震荡，实际上正是万般无奈地拜这种"现代性"所赐的结果。就这样，伴随着战争、革命以及"现代性"这样一些事物的相继发生，东北人的苦难命运也就渐次地铺展在东北这块古老的土地上。

假若说"萨满"与"苦难"都可以被看作进入《唇典》这一小说文本的关键词的话，那么，另一个不可或缺的关键词恐怕就是"命运"。而与命运紧密相关的一种叙事手段，就是叙述学理论中的预叙。所谓"预叙"，顾名思义，就是在故事情节还没有得以完全展开之前，作家用一种暗示性很强的艺术手段将这些故事情节提前极其隐晦地叙述出来。这一方面的例证，在《唇典》中可谓比比皆是。比如，在第一章"猪皮匣子里的火车"中就出现过这样的叙事段落。一个令年轻的郎乌春感到毛骨悚然的声音突然出现："什么来了？东洋人来了！不好了！不好了！大家都不好了！从今往后，都是那东洋人畜圈里的牛羊，锅子里的鱼肉，他要杀就杀，要煮就煮，不能走动半分。唉！我们大家的死日到了！""苦呀！苦呀！苦呀！我们同胞辛苦所积的银钱、产业，一齐要被东洋人夺去……""东洋兵不来便罢，东洋兵若来，奉劝各人把胆子放大，全不要怕他。""总之，我们人间要有大难了，祖先神就是这么说的。你要告诉身边的人，早做准备啊。"请注意，听到这种奇怪的大萨满声音的时候，具体的时间还只是民国八年，也即1919年。那一年，郎乌春还只是一个性生理成熟不久的毛头小伙子。那一年，距离九一八事变发生的1931年，还有整整十二年时间。但就在那个时候，非常巧妙地借助于大萨满的声音，作家就已经对未来日军吞没东北做出了准确的预言。这样的一种叙述手段，就是典型不过的预叙。当然，更重要的预叙，却体现在同样一位大萨满关于郎乌春自己个人未来命运走向的预言上："一场大火将改变你的命运，大火在你的眼眉上方点燃。处女生子，一个长着猫眼的孩子将走进你的生活，他的黑天和你的白天一样明亮。一场大水将浇灭你的欲火，你的耳边飞过枪弹，你会用雪水和血水洗脸。隐身变幻的一只只阔力，也就是神鹰，将帮助你和敌人作战，直到你的骨头不再是白的，血不再纯洁。去吧，一个雷击中你的头顶，你的命运就要改变。"很多年之后，戎马一生的郎乌春，在气息奄奄之际，他情不自禁地再一次回想起了当年大萨满的预言："火光的映照中，郎乌春看见自己走上一条闪亮的街路，当年，他多年轻啊，那时候，他甚至还没有想到过爱情。""我的骨头还是不是白的？血真的不纯洁了吗？弥留之际，郎乌春一定问过自己。此前，他不知问过自己多少次。"非常明显，郎乌春所实际走过的人生道路，最大程度地证明了大萨满当年预言的准确性。这样的一种叙述手段，显然也属于预叙。别的且不说，单就预叙手段的运用来说，刘庆的《唇典》很容易就可以让我们联想到曹雪芹的《红楼梦》。《红楼梦》关于"太虚幻境"中判词的设定以及"神瑛侍者与绛珠仙草"的"还泪"神话传说，从叙述学的角度来看，皆属于预叙手段的典范运用。从这个角度，也不妨说刘庆是在以如此一种特别的方式向《红楼梦》致敬。

实际上，你只要稍加留心，就可以在《唇典》中处处邂逅"命运"一词。比如，"郎乌春心里有一种说不出的不快，因为被漠视而无奈和怨恨，这时候，他还不知道，这种感觉会伴随他的后半生。小伙子用不着着急，命运的罗盘正飞快地寻找着一个节点，柳枝的目光很快就要聚焦到他一个人的身上了。"比如："乌春下地穿鞋。这个时候上路，天亮以前可以赶到白瓦镇。他得去揭开属于他的那张扑克牌，看看命运的点数到底是多少。"再比如，"如果这会儿满斗往回走，就会有一个不一样的人生，他可能成为村头放鸭女孩的丈夫，因为她迟早会长出胸脯长圆屁股。他可能成为大江上下最有名的木匠，面带威严的姥爷不正缺一个帮手吗？"然而，这一切对于满斗来说，都只是一种不可能的假设。早已被那位神奇的花瓶姑娘迷了心窍的满斗，实际上一直不管不顾地奔走在追赶花瓶姑娘的路途上。不追赶不要紧，一追赶，拥有特异功能的小萨满满斗也就只能成为一名抗联战士，进而走上他命定的人生道路。究其根本，刘庆之所以会对"命运"一词这么感兴趣，并把它不断地嵌入《唇典》的字里行间，正是因为他的写作出发点，就是试图把这部厚重的长篇小说最终打造为一部"命运"之书。我曾经特别强调所谓命运感的生发与传达对于一部长篇小说的重要性："在我们看来，衡量评价一部文学作品尤其是大中型文学作品优劣与否的一种重要标准，就是要充分地考量作家在这部作品中是否成功有效地传达出了某种浑厚深沉的使命感。说实在话，笔者近年来每年都要阅读大量的长篇小说，然而，这些作品中能够具有某种命运感，能够让读者自觉地联想起"命运"这一词语来的，却是相当罕见的。更不要说对于一种浑厚深沉的命运感的艺术性表达了，那样的作品简直就真的是凤毛麟角了。只要粗略地回顾一下古今中外的文学史,我们即不难发现,那些真正杰出的大中型文学作品中,其实都有一种格外浑厚深沉的命运感的成功表达。莎士比亚的四大悲剧自不必说,曹雪芹的《红楼梦》也无须多言,其他的诸如托尔斯泰、陀思妥耶夫斯基的鸿篇巨制,诸如鲁迅的小说,诸如曹禺的《雷雨》《日出》《北京人》《原野》,其中的命运感都是表现得十分突出的。即使是在已有三十年历史的所谓新时期文学中,诸如王蒙的《活动变人形》、张炜的《古船》、陈忠实的《白鹿原》、贾平凹的《秦腔》、刘醒龙的《圣天门口》等长篇小说中,也同样有着对命运感的突出表现。这样看来,举凡优秀的文学作品,大约都会有一种浑厚深沉的命运感的体现与表达。其中,不仅仅有作家自己对于人类命运问题的索解与思考,更为关键的问题是,通过作家自身的思考还能够激发起广大读者对命运问题进行深入思考的强烈兴趣来。"[1]假若说命运感的营造与传达的确可以看作衡量一部长篇小说思想艺术是否成功的一个重要标准,那么,刘庆的《唇典》就毫无疑问应该获得充分的肯定。

说到命运感的传达,《唇典》中最能集中体现命运变化无常色彩的两个人物形象,莫过于郎乌春与满斗父子。这里我们所集中展开讨论的一个人物形象,是郎乌春。郎乌春人生命运的根本改变,与他在1919年白瓦镇的灯官节上被选为灯官老爷紧密相关。那一次,白瓦镇人全身心地沉浸在灯官节的喜庆气氛中,胡匪乘虚而入,前来抢街:"这一次胡子抢街给白瓦镇造成的伤害实在太大了,镇子里差不多萧条了一个月。"从小说的角度来看,白瓦镇的被洗劫倒在其次,关键是主要人物郎乌春的命运轨迹就此而被彻底改变。正是因为心上人柳枝大火中意外被玷污怀孕,所以郎乌春倍觉羞耻后义无反顾地踏上行伍生涯:"他这会儿才知道,接受一个怀着别人孩子的新娘多么艰难,即使抢在他前面玷污姑娘清白的是一只该死的公鸡。"因此,一直到"婚礼前一天,他还下着取消婚事的决心,他要将地退给赵家,将强加给他的羞辱一并还给他们,找回一个男人的尊严"。唯其因为勉强成婚,所以,韩玉阶一招呼,郎乌春马上就积极响应,参加了韩玉阶组织的首善乡保乡队。一位东北普通满族农民家庭的子弟就这样开始了他真正可谓跌宕起伏的悲剧人生。郎乌春的悲剧质点,在于他长期徘徊于各色组织与队伍之间而难以寻找到自己准确的人生定位。在这里,我们且依照时间顺序罗列一下郎乌春从军后的基本历程。最早,郎乌春参加的是明显带有拼凑性质的由韩玉阶所张罗组织的首善乡保乡队,由于曾经不顾个人安危地救过韩玉阶的生命而被韩玉阶任命为保乡队的副队长。紧接着,他就参加了保乡队的第二次远征:"保乡队的第二次远征可不是什么演习,而是去汇合吉林省自治军的孙锡九参加武装反奉。"没想到,还没有等到起义真正开始,就因为消息走漏而被张作霖的军队包围。郎乌春虽然躲在棉被里,但依然被警察抓了个正着。若非来自南方党组织的韩淑英以媳妇的名义拼死舍财相救,郎乌春到底能不能活命都是个未知数。被韩淑英救出之后,郎乌春曾经有过一阵根本就找不着北的动荡不安的生活。在这个过程中,他"一次次闻到死神的鼻息,幸运的是,死神一次次放过了他"。如此一段,"有今天没明天的日子教会了他分辨危险的气味,还教会了另一件事,既然不知道明天还在不在世上,那就及时行乐。他干脆参加了奉军,结束了逃亡的日子"。参加奉军之后,郎乌春虽然一度成为张宗昌的副官,但在营救出刺张失手被俘的韩淑英之后,他们一块逃至旅顺口,度过了一段不平静的日子。旅顺口日子的不平静,与韩淑英所拥有的神秘身份紧密相关:"还有哪些细节值得一提?躺在她的身边,他总感到她像一把革命的匕首。"是的,就是革命,韩淑英是一个与革命紧密联系在一起的人物形象。对此,叙述者也有所交代:"离开旅顺口之后,韩淑英加入了一个神秘的组织,她在南方参加过工人运动,在苏联学习了很长一段时间。"由以上交代可见,韩淑英所参加的那个神秘组织应该就是共产党。就这样,因为营救韩淑英并和韩育有一女,郎乌春便与共产党组织有了某种隐秘的内在关联。就在韩淑英加入神秘组织的同时,郎乌春自己再度回归奉军,并成为驻扎在白瓦镇的驻军团长——当地最高的军事长官。就这样,十多年的军旅生涯中,郎乌春如同浮萍一般地摇摆辗转于各种社会政治势力之间:"这些年的日子真像梦一样,谜一样。一闭上眼睛,欲望、逃避、背叛、眼泪、子弹、疯狂、银圆、理想、狗屎、革命、迷茫、痛苦、叮叮当当、稀里哗啦、倾泻而下。而命运和不测的下一个章节又已掀开,露出羊肠一样的盘根错节。"将诸如"理想""革命""痛苦"这样的大词,与"欲望""背叛"这样的词语,尤其是"疯狂""狗屎"这样简直就是下三烂的词语排列并置在一起,刘庆对"城头变幻大王旗"式的中国社会政治的不满与厌倦,自然也就溢于言表了。在这样的一种罗列中,我们所强烈感受到的,正是意义被放逐后某种虚无感的存在。

但最能凸显郎乌春精神痛苦的,却是从 1931 年九一八事变发生一直到 1945 年日军投降这一段东北抗战岁月。九一八事变骤然发生后,郎乌春受命不得抵抗:"绝不能让电话线断掉,等待上峰的指令,不得擅自行动,这是郎乌春能发出的唯一的命令。队伍里弥漫着绝望不安的情绪。"面对着民众中激荡不已的抗日情绪,郎乌春的使命是弹压与维持地方秩序:"弹压地面的军队很快出现在街头,骑在高头大马上的第一个人就是郎乌春。他现在是伪满洲国第二军管区白瓦分区的团长。"或许与时局的不清有关,在东北抗战初期,郎乌春一度举棋不定地游离于抗日还是投日之间。时而是,"今天上午,郎乌春清剿救国军一部时故意开口子,放走陷入绝境的抗日军三连一百多号人,有争取郎乌春参加抗日的可能"。时而又是,"镇外,郎团在日本人的铁甲军的保护下,向守在火车站的抗日军发起反攻"。但终于,在经过了一番短暂的摇摆后,郎乌春还是坚定了抗日意志,成为东北抗联中的一员骁将。在导致他坚定立场的诸多因素中,自然少不了韩淑英以及隐于韩淑英身后的政党因素,但相比较而言,更重要的恐怕却是源于一种根植于东北黑土地的朴素民族正义。因为内心中有这种朴素的民族正义做支撑,所以,抗联老战士郎乌春才能够在黑土、白水之间接受来自艰苦环境的长期煎熬。说实在话,对于东北抗联来说,打死多少个日军士兵固然重要,但更重要的恐怕是如何在残酷的自然条件下生存下来。"三师和救国军会师北征的第三天走出了库雅拉山,北上联军在珠河陷入无际的沼泽,沼泽一层红锈,人踏进去就往下陷。""早饭和午饭各吃一顿豆饼,晚饭是稀稀的小米煮粥。豆饼是杨木林场缴获的马料。这会儿成了队伍上的救命粮。""沼泽地最要命的不是敌人,是蚊子。蚊子猖獗极了,每个人周围都有几百只跟着飞舞,黄色军衣的后背几十只蚊子往皮肤里叮。"只要读一读这些文字,东北抗联生存处境之艰难即可想而知。因此,曾经亲手击落过日军飞机的身为抗联师长的郎乌春,一旦患病,就只能冒着暴露的危险被送回妻子柳枝的身边医治将养。事实上,也正是因为有了养病这个机缘,夫妻关系一直非常糟糕的郎乌春与柳枝方才得以鸳梦重温,在彼此理解的基础上滋生出了内涵更新后的爱情。然而,郎乌春与柳枝夫妇无论如何都想不到,就在五年之后的1940年,身为抗联师长的郎乌春,竟然会投降于日本人。具体来说,郎乌春是在陷入绝境的情况下为了保全战友的生命而做出这一艰难决定的。那个时候,在已经坚持抵抗整整四天之后,郎乌春的身边只剩下了五个伤员。一方面,他们几个人的确已经陷入了日军的重重包围之中插翅难飞;另一方面,为了挽救仅剩五个伤员的宝贵生命,郎乌春终于垂下了自己高傲的头颅:"'我宣布,'郎师长艰难地说,'战争结束啦。'催泪弹爆炸了,泪水冲破绝望的堤坝,三师最后的几名战士放声大哭。"就这样,"郎乌春宣布战争结束的那一刻起,作为战士的郎乌春已经死掉了,名誉扫地,他的余生将无数次痛悔自己的怯懦。"也因此,才会出现这样的一个叙事段落:"时光无法倒流,命运无情地捉弄了他,生命留下了结核菌,在他的脸上使劲儿吐带血丝的黏痰,滋了一泡又一泡的傻狗尿,历史将他钉上了耻辱柱,写进了史书,他再也做不回一个英雄。他想起在白瓦镇看西洋影戏那天女萨满的预言,不幸言中,现在,他的血不再是红的,骨头不再是白的,只能当一堆臭狗屎,一个吊儿郎当的狗卵子,永远被人不齿,永远遭人唾弃。"在被迫放弃抵抗之后,郎乌春也曾经想过自杀,寻觅机会用一把菜刀抹了自己的脖子,却被日本人发现后并及时抢救过来:"绝不能让郎乌春死在慰安所,那样精心设计的归顺计划将大失光彩。"为了防止郎乌春再度自杀,日本人做出妥协,只要郎乌春答应不死,就可以把他送到他想去的任何地方。就这样,郎乌春终于有机会回到洗马村,回到了结发妻子柳枝的身边。

问题的关键在于,我们到底应该如何评价郎乌春这一人物形象。而评价郎乌春的难点,则很显然在于究竟应该怎么看待他1940年的归顺日军行为。更进一步说,对这一行为的评价,直接关涉郎乌春可不可以被视作一位英雄的根本问题。在这个问题上，一个难以回避的陷阱，就是被所谓的"政治"或者"道德"绑架。然而，我们以理性的思想姿态摒弃了以上这些"政治"和"道德"的绑架，回归到人性的立场上来看待郎乌春，那么，如此一位在极端艰难困苦条件下能够在冰天雪地坚持抗日差不多十年时间的老抗联战士，当然是难能可贵的英雄一枚。事实上，要想评价郎乌春是不是一位视死如归的英雄，我们必须充分地还原致使他最终放弃抵抗归顺日军的具体历史场景。只要回到历史现场，我们就不难发现，郎乌春之所以被迫放弃抵抗，并不是因为他自己畏惧死亡，而是在明明知道必然会鱼死网破的情况下，为了保全战友的生命而做出的明智理性的选择。宁愿自己被钉在历史的耻辱柱上背负"叛徒"的骂名，也要想方设法成全战友的生命，很大程度上，能够拥有如此一种"我不下地狱谁下地狱"精神的郎乌春，在人性的意义上才更加配得上英雄的称号。在这一方面，中国古代的《三国演义》与苏联作家肖洛霍夫的《静静的顿河》可以提供很好的参照。《三国演义》中，那些战将不断地在魏、蜀、吴三国之间徘徊辗转，即使是一向被视为忠义化身的关羽，也曾经有过短暂的归降依附曹魏集团的经历。但千百年来，关羽的归降行为并没有影响他千古义人的光辉形象。《静静的顿河》是一部展示1912年到1922年，俄国顿河地区的哥萨克人在相继发生的第一次世界大战、二月革命、十月革命以及国内战争这一历史进程中的苦难命运的长篇小说。主人公葛利高里，始终动摇于妻子娜塔莉亚与情人阿克西妮亚之间，徘徊于革命与反革命之间。他既是英雄，又是受难者。在他身上，既有着哥萨克人的美好品质，比如，勇敢、正直、不畏强暴，也有着哥萨克人的种种偏见和局限。某种意义上，正是这些偏见与局限，导致他在历史剧变的紧急关头，只能够徘徊在生活的十字路口。

但葛利高里的反复倒戈行为，却并没有影响他成为一名有极大人性深度的英雄形象。倘若我们以关羽和葛利高里的形象为参照，那么，郎乌春自然应该被看作一个当之无愧的并具有相当人性深度的英雄形象。

某种意义上，郎乌春不断地徘徊于各种社会政治势力之间的曲折命运遭际，也完全可以被看作东北在 20 世纪前半叶跌宕起伏命运的一种象征和隐喻。东北且被视为清朝的龙兴之地。但就是对于满族人来说如此重要的龙兴之地，竟然在日俄战争时期成了日本人与俄国人的争夺对象。日俄两国发生战争，战争的场地却是在中国的东北。所谓的丧权辱国，于此可见格外鲜明的一斑。然后便是随着"现代性"的降临，辛亥革命的发生，东北在被纳入民国范畴的同时，也开始失却了龙兴之地的重要性。紧接着，便是震惊中外的九一八事变的发生，一方面是早已对东北虎视眈眈的日军的强势入侵，另一方面则是以前清废帝溥仪为皇帝的伪满洲国的成立。这样一种表面上看似单独立国实质上却是完全沦为日本人殖民地的生活一直延续到 1945 年，延续了整整十四个年头，然后，便是史称"苏联红军的出兵东北"。20 世纪前半叶，东北这块特定的地域，的确一直处于各种不同的社会政治势力的拼抢与争夺的过程之中。

面对着如此一个苦难永无终结的人间，作家刘庆最终给出的，其实是一种特别难能可贵的试图抚慰并超度一切人间苦难的人道主义悲悯情怀。这一点，集中通过李良萨满这个人物形象而体现出来。话题还得重新回到柳枝的"处女生子"这一事件上。在当时，为了保护柳枝的颜面，李良萨满曾经谎称她的怀孕是因为受到一只大公鸡的奸淫欺辱。但其实，李良萨满早就从柳枝的口中知道了事情的真相。在当时，柳枝对李良萨满讲述了两个噩梦。第一个,柳枝梦到那么多鬼的毛茸茸的手爪抓向自己的胸乳:"她醒了,噩梦竟是现实。天哪,身上真的有一个人狠狠地压住她。那个人满身凉气,喘得像拉磨的驴,像拉了二十年的风箱。""第二个梦,仍是噩梦,第一个梦的延续。带给她羞辱的小畜生是个男孩,她梦见他了。"面对着因为被奸污而怀孕后意欲轻生的柳枝,李良萨满给她唱了一段可以充分唤醒母性情怀的神歌。李良萨满如泣如诉的歌声,彻底唤醒了柳枝的母性,从根本上打消了她轻生的念头。紧接着,李良萨满给她讲述了一段特别意味深长的话语:"柳枝,大萨满说,我们每个人都是时光的弃儿,都受过伤害。我们每个人都是罪人,都伤害过别人。生命是祖先神和我们的父母共同创造的奇迹,祖先神在另一个世界做苦力,只为我们能来这个风雨雷电交织的世上。我们总感到身心俱疲,有时丧失活下去的勇气……但是,姑娘,你不要忘记,我们每个人都应该脖子上戴上枷锁,免得唾液弄脏大地。我们每个人都应该在腰间系上草裙,免得影子污染河水。我们应该对一切抱有敬意,包括自己受到的伤害和伤害我们的人。时间是这世上唯一的良药,岁月更迭是唯一的药方……你不必为河床的肮脏负责,因为,你没有选择。你能选择的只有承受和承担,承受你不想也会来的一切,承担你必须承担的责任。"未婚先孕身怀六甲的柳枝,之所以没有轻生,正是因为受到了极具悲悯情怀的李良萨满的开悟。事实上,除了柳枝之外,《唇典》中的另外两处情节设定也在充分地凸显着作家刘庆的人道主义悲悯情怀。其一,是关于日本战败后普通日本平民凄惨命运遭际的真切描写:"日本军人运走以后,白瓦镇陷入了彻底的混乱,火车站挤满了等待撤离的日本开拓团成员,被扒光衣服的日本妇女手挡在两腿之间,弯着腰撅着光屁股边哭边跑,日本侨民集中到火车站附近,进入侨俘管理机构。"在一部以东北抗战为主要内容的长篇小说中，作家能够以如此一种笔触描写战败后日本人的凄惨遭遇，与他的人道主义思想立场存在着紧密的内在关联。其二，最后一个"腓凌"中关于饱经人生劫难的满斗年迈时栽种"灵魂树"的描写。满斗种植"灵魂树"，是从"李良树"开始的。一次，满斗在一棵"走树"旁边睡着了，睡梦中见到了自己的师父——久违的李良萨满。醒来后，满斗给这棵"走树"取了个名字，就叫"李良树"。受此启发，从1976年开始，"我开始'种植'我的亲人，种植灵魂树"。满斗先后种植的"灵魂树"，包括有"柳枝树""阿玛树""苏念树"以及"素珍树"等等。满斗的勉力栽树，实际上也是在受到李良萨满的启迪后，他个人悲悯情怀的一种体现："我的耳边回响着一个声音。那个声音告诉我，人世间一切举动都对应着神，旷野里，风神吹动你的头发，爱神感知你坠入了爱河，雾神沾湿你的双鬓，欢乐之神和喜鹊一起歌唱，同样，黑暗之神比悲剧更早降临，每有不幸发生，周围就刮起怜悯和忧伤的凉风。生活的困难也是神界引起的，只有借助善灵的帮助才能得以消除。而这个灵媒正是有着无限信仰的萨满。萨满的最高目标是以死者的名义说话，被某个祖先灵魂和舍文附身，为深切的信任和希望提出善意的回答。"至此，刘庆实际上借助满斗的这种感觉给出了《唇典》要充分地征用萨满文化的根本原因所在。一方面，萨满文化固然是一种极富东北地方特色的文化存在；另一方面，刘庆试图凭此而建构的，却是一种衡量一切存在的人道主义悲悯情怀的高贵精神尺度。

最后，无论如何都必须提出来加以讨论的一个问题，就是长篇小说《唇典》史诗性或者说"宏大叙事"艺术特征的具备。但在具体展开我们的论述之前，我们首先需要对何谓"史诗性"与何谓"宏大叙事"这两个基本问题作必要的梳理与澄清。在王又平看来，所谓的"史诗性"，"可以说是中国当代文学批评中的最高级别的形容词，称一部作品是史诗，也就是将这部作品置于最优秀的作品的行列。因此，'史诗风范'在相当长的时期内作为一种文学理想一直为作家所企慕、所向往，形成了作家的'史诗情结'。当一部作品具有宏大的规模、丰富的历史内涵、深刻的思想、完整的英雄形象、庄重崇高的风格等特点时，便可能被誉为'史诗性'"[②]。与此同时，对于"宏大叙事"，王又平也发表了相当精辟的看法："在利奥塔德看来，在现代社会，构成元话语或元叙事的，主要就是'宏大叙事'。'宏大叙事'又译'堂皇叙事''伟大叙事'，这是由'诸如精神辩证法、意义解释学、理性或劳动主体解放，或财富创造的理论'等主题构成的叙事。"在王又平的理解中，不同的地域、不同的时代存在着不同的宏大叙事。现代西方曾以法、德两国为代表分别形成了"解放性叙事"与"思辨性叙事"这样两种宏大叙事。而在当代中国，"在中国当代文学的正史观念中，也形成了一套宏大叙事，它们以毋庸置疑的权威性和正统性向人们承诺：阶级斗争、人民解放、伟大胜利、历史必然、壮丽远景等都是绝对的真理，真实的历史就是关于它们的叙述，反过来说，只有如此叙述历史才能体现真实。……中国当代文学中的历史叙述及叙述风格虽有变化，但从总体上说都本之于宏大叙事，它们也因此而在中国当代文学史的众多作品中居于'正史'的地位"[③]。

对于"史诗性"与"宏大叙事"，文学史家洪子诚的看法同样值得注意，尽管他是将二者合二为一加以谈论的。洪子诚认为："史诗性是当代不少写作长篇的作家的追求，也是批评家用来评价一些长篇达到的思想艺术高度的重要标尺。这种创作追求，来源于当代小说作家那种充当'社会历史家'，再现社会事变的整体过程,把握'时代精神'的欲望。中国现代小说的这种宏大叙事的艺术趋向,在30年代就已存在。……这种艺术追求及具体的艺术经验,则更多来自19世纪俄、法等国现实主义小说,和20世纪苏联表现革命运动和战争的长篇。……'史诗性'在当代的长篇小说中,主要表现为揭示'历史本质'的目标,在结构上的宏阔时空跨度与规模,重大历史事实对艺术虚构的加入,以及英雄形象的创造和英雄主义的基调。"④可以发现,王又平与洪子诚对"史诗性"内涵的理解几乎达到了惊人一致的地步,他们的区别乃体现在对"宏大叙事"的理解上。洪子诚基本上将"宏大叙事"等同于"史诗性"。而王又平则更多地援引利奥塔德,在一种元话语或元叙事的意义上归结出了中国当代文学中一套"宏大叙事"的基本内涵与特征。值得注意的是,王又平不仅只是对于"史诗性"与"宏大叙事"的基本内涵做出了自己的界定,而且他还更进一步谈到了"史诗性"与"宏大叙事"在新时期以来的文学中逐渐式微的问题。"但是进入20世纪80年代以来,由于社会的转型,稳定和统一的文化语境出现了裂痕,仅仅根据元叙事或元话语来讲述历史再也不能使作者和读者感到满足,更何况由于正史总不免要掩盖、隐藏、筛除或舍弃某些历史材料(大到若干关涉到亿万人的重大历史事件,小到历史人物的个人动机和偶然的抉择对历史的影响),因此宏大叙事的合法性和权威性开始受到怀疑。"⑤"但是在新时期,史诗或史诗性却好像失去了昔日的辉煌。……在各种历史叙述的冲击下,史诗性已经不再是这个文学时期普遍的美学理想和美学标准,它已经成为'古典'而从往昔的高位上跌落下来,失落了当年至尊的荣耀,也失去了对作家绝对的诱惑。"⑥从新时期以来中国文学的发展演进过程来看,我们的确应该承认王又平的观察与分析都是极其到位的。

在一个王纲解纽的解构主义时代，作家们的确已经不再具有以"史诗性"的追求构建"宏大叙事"的艺术雄心，他们的艺术兴趣更多地集中在了对历史角落中的历史碎片的寻绎与阐释上。在这个意义上，所谓"新历史小说"的应运而生也就在情理之中了。

"然而，我们虽然承认'史诗性'与'宏大叙事'的式微在新时期以来的中国文学史上已经是不争的事实，但同时也必须为这屡被垢病的'史诗性'和'宏大叙事'做出相应的强有力的辩解。在我看来，'史诗性'与'宏大叙事'在当下时代屡遭垢病的关键原因乃在于在中国当代文学史上相当长的一段时期内，它们与当时那种特定的意识形态之间存在着极为密切的关联。正如同黄子平所特别强调过的'革命历史小说'乃是'在既定的意识形态的规限内讲述既定的历史题材，以达成既定的意识形态目的'的一种小说作品一样，'史诗性'与'宏大叙事"的不幸在于它们被一个特定的时代选定为了一种最理想的宣谕表现那种特定的意识形态的艺术样式。这正如同泼脏水不能将婴儿一同倒掉，正如同否定'文革'中的'革命样板戏'时不能将京剧这样一种古老优秀的艺术形式同时否定掉一样，在我看来，我们固然可以否定那个时代那种特定的意识形态，但我们无论如何都不应该同时将'史诗性'与'宏大叙事'这样的一种艺术样式也予以彻底否定。事实上，文学史上所曾经出现过的所有艺术样式之间都没有所谓的高下与先进落后之分，我们需要认真关注的只应该是什么样的一种故事内容适合于以什么样的一种艺术样式加以表现的问题。从这个意义上说，也就确实存在着一个为新时期文学以来屡被病垢的'史诗性'与'宏大叙事'正名的问题。需要特别说明的是，我们的目的并不是想要让这'史诗性'与'宏大叙事'重新恢复到'十七年'文学中那样一种极度至尊的地位上去,事实上,这也是根本不可能的。我们全部努力的目的仅只是要将'史诗性'与'宏大叙事'从一种被莫名歧视的境地中解放出来,使其真正成为多元化文学样态中的一元。然而,同样值得注意的是,从一种文学史的发展演进过程来看,它是遵循着某种可以被称为'陌生化效应'的发展逻辑的。这就是说,当某一种艺术样式或艺术风格在沉潜了一个较长的历史时期之后再度出现的时候,它所体现出的便是一种突出的'陌生化效应',而实现这样一种'陌生化效应'的作家作品也就能够相应地获得较高的文学史评价。对于现代文学史上的赵树理,我们便应该遵循这样的一种方式去加以理解评价。同样的,在'史诗性'与'宏大叙事'业已式微日久了的中国当下文坛,对于如刘醒龙《圣天门口》这样一种重新恢复对于'史诗性'的艺术追求,并凭此而重建'宏大叙事'的长篇历史小说,我们也理应予以高度的评价。"⑦

在具体展开对于刘庆《唇典》所具"史诗性"特征的讨论之前,有必要指出的一点是,虽然王又平和洪子诚两位都有关于"史诗性"与"宏大叙事"的精辟见解,但相比较而言,我们却更倾向于洪子诚的观点。也因此,我们将主要依据洪子诚对"史诗性"内涵的界定来分析刘庆的《唇典》。按照洪子诚的说法,所谓"史诗性",应该具备四个方面的内涵。首先,"揭示'历史本质'的目标"。刘庆之所以用长达十五年的时间来潜心打磨这部沉甸甸的厚重长篇小说,其根本写作意图,正是要通过这部作品以勘探表现20世纪前半叶东北地区一部复杂曲折的历史。正如同我们在讨论的过程中已经明确指出过的,《唇典》既可以被看作一部旨在呈现东北抗战历史真实境况的长篇小说,也可以被理解为一部旨在透视表现东北人或者说曾经的伪满洲国人在20世纪前半叶苦难命运的长篇小说。在其中，作家一种力图穿透纷繁复杂的历史表象以把握历史本质的努力，是显而易见的。其次，在结构上的宏阔时空跨度和规模。一部以1931年九一八事变的发生至1945年苏联红军的出军东北为主体叙事时间从20世纪初叶的1919年一直延续到20世纪末的长篇小说，其宏阔时空跨度的存在，当然不容否定。其中，实际上隐隐约约地存在三条时有交织的结构线索。其一，是郎乌春与满斗父子的戎马生涯；其二，是以柳枝为中心人物的一种东北日常生活图景；其三，是以王良与苏念为中心人物的另一种戎马人生的书写。拥有这样彼此交织的三条结构线索后，《唇典》的庞大叙事规模自然无法小觑。再次，重大历史事实对艺术虚构的加入。作为一部叙事时间跨度长达一个世纪的长篇小说，诸如九一八事变、伪满洲国成立、日本战败、苏联红军出军东北、土改乃至"文革"这一系列重要的历史事件都进入了作家刘庆的艺术表现视野之中。尽管未能直接指认郎乌春、王良等人物的真实历史原型，但在构思这些主要人物的过程中有着杨靖宇、赵尚志以及周保中等真实抗联历史人物生平事迹的有效介入，却无论如何都应该引起我们的高度重视。最后，英雄形象的创造和英雄主义的基调。这里的关键问题，在于究竟何为英雄。倘若延续传统的道德完美化的英雄标准，则《唇典》当然与英雄形象的创造几无干系。然而，如果我们转换思维方式，以一种去"政治"、去"道德"化的标准来看取《唇典》，则无论是郎乌春满斗父子，抑或是王良，事实上都可以被看作拥有多年戎马生涯的江湖英雄。甚至，就连那位为《唇典》提供了人道主义精神尺度的李良萨满，我们也不妨视其为平民中的英雄。这些人物形象的英雄气概弥漫开来，就进一步构成了《唇典》这部长篇历史小说的根本艺术基调。就这样，既然已经同时具备了洪子诚所界定的四方面内涵,那么,刘庆的长篇小说《唇典》之"史诗性"艺术特征的具备,自然无可置疑。

注释:

①王春林《人道主义情怀映照下的苦难命运展示》,载《当代作家评论》2009年第6期。

②③⑤⑥王又平《新时期文学转型中的小说创作潮流》,华中师范大学出版社2001年9月版,第380、329—330、330、384页。

④洪子诚《中国当代文学史》,北京大学出版社1999年8月版,第108页。

⑦王春林《人物重塑与史诗性追求》,载《新世纪长篇小说研究》,第333—334页,北岳文艺出版社2006年版。

夏商《东岸纪事》：上海"日常叙事"中的"宏大叙事"

夏商的长篇小说《东岸纪事》（上海文艺出版社 2013 年 1 月版）最早发表在《收获》长篇专号 2012 年春夏卷上。紧接着，又由上海文艺出版社在 2013 年初推出单行本。实际上，早在作品初始在《收获》上刊载的时候，我就格外认真地读过这部厚重的长篇小说，不仅对它产生了强烈的兴趣，而且还萌生过为它写一篇批评文章的念头。后来却不知道什么原因，大约总还是因为事务杂乱吧，这种想法最终很遗憾地没有能够付诸实践变成现实。然而，尽管没有专门为《东岸纪事》撰写过批评文章，在我的内心深处，夏商的这部小说却始终难以忽略地占有着一种特殊的地位。这一点恐怕只有在距离发表时间已然五年之久的现在，方才可以做出较为精准的定位与评判。回首 2012 年，应该注意到，同样在《收获》杂志的长篇专号上，还曾经发表过另外一部后来在文学界获得过盛誉的金宇澄的长篇小说《繁花》。都是上海作家，都是以上海为主要表现对象的长篇小说，而且在语言层面上也都有着对上海方言有所节制前提下的有效征用，但这两部长篇小说不同的命运遭际的确令人感慨万端。如此一种感慨，倒不是说金宇澄《繁花》不应该享有如此之高的盛誉，因为我本人也毫无疑问的是《繁花》的激赏者，这一点自有我的批评文章为证。而是多多少少有点替《东岸纪事》"鸣冤抱屈"的意味。在我看来，总体思想艺术水准相差无几的两部差不多同时问世的长篇小说，发表后现实遭际之间的差别竟然会有如此之大，的确要令人顿生造化弄人之不公的强烈感觉。尤其是时隔五年，一方面我重新认真阅读了夏商的《东岸纪事》，另一方面我又亲眼看见了这几年来上海作家的上海书写之后，我愈加坚定了自己的这种艺术直觉与价值判断。

当初，在一篇关于金宇澄《繁花》的文章中，我曾经写下过这样一段批评文字："既然言及上海叙事，有一种情形的存在绝对不容轻视。那就是，除了所谓'日常叙事'之外，上海叙事其实也存有着'宏大叙事'一脉。某种意义上，如同茅盾的长篇小说《子夜》、沈西蒙的剧作《霓虹灯下的哨兵》，就可以被看作这一脉络的代表性作品。然而，尽管存在着这样一种以'宏大叙事'形式出现的上海叙事，但无论是就作品本身的思想艺术水准而言，还是就作品所产生的社会影响力而言，此类作品恐怕都无法与前述那些'日常叙事'作品相匹敌。个中缘由，大概需要联系上海这座城市的特性来加以理解。就我个人的感觉，假若说城市也能够被区分为阳性和阴性两种不同风格的话，那么，上海这座城市的根本性格显然就只能是偏重于阴性的。如此，与阴性的上海相匹配的也就应该是'日常叙事'了。我们前面所列出的，那些自有白话小说以来上海叙事最有代表性的作家，从韩邦庆开始，中经张爱玲，一直到当下时代的王安忆、金宇澄，他们之所以清一色地采用'日常叙事'方式，个中原因显然在此。需要注意的是，假若只是从题材的角度来看，自有新文学以来将近一百年的发展过程中，所谓的乡村叙事一直在与城市叙事的比较中具有压倒性优势。即使到了当下这样一个城市化进程日益迅猛的时代，这种状况也仍然没有发生明显改观。这就使得如何振兴城市叙事成了一个不容回避的重要命题。从中国城市化的发展进程来看,上海无疑是发展最为充分的地域之一。这样看来,上海叙事在中国的城市叙事中所处地位的重要性,自然就是不言而喻的。实际上,在仍然不够发达的中国现代城市叙事的演进历程中,上海叙事一直扮演着排头兵的角色。就此角度来说,无论是过去的韩邦庆、张爱玲,还是现在的王安忆,都曾经为中国的城市叙事做出过相应的艺术贡献。假若确实存在着一种可以叫作城市诗学的东西,那么,以上这几位作家都以各自创造性的艺术劳动为中国现代城市诗学的建构做出过自己的贡献。然后,就是金宇澄这部《繁花》在2012年的横空出世。从一种中国现代城市诗学谱系建构发展的角度来说,《繁花》之最值得关注处,就在于金宇澄以其长达二十多年之久的隐伏修炼,为中国现代城市诗学的建构做出了自己的一份可贵努力。"[1]时隔数年之后再看,一方面,我依然坚持自己判断的合理性;但在另一方面,一种无法否认的事实是,仅仅局限于在王安忆与金宇澄的意义上来谈论上海叙事,其实还是狭隘了许多。事实上,只要对这几年来,小说领域内上海作家的上海书写有所关注,即可以知道,除了金宇澄那部堪称横空出世的《繁花》之外,包括夏商的这部《东岸纪事》、文学批评家吴亮的《朝霞》、《萌芽》前编辑傅星的《怪鸟》,连同禹风的《静安那一年》在内,所有这些以上海为主要书写对象的长篇小说接二连三地出现,实际上已经构成了文学界一股特别强劲的"上海旋风"。毫无疑问,如此一种创作现象的生成,已经在很大程度上改变了上海文学界业已持续了相当长一段时期的王安忆一家独大的基本格局,其意义无论如何都不容小觑和低估。倘若说金宇澄以他的《繁花》在为中国现代城市诗学的建构做出切实贡献的话,那么，联系这几年来上海的长篇小说写作现实，一种更为精准的判断就是，这五六部长篇小说集结为一个整体之后，在以整体的形象强有力地推进着当下时代城市化进程中的中国现代城市诗学建构。

也因此，假如我们承认这几年来文学界骤然间刮起了一股以描摹表现上海生活为根本追求的"上海旋风"，那么，这种长篇小说竞写浪潮的发起者，恐怕正是 2012 年在《收获》长篇专号联袂登场的金宇澄的《繁花》与夏商的《东岸纪事》，虽然说《东岸纪事》在问世后一直遭到冷遇，并没有能够获得相应的高度评价。好在对文学作品价值的理解与评判，并不完全决定于发表或者出版当时的读者反映与社会反响如何，而是需要经过漫长的时间淘洗与历史检验。正所谓大浪淘沙，风流总被雨打风吹去，只有那些经过长时间残酷历史检验的文学作品，方才能够真正称得上文学史上的优秀作品。从永恒的文学史角度来说，无论是金宇澄那部已然赢得了广泛盛誉的《繁花》，抑或是夏商这部多少有点遭冷遇的《东岸纪事》，其真正的思想艺术价值都有待于时间与历史的残酷检验。就此而言，夏商也不必因为《东岸纪事》的一时冷遇而垂头丧气。然而，只要转换一个角度，我们就不难发现，《东岸纪事》遭受冷遇，其实在某种程度上也是好事。最起码于我，时隔五年之后，通过再一次认真阅读《东岸纪事》，充分地确认了此作的思想艺术价值。说实在话，在当下这样一个快餐文化盛行的时代，一部长篇小说，在时过境迁五年之后，不仅依然能够唤起笔者再次阅读的热情，并且还能够以其非同寻常的思想艺术品质赢得笔者的高度评价，这本身就称得上是一个难能可贵的文学奇迹。某种意义上，我们完全可以把这两部差不多同时出现的长篇小说看作是开启文学界"上海旋风"的一对"双子星座"或者是"双璧"。

我们注意到,在单行本《东岸纪事》的封底,曾经的先锋作家夏商不无自谦地写下了"我以为写的是浦东的清明上河图,其实是人生的一摞流水账"这样一句话。其中,带有明确自谦意味的"一摞流水账"的说法,某种程度上其实已经格外精准地道出了《东岸纪事》所具有的"日常叙事"本质。关于"日常叙事"的特质,曾经有论者做出过精辟的论证:"平民生活日常生存的常态突出,'种族、环境、时代'均退居背景。人的基本生存,饮食起居,人际交往,爱情、婚姻、家庭的日常琐事,突现在人生屏幕之上。每个个体(不论身份重要不重要)悲欢离合的命运,精神追求与企望,人品高尚或卑琐,都在作家博大的观照之下获得同情的描写。它的核心,或许可以借用钱玄同评苏曼殊的四个字'人生真处'。它也许没有国家大事式的气势,但对于关心国家大事的共性所遗漏的个体的小小悲欢,国家大事历史选择的排他性所遗漏的人生的巨大空间,日常叙事悉数纳入自己的视野。这里有更广大的兼容的'哲学',这里有更广大的'宇宙'。这些大说之外的'小说',并不因其小而小,而恰恰是因其'小'而显示其'大'。这是人性之大,人道之大,博爱之大,救赎功能之大。这里的'文学'已经完全摆脱其单纯的工具理性,而成就文学自身的独立的审美功能。""日常叙事是一种更加个性化的叙事,每位日常叙事的作家基本上都是独立的个体……在致力表现'人生安稳'、拒绝表现'人生飞扬'的倾向上,日常叙事的作家有着同一性。拒绝强烈对照的悲剧效果,追求'有更深长的回味',在'参差的对照'中,产生'苍凉'的审美效果,是日常叙事一族的共同点。"[②]倘若我们以论者如此一种关于"日常叙事"的基本理解来衡量《东岸纪事》,那么,夏商的这部长篇小说就毫无疑问被看作一种"日常叙事"特质非常突出的作品。尤其值得注意的是,看似流水账式的日常叙事，落实到夏商的写作过程中，竟然带有非常突出的理性自觉意。这一点，夏商自己在后记中的说法为有力的佐证："写这本书的一个收获是，我对世事细节的迷恋得以充分暴露。须知，小说家犹如说书先生，我是多么喜欢絮叨，喜欢废话，喜欢庞杂的意味深长。小说的魅力正来自那些看似无关紧要的东拉西扯，整个叙事如同密织的溪涧，最后归于瀑布的纵身一跃。"你无论如何都难以想象，作为一位迷恋西方先锋小说日久的小说家，夏商竟然于不知不觉间完成了如此一种小说观念与技法的蜕变。众所周知，所谓"絮叨"，所谓"多余的废话"，所谓"庞杂"云云，其实都是与先锋小说了无干系的更具本土化色彩的叙事技法。中国小说经典《红楼梦》与《金瓶梅》，乃可以被看作"日常叙事"的代表性作品。在西方先锋小说中浸淫日久的夏商，能够在看似不经意间不动声色地完成如此一种艺术转换，简直如同体操运动员在器械上完成高难度动作一样，令人叹服不已。唯其如此，夏商才凭借着超乎寻常的艺术才华，把这样一部被他自己谦称为"流水账"的长篇小说，最终经营成了浦东地区20世纪80年代一幅活色生香的"清明上河图"。

认真地阅读一下夏商的后记，可以在很大程度上帮助我们理解他这部《东岸纪事》的写作："小时候，母亲务农，父亲当沿海海员，常年在外。我住沪西武宁路祖母家，九岁回到浦东川沙县那个叫周家弄的自然村上学，母校叫六北小学，然后在浦东中学念到初二上半学期辍学，南浦大桥动迁，被征地进工厂，户口农转非，其间开始学写小说，再从工厂辞职，自谋稻粱，直到三十三岁定居浦西。""其间的二十多年，看着浦东从乡村蜕变为城市，农田被掩盖，乡音被掩盖，风土人情被掩盖，随着浦江东岸的簇新崛起，遥远的青少年记忆反倒越来越清晰，为故乡写传的念头也越来越强烈。"为了更好地完成这部故乡的传记，夏商"于是开始采风，搜集资料，2005年春节正式动笔，特地买了尼康相机，跑遍六里乡，去寻找20世纪遗留下来的陈旧角落，当时尚存不少破房老树，待六年后完成初稿，再去故地，照片上的风景已消失殆尽。"细细品味夏商后记中的这些文字，有以下几点值得特别注意。其一，假如说夏商曾经的先锋小说写作更多地带有凌空蹈虚或玄思冥想的性质，那么，他的这部以自我生存经验为强力支撑的《东岸纪事》就带有突出的纪实性质。在一篇文章中，我曾经专门探讨过以想象虚构为本质性特征的小说创作中"纪实与虚构"的关系问题。我特别强调的就是，"而这，事实上就已经涉及了我们关于小说写作中'纪实与虚构'关系的第一重理解，那就是故事情节可以虚构，但故事所赖以存在的社会与时代容不得一点虚构。无论如何，你都不能够让那些明代的人物一个个西装革履，坐宝马汽车走柏油马路的吧？从这个角度来看，王安忆之所以要在《天香》中做足'器物美学'方面的功夫，其根本意图正是为了保证自己能够真实地把晚明时代的社会境况描摹呈示出来。"③如果说王安忆在"器物美学"方面所做出的全部努力，乃是为了确保自己真实地把晚明时代的社会境况描摹呈现出来，那么，夏商之所以要在浦东四处采风，四处搜集各种资料，也正是为了保证自己能够在"时代与社会"的层面上尽最大可能做到一种真切的纪实。大约也正因为如此，夏商才会在后记中特别强调："《东岸纪事》试图写成浦东的清明上河图，所有地名都是真实的，穿插其间的重大历史事件也是真实的。当然，故事与人物是虚构的，完稿的篇幅比预期的大一些，也许是因为我对这片土地有太多的话要讲。"毋庸讳言，当夏商特别强调"故事与人物是虚构的"的时候，他其实同时也就在强调着时代与社会等方面"纪实"性特质的存在。其二，一部四十万字的长篇小说,夏商的写作竟然耗费了整整六年时间。在当下这样一个人心浮躁的时代,夏商能够沉下心去,用六年时间悉心经营打造一部长篇小说,其实是一件非常不容易的事情。尤其值得注意的一点是,为了使得这部长篇小说成为20世纪80年代浦东地区真正意义上的"风俗志",成为一种《清明上河图》式的艺术存在,在酝酿写作过程中,夏商可以说做足了类似于人类学家的"田野调查"功夫。"纸上得来终觉浅,绝知此事要躬行",夏商以他带有明显行为艺术特征的《东岸纪事》写作过程,再一次强有力地证明了古人这句名言的合理性。其三,尽管我们无法确切地指认《东岸纪事》中的哪一位人物更多地契合现实生活中的夏商,但由作家在后记中的说法可知,这部倾尽了夏商六年全部心力的长篇小说的写作,与作家个人的真切生存经验之间,存在着无法剥离的紧密关联。只有把《东岸纪事》与后记联系起来,我们方才能够发现,原来,在作品真切描写记述着的20世纪80年代浦东地区以"动迁"为核心的社会变迁过程中,夏商其实正是一位始终在场的亲身经历者。也因此,后记中"九岁回到浦东川沙县那个叫周家弄的自然村上学,母校叫六北小学,然后在浦东中学念到初二上半学期辍学,南浦大桥动迁,被征地进工厂,户口农转非,其间开始学写小说,再从工厂辞职,自谋稻粱,直到三十三岁定居浦西"的相关记述,看似只是简简单单的三言两语,但其中实际上浸透着夏商的许多人生血泪。从这个角度来说,夏商写故乡,其实也就是在写自己,是对自我人生历程中一段真切记忆的及时性打捞与回望。尽管夏商已经创作了很多小说作品,尽管其他作品肯定也或多或少与他的生存经验有关,但最充分地调动并投入了自我生存经验的一部,毫无疑问,只能是这部《东岸纪事》。《东岸纪事》之所以能够成为迄今为止夏商高端思想艺术成就的代表性作品,其根本原因正在于此。

放眼19世纪末20世纪初以来中国社会的发展历程,一个最重要的核心事物就是现代化。"在一般的理解中,所谓现代化,一个非常重要的内容就是城市化。而城市化,按照百度的解释,则是指,随着一个国家或地区社会生产力的发展、科学技术的进步以及产业结构的调整,其社会由以农业为主的传统乡村型社会向以工业(第二产业)和服务业(第三产业)等非农产业为主的现代城市型社会逐渐转变的一个历史过程。就中国来说,其城市化进程可谓一波三折。""'文革'结束后,曾经一度紧紧关闭的国门再度向世界敞开,中国开始进入了一个史称'思想解放''改革开放'的历史时期。到了这一历史时期,国家的工作重心第一次真正地落到了经济的层面,开始步入了一个务实的发展时期。到了这个时期,虽然也还偶有周折,但就总体状态而言,曾经停滞很长一段时间的城市化进程被再度提到议事日程之上,获得了较之于此前相对理想的一个社会发展空间。尤其是进入20世纪90年代乃至于新世纪以来,伴随着所谓市场经济的到来,中国彻底进入一个新的经济时代,步入了经济飞速迅猛发展的快车道。经济的飞速迅猛发展,所带来的自然也就是城市化的步伐的日渐加快。某种意义上,我们完全可以说,城市化的极速发展本身,可以看作是经济时代真正形成的一个突出表现。近一个时期以来,标志着中国城市进程突飞猛进的一个重要事件,就是由中国社会科学院社会学研究所在2011年12月19日正式发布的2012年社会蓝皮书《2012年中国社会形势分析与预测》中称,2011年是中国城市化发展史上具有里程碑意义的一年,城镇人口占总人口的比重将首次超过50%。这一数据的发布,就意味着中国的城市人口事实上已经超过了农村人口。"④如果说现代化亦即城市化的确可以被看作现代中国最核心的事物之一，那么，以文学艺术的形式将这一城市化进程凝结表现出来，就毫无疑问是中国作家一个不可推卸的重要责任。就此而言，夏商这部真切记录20世纪80年代浦东地区由传统乡村向现代城市转型过程的长篇小说，自然就可以被看作这一方面极具代表性的作品。从现代中国城市诗学建构的角度来看，如同《东岸纪事》这样形象生动地真切记述浦东城市化进程的长篇小说，也是不可或缺的一个重要维度。一个非常简单的道理，倘若有人在很多年后意欲了解把握20世纪80年代中国城市化进程的具体状况，那么，正如同恩格斯曾经特别强调巴尔扎克的《人间喜剧》"给我们提供了一部19世纪法国社会，特别是巴黎上流社会的卓越的现实主义历史"一样，夏商这部《东岸纪事》所必然承担的，恐怕也差不多是如此一种重要的功能。

　　行文至此，一个无论如何都无法回避的问题就是，为什么整部《东岸纪事》的叙事时间从20世纪70年代一直延续到了20世纪80年代末期，但我在具体行文的过程中仍然反复强调夏商的这部长篇小说乃可以被视为20世纪80年代浦东地区的一幅《清明上河图》。对此，我给出的回答是，一方面，形象生动地描摹展示浦东地区进入20世纪80年代以来日益迅疾的城市化进程，毫无疑问的是，夏商写作这部长篇小说最主要的动机所在。而且，更进一步说，除了其他作家类似书写的可信度恐怕多少也还是值得怀疑的。但在另一方面，正是在真切书写记录浦东城市化进程的过程中，夏商无论如何都不可能不涉及父辈的生活状况（从年龄的角度来看，夏商与活跃于小说文本中的崴崴、乔乔他们很显然属于同龄的一代人。这一代人的上一代，其具体所指，也就是刀美香与柳道海他们这些人）。一旦涉及刀美香与柳道海他们这一代人的生存状况，20世纪70年代就无论如何都不可能被回避。换言之，倘若舍弃了20世纪70年代的那个"史前史"阶段，那么，20世纪80年代浦东的城市化进程，自然也就难以写得明白。这样一来，虽然说夏商的书写重心无可置疑地落脚到了20世纪80年代的浦东，但从人物命运的完整性来说，作家的叙事时间还是上溯到了20世纪70年代，对诸如刀美香和柳道海这样一代人的知青生活进行了相对细致深入的描写与展示。之所以会如此，一个关键的原因在于，与真切地记录20世纪80年代浦东地区由乡村而城市的城市化进程相比较，对于人性世界的挖掘与呈现，对于人物命运的勘探与透视，乃是小说这种艺术形式所应承担的更重要的思想艺术使命。

　　说到人物形象，我们就应该注意到，与当下时代的许多长篇小说有所不同，夏商这部《东岸纪事》的字数虽然只有四十万字，但粗略计来，先后出场的人物却竟然有六十余位。别的且不说，单只是这一点，就已经充分地凸显出了作家夏商试图向中国古典小说传统致敬的艺术意图。只要略加回顾，即不难发现，包括《红楼梦》《水浒传》《三国演义》《西游记》等在内的一众中国古典小说名著，登场人物动辄便是数十位，乃至于很轻易就可以超过百位。相比较来说，进入现代文学阶段之后，长篇小说中人物形象数量的骤减，乃是一种特别引人注目的文学现象。在这里，尽管我们很难简单地把人物形象数量的多与寡作为衡量区别长篇小说优秀与否的硬性标准，但相对来说，能够在一个篇幅字数相对有限的长篇小说中，一下子便设置处理六十余位人物形象，也的确在很大程度上显示出了作家夏商相对深厚的艺术功力。作品在发表后之所以被普遍誉为一幅浦东地区20世纪80年代的《清明上河图》，根本原因显然在此。尤其不能忽略的一点是，虽然《东岸纪事》中人物形象众多，虽然作家也并未在这些人物形象上平均使用力量,但一个无法被否认的文本事实是,即使是那些并未占据主要地位的"跑龙套"式的过场人物,也都被夏商点染表现得生动鲜活跃然纸上。比如,那位乔乔大学时的女同学任碧云。任碧云与乔乔都是班上的才女:"她们都喜欢写写弄弄,也尝试投稿,两人都在《青年报》红花副刊上发过散文,任碧云发过一次,乔乔发过两次,任碧云胆子大,给《文汇报》笔会副刊投稿,竟登出来了……"20世纪80年代,既是一个精神至上的年代,也是文学的黄金时代。在那个文学被神圣化的时代,在校大学生能够有文学作品在报刊上发表,是一件非常不容易的事情。任碧云和乔乔那过人的写作才华,于此可见一斑。正因为才华出众,所以她们俩才理所当然地成了进修生邵枫发起组织的"嚼蛆诗社"的成员。既然办了诗社,就要办一份社刊。要办社刊,就得找地方去印刷。亏得乔乔在浦东中学的校办印刷厂有一个名叫小潘爷叔的熟人,这本带有明显亵渎神圣意味的社刊,方才得以印刷装订成书。然而,在那个寒冬初始融化的改革开放初期,由于没有履行过任何的登记与申请手续,"嚼蛆诗社"的成立以及《嚼蛆》刊物的非正式出版,很快就引起了相关保卫部门的注意。为了保护浦东中学校办印刷厂的小潘爷叔,先行被询问的邵枫便与乔乔和任碧云私下订立了"攻守同盟":"你们把责任都推我身上,成立诗社口说无凭。浦东中学印刷厂除了曹宽河,就我们仨知道,你们咬死说我托人在成都印的,他们不会跑那么远去核实,说到底我们不是反党反革命团伙,最坏就是把我遣返原籍,你们只是诗歌爱好者,不会有问题。"没想到,等到警察找到任碧云的时候,"没等多问,任碧云就竹筒倒了豆子"。而且,"事后她没去找邵枫,当然更没向乔乔通风报信"。她的这种表现,与她此前不仅积极加入诗社的活动,而且百般讨好心仪男生邵枫的表现，自然形成了判若两人的巨大反差。尤其令人倒胃口的一点是，东窗事发之后，任碧云居然当着邵枫的面撕《嚼蛆》："在乔乔心中，任碧云是敢于为爱情赴汤蹈火的傻姑娘。乔乔不得不承认，自己的认识出了偏差。这个插曲把任碧云打出了原形，她爱自己远甚于爱邵枫，对诗歌也是叶公好龙。"就这样，只是通过《嚼蛆》的印刷与被收缴这一事件，夏商便入木三分地挖掘表现出了任碧云"皮袍下面藏着的'小'"，将其貌似酷爱文学实则相当自私的人性实质淋漓尽致地凸显在了广大读者面前。尤其是当我们把任碧云的出卖行为，与中国当代社会至今仍然存在的所谓"告密文化"联系在一起的时候，夏商如此一种艺术书写中所蕴含的深刻警世意味自然也就一目了然了。

再比如，派出所警察王庚林那位精神遭受惊吓的女儿王月颖"虽天资一般，却是好主妇的料"。家常活计，几乎样样都拿得出手。但就是这样一位天生胆小、一直喜欢搂着洋娃娃睡觉的乖巧女孩子，在先后两次遭遇意外事件打击后，竟然陷入了精神分裂的状态而无法自拔。第一次打击，来自母亲薛秀芬因为食物中毒事件的意外身亡。"开完追悼会回来，王月颖不吃不喝，关在房间里，哭会儿睡会儿，再哭会儿再睡会儿"。到了晚上，年仅十三岁的王月颖便抱着洋娃娃爬上了父亲的床："像一根冰棍冷飕飕的。王庚林吸了口寒气，女儿在抖，像是受了寒，也像是病了。"到后来，经过王庚林的一番努力，王月颖虽然不再爬到他的床上睡觉，却因为父亲和林家婉之间的暧昧关系而明显与父亲生分起来。第二次打击，来自王月颖的恋爱受阻。或许与母亲意外身亡后王月颖特别缺乏安全感有关，身为技校学生的她，竟然不管不顾地喜欢上了自己的老师吴云朝："那个人叫吴云朝，是政治课老师。家住董家渡,老婆是烟杂店营业员,两人没小孩,关系不好,闹离婚多年,始终没离成。"由于两个人年龄相差很大,他们的这种感情便遭到了王庚林的坚决反对。然而,尚未等到王庚林出手阻止,吴云朝就已经后院起火。他老婆在得知消息后,跑到技校大吵大闹。那个时候,虽然"文革"已经结束,但正所谓乍暖还寒,社会对王月颖和吴云朝这样逾越正常范围的情感关系,依然持一种简直就是集体无意识的反对态度。最后,"经厂部和校方磋商,处理决定很快公布,吴云朝开除公职,王月颖勒令退学"。这样的一种决定,可就把王月颖和吴云朝二人彻底逼上了绝路:"公告的第二天,吴云朝死了。他和王月颖相约殉情,在针织车间很容易找到布条,自行车棚的一大块阴影里,他把头颈套进绳子里。"两人相约一起殉情,吴云朝死了,王月颖却依然活着,却原来,满心喜欢着王月颖的吴云朝本就没想着让她去死:"她能活下来,是因为绳结是活口,人一挂上去就松开了。两根绳子的结都是吴云朝打的,是他不想让王月颖死,还是一时疏忽没打好,成了人们茶余饭后的谜题。"然而,吴云朝根本想象不到,他自己以死了结了自己,侥幸存活下来的王月颖,却陷入了一种特别悲催的地步。在以泪洗面很多天之后,脆弱的神经彻底崩溃后的少女王月颖,在自己卧室的墙上钉满了"吊死鬼"洋娃娃:"墙上敲满了钉子,洋娃娃密密麻麻挂满四壁。每个洋娃娃耷着舌头,是新缝上去的红布条。"关于王月颖,夏商给出的最后一种描写是:"王月颖从墙根那儿走过来,舌头也像红布条那样耷着,看着面前两个人,世界好像从她无边无际的眼神中消失了。"就这样,虽然只是一个过场的"跑龙套"人物,夏商却以其凝练传神的笔触写出了她的精神分析学深度,读来自然令人感喟叹息不已。

《东岸纪事》中,虽然夏商对于很多"跑龙套"式的过场人物都有着精彩的勾勒刻画，但相比较来说，小说中最值得注意的，恐怕还是如乔乔、刀美香、崴崴、柳道海等一些核心人物形象。一方面，我们固然可以将夏商的这部长篇小说理解为《清明上河图》式的作品；另一方面，这样一幅带有风俗志色彩的《清明上河图》，也仍然需要有一种恰如其分的艺术结构方式。对于夏商在《东岸纪事》中所采用的多少带有一些个人原创意味的结构方式，我想，我们在某种程度上姑且可以将之命名为"人物勾连法"。比如，小说一开头，就从一具出现在河里的无名女尸写起。由无名女尸而牵扯出了崴崴，崴崴突然被警察传唤。然而，就在大家都纷纷猜测崴崴的被传唤与无名女尸有关的时候，两个钟头不到，崴崴却带着一个和自己长相酷肖的年轻人回了家。更进一步的是，由崴崴牵扯出了乔乔："乔乔在六里电影院斜对面开熟食店，自己的地盘冒出个熟食西施，崴崴当然要见识一下。才瞥了一眼，他就对跟班黑皮说：'这个女人对我胃口的。'"从这个时候开始，乔乔的故事就差不多成了贯穿整部长篇小说上卷也即前三章的主要故事线索。然而，就在乔乔故事长卷渐次展开的过程中，作家夏商同样在使用"人物勾连法"经营铺展着自己的《清明上河图》。写到乔乔，叙述者首先牵扯出的便是最早企图勾搭乔乔的小开："有幸第一个吃到'大馒头'的是小开。他是浦东中学隔壁六里蔬菜市场的推销员。"讲述完小开的相关故事后，线索再次回到乔乔与崴崴这里，然后，由于有警察王庚林的出现，作家的笔触就转向了王庚林，开始穿插叙述王庚林和他的女儿王月颖的故事。待到王月颖的故事终结后，结构线索便再次回到乔乔这里，开始讲述与小螺蛳相关的那些故事。就这样，一方面是乔乔、刀美香、崴崴、柳道海等核心人物故事循序渐进的铺叙与展开，另一方面又是很多其他人物故事旁逸斜出式的自如穿插，二者彼此细密穿插交织的一种结果，便是这一幅形象生动的浦东地区《清明上河图》的成功打造与绘制。又或者，我们完全可以把乔乔、刀美香、崴崴以及柳道海们横贯整个文本的故事看作经，把他们之外的人物旁逸斜出的故事理解为纬，二者经纬交织，最终被夏商精心结撰为《东岸纪事》这样一部细致密实而又不乏厚重感的长篇小说文本。

相对而言，夏商笔下的几位核心人物形象，又以乔乔与刀美香这两位女性最具人性深度与美学内涵。首先，是那位从一位理想主义的青春少女渐次蜕变为生命力坚韧的市井商界女性的乔乔。小说初始登场的乔乔，虽然不怎么理想，但却依然是上海师范学院中文系的学生，是一位颇具理想主义情怀的时代少女。她不仅热衷于文学创作，而且积极投入进修生邵枫组织的"嚼蛆诗社"的活动之中，所充分证明的，正是她理想主义情怀的具备。尤其是在"嚼蛆诗社"被查处打压的过程中，乔乔与那位叶公好龙的任碧云形成了鲜明的对照与区别。她们俩之间简直就是天壤之别的行为选择，再一次强有力地说明着乔乔是一位坚定的理想主义者。就是这样一位理想主义者，却在20世纪80年代初期的少女时期，就迭遭各种人生磨难的打击。其中，最让乔乔所无法承受的一种打击，来自那位形象与行为均特别猥琐的小螺蛳："让乔乔恨之入骨的小螺蛳是没混出道的小流氓，属于散兵游勇，没势力，也没自己的跟班，平时猫在团结饮食店里……双方妥协的结果是，邱娘当收银员，负责发筹，小螺蛳做原料采购。饮食店早上卖大饼、油条、豆腐浆，白天卖馄饨和各式浇头的面条。"然而，由于小螺蛳虽然生性猥琐却特别好色的缘故，他在母亲邱娘的协助下，竟然把这家团结饮食店经营成了常人难以想象的一个猎艳场所。因为事先已经在馄饨中下了迷醉药，毫无防备心理的乔乔竟然在一次吃馄饨的过程中被小螺蛳给迷奸了:"一张脏兮兮的床上,乔乔的脑袋被硬床板磕着了。她还没完全被麻痹,好几次支起半个身子,却被小螺蛳压倒,衣服离开了她,肌肤裸露的面积越来越大。"然而,乔乔的抗拒性努力,终归还是抵不住药力的作用。到最后,陷入昏迷状态之中的乔乔的处女之身,终归还是无可奈何地被猥琐而好色的小螺蛳给玷污了。

这一次意外事件的发生,对理想主义青年乔乔构成了格外巨大的身心打击。请注意事发之后,夏商关于乔乔在浴室洗澡情景的真切描写:"乔乔站在莲蓬头下,眼泪汇入布满面门的水流。她蹲下来,浑浊的尿液在白色地砖上流淌,少量暗红的血污缓慢旋转……头仰起来,很快水把胃顶到了喉咙,艰难地吞下最后一口,感到膀胱鼓胀开来。""她排出了新鲜的小便,头依然仰着,嘴巴如同张开的陶罐,咕咚咚,更多的水从嘴角漏出去。""她小腹难受极了,不得不把腰挺起来,让胃回到原来位置。她打了个饱嗝,酸水反刍,体内积攒的水成为膀胱的负担,令小便变得困难。滴滴答答,尿液接近了清澈。"就这样,一直到"脚上的皮肤泡得起皱,她还在那儿喝个不停"。请原谅我抄录这样一段叙事文字,不如此我们便无法强烈地感受到小螺蛳的迷奸究竟对理想主义的清纯少女乔乔的身心世界造成了多么严重的伤害,乃至于这一次被伤害竟然成了乔乔人生命运一个特别重要的转折点。从这次之后,携带着永远也难以被抚平的精神创伤,乔乔就渐次地远离了理想主义,最终彻底地蜕变为一个看重实利的商界人士。需要特别注意的一点是,她的这种精神蜕变历程,倒也在很大程度上暗合于中国社会客观的演进发展历程。又或者,借助于乔乔的人生命运变迁折射表现20世纪80年代浦东地区不可逆的城市化进程,正是作家夏商潜意识中的小说写作意图之一。事实上,也只有在注意到小螺蛳的迷奸给乔乔的身心造成了多么巨大的伤害,我们才能够理解此后乔乔全部的人生与心路历程。无论是她的最终弃邵枫而去,还是她的被迫委身于浦东黑社会老大崴崴,抑或她与马为东之间那一场短暂的露水婚姻,甚至包括她和父母尤其是母亲梅亚苹的数度交好与交恶,都可以在迷奸事件这里觅得理想的答案。一桩意外发生的迷奸事件,到底能够给一位女性的身心世界乃至未来命运产生怎样一种至关重要的影响,乔乔便是一个极好的心理学与文学案例。从艺术传达的角度来看,正是借助于迷奸事件发生后乔乔的过度清洗这一细节的细致描摹与展示,夏商犀利尖锐地揭示出了乔乔这一核心人物的精神分析学深度。

无独有偶,多少带有一点巧合意味的是,较之于乔乔年长一代的崴崴母亲刀美香人生命运的根本转折,也与她的被意外强奸有关:"刀美香有一段不为人知的秘史,15岁时生下了一对双胞胎。双胞胎生父叫阿水,是个矮男人。"时属"文革"开始发生的那一年,也即1966年,初二女生刀美香由于对边疆地区极其罕见的一辆小拖拉机的迷恋,糊里糊涂地就被拖拉机驾驶员尚依水诱骗强奸了:"接触了几次,把她哄上了小拖拉机。小姑娘第一次坐这铁家伙,上了车笑逐颜开。在街上转了一圈,尚依水驱车到了山里,找个荒僻的山脚把小姑娘抱住,刀美香就这样稀里糊涂被破了身子。"被破了身倒也罢了,与此紧密相关的另外两个关键问题,一是就这么一次,年仅十五岁的刀美香竟然就怀了身孕,最后还生下了一对双胞胎。二是到后来四处搜寻尚依水的时候才发现,他竟然是一个非常可怕的麻风病患者:"问下来才知道,尚依水完蛋了,被关进了勐龙镇的麻风寨。"患了麻风病,就等于被判了无期徒刑。同样是被强奸,刀美香的事后反应之所以与乔乔不同,一个是她当时尚且非常年幼,只有十五岁,再一个,也可能与她身为傣族前土司的女儿有关,贞洁观念与汉族恐怕还是多少有些差异。既然怀孕了,那就得生下来,哪怕是被迫以三姐的名义。没想到,到头来,生下来的竟然是一对双胞胎,老大叫腊沙,老二叫勐崴,也就是后来曾经在浦东地区称霸一方的黑社会老大崴崴。

后来,由于在以知青为主体的云南生产建设兵团下属某连做护士的时候,结识了来自上海浦东的知青柳道海,刀美香这位傣族少女才开始了她与上海浦东长达一生之久的恩怨纠葛。与柳道海相爱后,由于不慎,刀美香曾经先后两次意外怀孕。第一次以土法堕胎成功,第二次又如法炮制,没想到却完全失效。万般无奈之下,只好到正规医院去做手术,未料遭遇了产后大出血。经过一番紧急抢救,人命虽然保住了,但医生却判定刀美香此后不可能再生小孩了。由于自觉应该对刀美香的失去生育能力负责任,柳道海尽管面临着来自家庭的坚决反对,但也只能是"哑巴吃黄连"地承诺,自己无论如何都会与刀美香结婚。但就在此后不久,柳道海却由于一个偶然的机会得知了麻风病患者尚依水的存在。虽然刀美香百般遮掩,柳道海却本能地意识到这尚依水与刀美香关系非同寻常:"他想知道矮男人是谁,可刀美香不愿说。不愿说,意味着有难言之隐。而难言之隐,当然难以启齿。"然而,纸终归还是包不住火,数年之后,面对着柳道海的不依不饶,已经和他在民政局领过结婚证的刀美香,还是被迫向他坦承了自己过去的一番不堪遭遇:"于是柳道海知道了矮男人叫尚依水,这是很多年来,刀美香第一次提起这个名字。她从十五岁那年的失身,说到双胞胎出生,说到兄弟俩过继给三姐,说到把那个阴魂不散的麻风病人杀死的那个晚上。"但就是这一次底牌的彻底亮出,对他们双方的情感世界都构成了极大的伤害,以至于到最后,刀美香这位来自大西南边陲的傣族女性,尽管人在上海浦东立住了脚,但他们的夫妻关系实际上已经处于名存实亡的状态:"刀美香这次来沪,无论对她还是对柳道海而言,双方的关系已经不一样了。那次在勐海领完结婚证后的拌嘴,把两人心里的隐秘完全撕开。她虽然重返上海,和柳道海也只是搭伙过日子,两人都心灰意懒。"心灰意懒到什么程度呢?从刀美香第二次抵沪开始,柳道海和她之间竟然再也没有发生过一次关系。就这样,刀美香尽管千方百计地由一个外省人变成了上海浦东人,但实际上她为此而付出了极其惨重的代价。而所有的这一切,追根溯源恐怕都得追溯到当年尚依水对刀美香的强奸这一事件上。唯其如此,一直到很多年后面对着上海浦东地区即将大规模展开的动迁工作,回想起自己的命运,刀美香的内心世界仍会生出无限感慨:"多年以后,当刀美香坐在崴崴的饭店里,让琴琴给自己端上一杯茶,用嘴吹去浮在表面的沫子,抿一口,朝窗外望去的时候,浦东的夜色就像一只安静的石狮,好像沉睡了一千年。刀美香突然觉得自己的人生是一次次虚惊,每次马失前蹄,都从悬崖处被拉了回来。如果不是李英把她带回农场补上户口,如果不是二哥阻止她辞职保留了编制。她根本没资格和祝希青调换工作,也不可能把户口迁到上海,今天更不可能和动迁分房有什么关系。她有惊无险地走过来了,成了正儿八经的浦东人,这让她常有置身梦幻的错觉。"某种意义上,借助于中年刀美香如此一种饱经沧桑的人生感叹,夏商传达出的,其实是一种生命总是难以捉摸的命运感。而命运感的传达与否,正是我们衡量评价一部长篇小说思想艺术是否成熟的重要标准之一。

行将结束我的全部论述之前,不管怎么说都不能不提及的一个细节,就是小说结尾处,崴崴为了探寻母亲刀美香的下落,不惜重金坚持要求张跷脚将一口已经被掩埋了的老井重新挖开。崴崴的本意是要探寻母亲刀美香的踪迹,没想到,到最后,从老井里打捞出来的,竟然是一只已然锈迹斑斑的长条铁盒。任谁也难以想到,铁盒被打开后,出现的居然是一幅刺绣地图:"这是一幅刺绣地图,和现代地图不同,上面虽署有长人、高昌等地名,却绣着河道、城镇、市集、树林和人物。整个画面的基色是秋黄,河是浅灰,镇是深靛,市集米色,树林暗蓝,人物则红男绿女,与其说是地图,不如说是标注着地名的山水画。"紧接着,大家又发现"右上角竖着这样一行题签:川沙抚民厅舆地图"。浦东老城就是川沙,所以有人便说这是一幅老浦东的地图。一部旨在记录表现20世纪80年代浦东地区城市化进程的长篇小说,竟然会以一幅老地图的忽然被发现作结,其中一种突出象征意味的存在,就是无法被否认的客观事实。究其根本,一部四十万字的长篇小说,有了若干具有人性深度的人物形象的成功塑造,有了"人物勾连法"这样一种结构方式的创造性运用,有了对20世纪80年代浦东地区城市化进程的真切记录,夏商耗尽了六年心血的《东岸纪事》自然也就称得上当下文坛一部不多见的优秀长篇小说。就此而言,断言它是一幅"浦东的《清明上河图》",当然也就是一个具有相当可信度的思想艺术结论。

注释:

①王春林《民间叙事与知识分子批判精神的艺术交融》,载《当代文坛》2013年第6期。

②郑波光:《二十世纪中国小说叙事之流变》,《厦门大学学报》2003年第4期。

③王春林《小说写作中的"纪实与虚构"——从王安忆长篇小说〈天香〉说开去》,载《山西大学学报》2017年第3期。

④王春林《城市化进程中的精神症候》,见裴亚红主编《民治·新城市文学》理论集(8),花城出版社2017年8月版,第157页。

张翎《劳燕》:战争中人性与命运的裂变

面对《劳燕》(载《收获》杂志2017年第2期),首先让我们倍感惊讶的是,毫无任何感性战争经验的张翎,对于战争题材的首度开掘与涉足。我的意思倒也并非说,没有任何感性战争经验者,就不应该涉足战争题材。事实上,这一方面成功的例证,近年来可谓比比皆是。稍远一些的莫言的《红高粱家族》自不必说,同样聚焦抗战的何顿的《黄埔四期》、袁劲梅的《疯狂的榛子》、范稳的《吾血吾土》,这些长篇小说的写作实际上也都明显缺乏感性战争经验的支撑。因此,一个必须面对的冷酷现实就是,由于战争硝烟伴随着时间的推移而渐行渐远,亲历性的战争题材写作日益成为不可能。我们所面对的,事实上只可能是非亲历性的战争题材写作。既然都已经远离了感性战争经验的支撑,那么,我们研究考察的重心,自然也就落脚到了作家的艺术想象力上。换言之,也就是在强调,一位毫无战争经验的作家,究竟会以一种什么样的方式去想象一场遥远的战争。

阅读《劳燕》,我们注意到,小说结束之后,张翎曾经以附录的方式,记载了"一封丢失在世纪尘埃里的信"。按照张翎的交代,上海市静安区的一位业主在装修房子的时候,意外发现了一封七十年前的信件。虽然年代久远,信件已经多处受到侵蚀，以致模糊不清，"但依旧依稀可辨，看似一位叫伊恩的援华美军写给一位叫温德的中国女人的。信纸是那个年代常见的米纸，字为毛笔所书，字体老辣遒劲，不像是一位外国人的手迹，极有可能是寄信人口授请人代笔的。这封信很短，更像是一封略嫌冗长的电报"。具体来说，这封模糊不清的信件内容是："亲爱的温德：假如你愿意，在收到这封信时，请立即按照信××址来找我。我打算向××事务处申×××许可证。近日××××××剧增，等候期××××个月。具体面叙，请速××。你的伊恩。"附录中的这封未能寄达的尘封七十年之久的信件，存在着真与假两种可能。其一，它仍然有可能是被张翎虚构出的一封信，作家意欲借此补充交代伊恩并非一位简单的言而无信者，抗战胜利，他在先期抵达上海之后，的确给远在月湖的温德写过这样一封信。只可惜，由于战争刚刚结束，社会秩序尚未彻底恢复正常，他的这封信未能如期寄至收件人手中。而且，很显然，这样被遗失的一封信，极有可能从根本上彻底改变了伊恩与温德这两个人的命运走向。其二，这封信并非张翎虚构的产物，而的确是在上海发现的一封七十年前的信件。假如这封信是一件真实的历史遗物，那么，它就毫无疑问地成了张翎战争想象的全部出发点。温德是谁？伊恩又是谁？他们之间究竟构成了一种怎样的情缘关系？这样一封重要信件的遗失，又会在多大程度上影响到他们各自的未来命运？由伊恩与温德二人，又可以进一步延伸编织出怎样的一种人物关系网络来？更严重的问题还在于，以上所有这些问题，与战争之间又是怎样的一种内在关联？所有这些，恐怕都是张翎战争想象中不可或缺的艺术元素之所在。尽管张翎对于这封信的真假并未做明确的说明，但我个人更愿意在后一种意义上来加以理解。若果真如此，那么，张翎《劳燕》一种小说写作发生学上的意义价值就无论如何都不能被低估。经由一封意外发现的尘封已久的往日信件，如何合理地完成一种战争的叙事想象，如何营构人物之间的曲折关系，《劳燕》的示范性意义价值无论如何都不容低估。

小说的发生学意义之外，张翎这些年来在长篇小说这一文体叙事艺术上的多方面探索努力，也格外引人注目。从《金山》到《睡吧，芙洛，睡吧》，从《阵痛》到《流年物语》，张翎的长篇小说，正可谓一部一个模样。中国新文学草创时期，茅盾曾经在《读〈呐喊〉》一文中，盛赞鲁迅"常常是创造'新形式'的先锋，《呐喊》里的十多篇小说几乎一篇有一篇的新形式"[①]。相比较而言，张翎在长篇小说方面的探索精神，也能够当得起如此高的评价。这一点，在她这部以战争为表现对象的长篇小说《劳燕》中，表现得同样非常明显。

具体来说，作家叙事艺术上的努力，主要表现在两个方面。其一，是对多种文体形式的适度穿插式征用。举凡书信、日记、新闻报道、地方志、戏文，乃至于两只狗之间的对话，等等，全都被张翎有效地纳入了自己的叙事进程之中。作为叙事源头的那封丢失在尘埃中的信件，自不必说，文本中穿插的由美国海军历史档案馆所珍藏的伊恩写给家人的三封家书，其叙事上的重要作用也不容忽视。借助这三封家书，一方面巧妙地交代了如同伊恩这样的美国青年为何会主动请缨，远渡重洋，到远东也即中国战场参战的根本动机；另一方面也简洁地叙述了美军战士在中国日常生活的艰难状况。同时，作家也还含蓄地讲述了自己和温德之间的情感纠葛："我的心情很低沉，所以我做了一些蠢事，我是指情感上的蠢事。我尚不知道我的愚蠢会把我带进天堂还是地狱。"联系后面的写信时间来判断，伊恩在这里很显然是在以一种美国人的自嘲方式和妹妹丽雅谈论着自己与温德之间的情感故事。新闻报道的形式,则出现在《美东华文先驱报》关于抗战胜利七十周年的特别纪念专辑报道中。张翎的叙事智慧,突出地表现在人物特写的主角,是当年远赴中国战场作战的美国海军中国事务团的一名成员伊恩·弗格森(简称伊恩),这位伊恩,与前面曾经两度提及的不慎丢失信件的伊恩,以及那三封家书的书写者伊恩,都是同一个人。而报道的书写者、这家报纸的资深记者凯瑟琳·姚,与伊恩之间却又是充满着恩怨纠葛的亲生父女关系。由凯瑟琳·姚撰写的这篇以伊恩为主人公的人物特写,以格外详尽的笔触,真实地记载了伊恩曾经全程参与过其中的一次夜间行动炸毁日军军需库的战斗过程。多少具有一种巧合意味的是,日记的作者,居然也是这位伊恩。而且,伊恩的日记,也恰好被作家穿插到了这次炸毁日军军需库的特别行动过程之中。借助于伊恩的日记这种形式,张翎对战争状态下人物一种特有的微妙心理状态进行了特别真切的揭示与记述:"在第三个和第四个小时时进入了严重的疲劳期,脑子已经无法连贯性地思考,胃里开始产生饥饿的感觉。饥饿的感觉一旦产生之后,就很快步步加深,脑子几乎无法从这张厚厚的蜘蛛网中挣脱,开始联想起在美国家中的各样食品;开始置疑自己当初擅自报名参军是不是一时的冲动;开始害怕如果在这次行动中受伤致残,将如何应对停战之后漫长的未来?甚至开始置疑来到一个遥远的和美国并无接壤之地的外国参战是否真有意义。这一阶段身体的极度疲劳导致了心理上的厌倦感,平时从未思考过的问题开始莫名其妙地浮现……"请一定不能轻易忽略伊恩这段日记对于美军战士战争中潜意识的真实揭示。如果说长时段行军所导致的严重疲劳与饥饿感诱发了对食物的联想,尚且不难理解,那么,由此而更进一步地联想到对于参战意义的怀疑,乃至于战争所不可避免造成的伤残现象,并由此而引发出对作为暴力机器的战争的整体否定情绪,很显然就是现代意义上反战思想的一种集中表达了。

地方志的穿插,则是在小说开始不久,阿燕他们家所在的偏僻山乡四十一步村惨遭日军炸弹袭击之后。关于那场袭击,多年之后的《县志》中是这样记载的:"一九四三年三月三十一日早晨七时二十分左右,六架日军轰炸机突袭我县四十一步村,投下十一枚炸弹。除一枚落入水中,一枚落在山坳之外,其余九枚皆在居民区和茶林爆炸,炸毁民房九间,造成八人死亡,二十九人受伤。牲畜伤亡不计其数。"小说是一种虚构的文体,尤其是在第一人称的叙事模式中,叙述的主观性色彩非常突出。在虚构的小说中引入地方志这种形式,意在凸显事件本身的客观性与真实性。更进一步,张翎之所以要刻意地引入地方志的形式,也是为了强调这一突发事件对于若干主要人物未来命运的决定性影响。非常明显,正是这一突发事件,从根本上改变了阿燕与刘兆虎这两位人物的命运走向:"假若没有那场战争,这个叫姚归燕的女孩子,会慢慢地长大,长成一个美丽的女子——我已经从她的眉眼里看出了端倪。她会找一个敦实可靠,最好识点文墨的男人嫁了,生下几个在茶园里跑来跑去的娃子。"

至于戏文,则很显然是指在鼻涕虫壮烈牺牲后筱艳秋的那一场越剧演出。那一场越剧演出,一共演出了两个剧目,其一为《梁山伯与祝英台》,其二为《穆桂英挂帅》。倘若联系张翎的《劳燕》文本,你就不难发现,其实这两个剧目都是精心选择的结果。在国家全民抗战的时代背景下,选择《穆桂英挂帅》这样的剧目,其意义不言自明。关键还在于《梁山伯与祝英台》这一剧目选择的内涵。作为中国戏曲舞台上长盛不衰的一个经典剧目,《梁山伯与祝英台》所讲述的,其实是一个真诚相爱者最终被迫劳燕分飞的爱情悲剧。所谓"劳燕分飞",按照《现代汉语词典》的权威解释,典出"古乐府《东飞伯劳歌》:'东飞伯劳西飞燕。'后世用'劳燕分飞'比喻人别离(多用于夫妻)。"而百度百科的解释,则特别强调相聚的偶然与分离的必然。以此来对应张翎的小说标题,则张翎的标题显然包含两方面的寓意。其一,是指情侣之间的一种被迫分手。从这一角度来看,小说中来自美国的牧师比利与海军中国事务团军官伊恩这两个人物,都不同程度地爱上了他们各自心目中的斯塔拉或者温德。然而,由于乖谬的命运作祟,他们的这种情感追求,到最后都没有获得圆满的结果,男女被迫劳燕分飞。其二,则是指一种事实上已经超越了男女情感的真切凝结着战争期间的血与泪情义的战友情感。对于"战友"这一语词,作家曾经借助伊恩之口做出精辟的谈论:"我知道我让你们久等了,但我毕竟还是来了,而且是在第一时间。请别用那样的眼神欢迎我,我的同伴,我的战友。""我们把生活轨迹和情绪起伏交托给彼此,但不是生命。所以他们只能是朋友,而不是战友。""我把'战友'这个称谓像东方少女的贞洁一样保存着,不轻易送人。""虽然我们的生命交集是如此短暂,可是我却会把你们称为'战友'。"非常明显,按照伊恩的理解,只有那些彼此之间存在着生命凝结的朋友,方才能够称得上战友。在战争年代,可以被称为战友,到了和平时期,伊恩所谓的生命交集现象,其实完全可以被看作刎颈之交。毫无疑问,张翎在《劳燕》中所集中描写展示的牧师比利、伊恩、刘兆虎这三位男性与那位原名姚归燕的女性在月湖这一地区的相聚与交集,他们之间在战争环境中所结下的深厚情谊,的确当得起"刎颈之交"这样的一种高度评价。从这个意义上说,这四位主要人物在战争结束后不得不分手,并且因为国情的不同而走上迥然相异的人生道路，也就的确称得上"劳燕分飞"了。而且，他们四位的交集，充满了偶然的意味，但他们的最终分手，却又是必然的。由此而推断张翎小说标题的灵感来自"劳燕分飞"这一成语，实际上也是很有一些道理的。假若说我们对于张翎"劳燕"来历的理解能够成立，那么，作家选择《梁山伯与祝英台》这样的一个剧目来穿插到文本中的根本用意，自然也就异常显豁了。归根到底，即使是一个演出剧目的穿插运用，也一样是作家艺术上深思熟虑的一种结果。

形成对话关系的那两只狗，分别是隶属于伊恩的幽灵与隶属于温德的蜜莉。身为军犬的幽灵，其父亲是一只柯利犬，母亲是一只英国灰狗，二者杂交的结果，就是幽灵这样一只"集智慧和速度于一身"的公狗。拥有如此一种天性优势的幽灵，似乎从一开始就注定了它成为军犬的命运。具体来说，作为一只经过特殊培训的侦察犬，幽灵"可以在行军时成为队伍的先导，能搜捕到人耳所无法察觉的异常动静，看见人眼所不能发觉的陷阱和地雷导线，或者埋伏于树枝之下的武器装置。一旦发现异常，它不会发出任何声响，而只是用竖起耳朵或项背上的毛的方式，来提醒主人可能到来的危险"。而蜜莉，则是一只白色的梗犬。按照百度的说法，这种犬，一般来说，精力充沛、个性活跃，是一种对主人忠诚、亲善的犬。梗犬一般个子较小，灵敏，活泼，擅于表现，兴奋性强，大多属于宠物犬。蜜莉的主人，原来是一个瑞典传教士。这位传教士在回国前，把蜜莉留给了牧师比利，比利又把它转送给了斯塔拉。请注意，当幽灵与蜜莉这两只狗之间开始对话的时候，幽灵已经在一次战斗中因为救人而壮烈牺牲，变成了真正的"幽灵"。它们之间的这种对话关系，一直延续了长达五十天之久，一直延续到蜜莉因怀孕难产身亡也变身为"幽灵"的时候。借助于幽灵与蜜莉这两只狗之间的对话,一方面可以叙述交代一些人物的情感隐私,比如伊恩在失去原来的美国女友艾米莉·威尔逊之后的暗地悲伤。在收到前女友的美国来信之后:"我的主人看完那封信,没有告诉任何人,独自一人跑上了山顶。'独自'在这里不完全准确,因为他还带上了我。当他确信周围只有我的时候,他才靠在一棵树身上号啕大哭。"既然只有幽灵一只狗在现场,那么,伊恩的悲伤便只有通过幽灵的叙述才能够为读者所了解。当然了,作家之所以要特别采用两只狗对话的方式,其根本意图乃是借此巧妙地叙述传达它们各自的主人伊恩和温德之间的一段跨国爱情。比如,来自幽灵的叙述:"跑不动了,他会歇下来,搂住我,趴在我的耳边说:'温德,真是个小可人儿,你说是不是?是不是?'"其中,伊恩对于温德的温情和爱意流露得非常明显。再比如,来自蜜莉的叙述:"在这点上,你的主人伊恩远比牧师比利聪明。伊恩懂得青春和忧虑是一对天敌,他知道怎样把严酷的现在零敲碎打成一小片一小片的快活。伊恩不是故意投温德的巧,伊恩只是还没想到将来——他不可能把自己没有的东西送给温德。"更为关键的是,在比较了伊恩与牧师比利之间的差异之后,利用一次伊恩不慎受伤的机会,聪明的蜜莉通过温德见不得牧师比利的缝合过程这一细节,便清晰地洞察了自己的主人温德对伊恩的微妙感情:"也就在那一刻,我突然明白过来她爱上了伊恩——天底下只有爱才可能让人一下子丢失了所有的勇气,叫人从无所不能的勇士变成一筹莫展的废物。我知道在这一刻我的舌头我的鼻息都派不了用场,没有任何东西能安慰得了一个被爱废挫了的人。我只能躲到一个清静点的角落,省得挡着他们的路。"实际上,幽灵也罢,蜜莉也罢,张翎却又哪里是在写狗?写来写去,她所写出的,也还是人。

其二,是对交叉性亡灵叙事手段的精心设定。我们注意到,两三年以来,的确有不少作家在他们的长篇小说写作中采用了亡灵叙事的艺术手段。就我个人有限的阅读视野,诸如余华的《第七天》、雪漠的《野狐岭》、孙惠芬的《后上塘书》、艾伟的《南方》、陈亚珍的《羊哭了,猪笑了,蚂蚁病了》等长篇小说,都不同程度地使用着亡灵叙事这种艺术手段。"细细翻检近一个时期以来小说中的亡灵叙事,即不难发现,那些亡灵叙事者绝大多数都属于非正常死亡者,这些小说中的亡灵叙事者,皆属横死,绝非善终。从某种意义上说,正因为这些亡灵内心中充满着愤愤不平的抑郁哀怨之气,所以才不甘心就那么做一个鬼魂中的驯顺者,才要想方设法成为文本中的亡灵叙事者。"[②]假若说其他这些长篇小说中的亡灵叙事者,的确属于非正常死亡者,那么,张翎《劳燕》中三位最主要亡灵叙事者的状况却稍有不同。具体来说,其中的两位明显属于正常死亡,这两位分别是牧师比利和美军军官伊恩。牧师比利之死,很显然是自己过于疏忽大意的结果。一次看似不起眼的火疖子切除手术时,手术刀一时不慎在比利的食指上割了一个小口子。唯因其不起眼,所以比利就没当回事,只是做了简单的处理。未承想,到最后,他果然死于由此而引起的败血症:"事后证明,我的犹豫是致命的。三十五小时之后,我死于败血症。"比利之死与那位名叫诺尔曼·白求恩的加拿大人好有一比。就客观实际的工作状态而言,你很难说牧师比利在抗战中给中国做出的贡献就比诺尔曼·白求恩少多少,但诺尔曼·白求恩的青史留名与牧师比利的寂寂无闻形成了极其鲜明的对照。两相比较的一种直接结果,就是再一次强力地印证了历史的残酷无情。美国海军中国事务团一等军械师伊恩之死,则很显然属于年岁很高的寿终正寝。身为曾经在中国战场参加过二战的一位美国老兵,一直到94岁高龄时才与世长辞，无论如何都称得上寿终正寝。他们两位，一个死于自己的一时疏忽，一个寿终正寝，毫无理由牢骚满腹、怨天尤人。相比较而言，三位亡灵叙事者中，后来的命运格外坎坷者，只有那位中美特种技术合作所训练营的中国学官刘兆虎。结合文本后面的交代，刘兆虎其实是因肺癌晚期而且已经扩散转移到了骨头不治身亡的。唯其如此，十七年之后，出现在牧师比利目前的刘兆虎才会是一副瘦骨嶙峋的模样："我觉得用瘦来形容你简直是一种矫情。你岂止是瘦，你几乎完全没有肉，你的皮肤是紧贴在骨头上的，紧得几乎可以看清骨头的颜色和纹理。你的头发几乎掉光了，剩下稀稀疏疏的几根，根本无法掩盖你的头皮。你的头皮和你的脸色一样泛着病态的苍白，不过你看上去很干净，说明有人仔细地清理过你之后才送你上的路。"刘兆虎虽然在那个荒唐的年代饱受折磨，而且，我们也不能说，他罹患重病，就与那些迫害无关，但很显然，就直接的死因来说，刘兆虎的死亡乃是肺癌发作并扩散的结果。这种死亡方式，与其他亡灵叙事小说中那些死于非命的叙述者相比较，恐怕还是应该归之于正常死亡的范畴之中。既然三位亡灵叙事者都属于正常死亡的范畴，那么，同样是亡灵叙事方式的征用，张翎《劳燕》与其他同类作品的区别，也就非常明显了。

之所以要设定如此一类带有生命达观特色的亡灵叙事者，与张翎意欲完成的叙事意图之间存在着必然的内在关联。这当然不是说张翎的《劳燕》中，已经不再有社会政治层面的批判内涵。事实上，社会政治批判，仍然是《劳燕》思想内涵一个非常重要，不容轻易忽视的组成部分。这一点，集中通过抗战老兵刘兆虎战后的不幸命运遭际而体现出来。身为一名为民族解放做出了巨大贡献的抗战老兵，刘兆虎在战后不仅没有获得应有的勋章和荣誉，反而因为自己当年错误地参加了美国与国民党联合组织的中美特种技术合作所训练营，就被诬为"美帝国主义训练的特务，国民党的残渣余孽"，并因此而被捕入狱，被判处了长达十五年之久的徒刑，在邻省的一座煤矿服刑。若非阿燕作为一个有心人从他入狱一开始就想方设法在营救他早日脱离苦海，那么，依照刘兆虎的身体状况，到最后服刑期满能不能活着走出监狱，恐怕都是一个问题。"还要过一些日子，我才会慢慢领悟阿燕出类拔萃无师自通的特工技巧：她把一个庞大的营救计划肢解成一个个细小的零件，分散在一些看上去毫无关联的细节中，等待着我慢慢地发觉捡拾。"最终，凭借着阿燕的不懈努力，刘兆虎得以被提前释放："释放的理由是：我因与一名罪犯的名字相似而被误捕。"却原来，在这个过程中，一共有三名当事人为刘兆虎出具了书面证据，"证明我不是中美特种技术合作所训练营名单上的那个刘兆虎，因为我在1943年春天起使用的正式法律名字就已经是姚兆虎。"这三个人分别是阿燕、四十一步村的支书杨保久（也即瘌痢头）以及契约的执笔人德顺爷爷。但即使营救及时，五年的煤矿服刑生活事实上也已经严重地伤害了刘兆虎的身体。这种糟糕的身体状况，再加上后来所遭逢的那个大饥饿岁月，刘兆虎身体的彻底垮掉，就是无可避免的一种结果。这个过程中，虽然已经尽释前怨的阿燕想尽一切办法为他求医问药，但人力终归敌不过天意。

　　社会政治批判固然重要，但张翎为自己的《劳燕》所设定的高远艺术目标绝不仅仅是社会政治批判。依照我个人的愚见，在将近一个世纪的时空范围内，以中国战场的抗战为根本聚焦点，对非正常的战争状态所导致的人性与命运的裂变进行足够真切的透视与表现，方才应该被看作张翎《劳燕》意欲达至的高远艺术目标。亡灵叙事手段的有效征用，实际上是通往这一艺术目标的基本路径之一。1945年日本天皇"终战诏书"的宣读,标志着长达十四年之久的中国抗战的全面彻底胜利。这一喜讯,对于那些为了这一天的到来做出过浴血牺牲的抗战将士来说,真的是期待已久。那个特别的时刻,月湖的中美特种技术合作所训练营顿时陷入了一种狂欢的状态之中:"疯狂是从你们的营地开始的,后来才像流感一样传染给月湖的每一户人家……上帝怜悯你们,把疯狂的一天安排在盛夏,叫你们尽情胡闹,却不用去烦愁夜里睡觉的冷暖。"也就是在这具有特别纪念意义的一天,"待众人散后,你们两个人,你,伊恩·弗格森,美国海军中国事务团的一等军械师,还有你,刘兆虎,中美特种技术合作所训练营的中国学官,还没有尽兴,就偷偷溜出来到了我的住处",继续着三个人的狂欢。也就是在这次彻夜狂欢的时候,"你说以后我们三个人中不论谁先死,死后每年都要在这个日子里,到月湖等候其他两个人。聚齐了,我们再痛饮一回。"在牧师比利看来,"你才是我们中间的智者。……我们将很快各奔东西,我们今后的生活轨迹,也许永远不会再有交集。活人是无法掌控自己的日子的,而死人则不然。灵魂不再受时间、空间和突发事件的限制,灵魂的世界没有边界。千山万水十年百年的距离,对灵魂来说,都不过是一念之间。"没想到的是,相约容易,真正践诺却很艰难。三个人中,最早来到月湖践诺的,是三人中年龄最大的牧师比利。那时候,距离他们约定的时间才不过过去了三个月。十八年过去后,刘兆虎成为第二个践诺者。然后,牧师比利与刘兆虎的亡灵又苦苦等待了长达五十二年的时间之后,以94岁高龄辞世的伊恩方才姗姗来迟地抵达月湖践诺。三位抗战老兵(尽管牧师比利并不是正式的军人,但他的所作所为事实上为抗战做出了很大贡献。从这个意义上来看,笔者更愿意把他划入老兵的范畴之中)的亡灵不仅终于如约在月湖相聚,更何况,很显然,在他们之间还夹杂着一位女性:"我知道我们正在渐渐接近事物的核心。我早就从你们闪烁的眼神里看出你们最期待的话题,是那个被我称为温德的女人。不,女孩。她其实是我们相聚的最主要原因。假若我们各自的生活是三个圆,那么她就是这三个圆的交汇点。你们很想谈到她,却又不敢,或者说,不忍。"毫无疑问,对于七十二年后终于聚集在月湖的牧师比利、伊恩以及刘兆虎这三位亡灵来说,这位让他们讳莫如深的女性,事实上是他们各自生命历程中最重要的一位女性。只不过在刘兆虎的眼中,她是阿燕,在伊恩的眼中,她是温德,而在牧师比利的眼中,她是斯塔拉。一位女性,三个名字,分别代表着她生命中的三个不同阶段。实际上,七十二年之后相聚在月湖的三位抗战老兵的亡灵,也正是围绕这位女性,展开了对于既往生命历程的追忆。其中的故事焦点,当然是他们由于战争的原因而在月湖地区相识、相交一直到最终分手的整个过程。

这里很显然存在着两个无法回避的艺术问题,其一,张翎的战争想象叙事,为什么一定要在一个差不多长达一个世纪的时间范围内展开?其二,张翎为什么一定要选择牧师比利、伊恩以及刘兆虎这三位亡灵来作为小说最主要的三个第一人称叙述者?首先,如果张翎仅仅局限于战争来讲述战争,那么,她就无法把一场可怕而可恶的战争对人类个体命运所产生的巨大影响表现出来。究其根本,唯有在一个相对阔大的时空中,我们才能够观察到战争的发生究竟在何种程度上改变着一个人的命运,并进一步地洞悉认识到在这个过程中,人性与命运到底会发生怎样一种难以预想的裂变。比如,假若不是抗战爆发,并且蔓延扩展至如同四十一步村这样普通的偏僻山乡,那么,打小就青梅竹马两小无猜的刘兆虎与阿燕极有可能顺利成婚并过上普通山民的正常生活。然而,可怕的战争最终不仅发生了,而且的确以强大的蛮力把刘兆虎与阿燕席卷到了战争的旋涡之中。那么,他们命运的改变,也就不可能避免了:"可是战争的手一抹,就抹乱了世间万物的自然生长过程。我们都没时间了,我没时间逐渐生长爱情,她没时间悠悠地长大成人。"可怕的战争不仅先后剥夺了阿燕父母的生命,而且残忍地剥夺了她身上被传统中国女性视若生命的贞操,进而从根本上改写了阿燕的命运。倘若不是战争的发生,阿燕不仅不会遇到牧师比利与美军军官伊恩,更不会与他们发生深入骨髓的生命交集与嵌入。不只是阿燕的命运轨迹被可诅咒的战争硬性改变,同样被改变了命运轨迹的,还有刘兆虎、牧师比利以及美军军官伊恩。在中学接受国文老师左翼思想影响的刘兆虎,本来已经打定主意随同几位志同道合的同学一块去延安,没想到,就在一切都已准备停当的时候,日军飞机对四十一步村的侵袭,以及日军士兵紧接着的进一步侵犯,硬生生地改变了刘兆虎的命运。他因失血过多而昏迷长达一个星期,等到他终于休养到可以重新走动的时候,已经是一个多月以后。到这个时候,他的那些同学因为等他不及,早已先行一步出发,并在四个月后如愿抵达延安了。尽管刘兆虎不死心,此后也再次努力试图实现他的延安梦想,却因国文老师的被捕而以失败告终。正所谓"失之毫厘,谬以千里",刘兆虎就此走上了与同学不同的人生岔道。到最后,四处碰壁实在走投无路的刘兆虎,在偶然发现中美特种技术合作所训练营的招生启事之后,终于如获至宝,"一分钟也没有耽搁,就赶去了月湖"。就这样,刘兆虎的生命,不仅与牧师比利、伊恩他们发生了交集,而且也与他一再避之唯恐不及的阿燕交缠在了一起。曾经有过医学院学习经历的牧师比利,在战前本来只是一个兼及医道的本本分分的传教士而已。但因为战争的发生,更因为其母国的参战,尤其是母国将士远赴中国战场参战,牧师比利终归还是身不由己地深度介入了这一场规模空前的大战之中:"虽然你不穿我们的灰色杂役服,也不在我们的登记名录之中,你没有和我们一起参加过任何一次行动,可是,我依旧把你叫作'战友'。"为什么呢?因为牧师比利其实已经以他的特别方式积极参与到了这场战争之中:"你是牧师,而且行医,所以你的教堂里,终日走动着各式各样的人,有教书先生、屠夫、茶农、织娘,甚至有行乞经过的流浪汉……你总能用你狗一样敏锐的鼻子,蛇一样灵巧的簧舌,从那些人嘴里诱出各样的信息,然后用你那辆正骑或倒骑的自行车,传送到我们的情报官手里。所以,我们的定时炸药,常常能在恰当的时间里在恰当的地点引爆。"等到战争终于结束的时候,牧师比利竟然不无自嘲地这样看待并谈论自己:"战争,这场可诅咒的战争,让一个循规蹈矩的牧师,变成了一个油头滑脑的探子、走私犯、青帮门客,还有酒鬼。"归根结底,牧师比利多种身份之间的转换,所充分见证说明的,正是他在那场战争中所做出的特殊贡献。同样的道理,伊恩的命运转换,也是拜那场战争的爆发所赐。假若没有战争的发生,伊恩就很可能只是一家普通汽车修理铺的老板,但1941年12月7日的日军偷袭珍珠港事件,不仅把美国拖入二战之中,而且也改变了热血青年伊恩的命运。在报名参军之后,伊恩很快就被派遣到中国,不仅成了美国海军中国事务团的一名一等军械师,而且很快就结识了牧师比利、刘兆虎以及他生命中一位最重要的女性温德。

　　同样不能被忽略的一点是,命运被战争悄然改变的同时,这几位主要人物的内心世界也由于战争的原因而发生着程度不同的裂变。关于人性,作家曾经借助于伊恩之口发出过这样一种议论:"当我坐上从加尔各答返回美国的飞机时,一路上我也想起过温德。与其说我想起了温德,倒不如说我想起了牧师比利离开月湖时给我的忠告,尽管那时听起来逆耳。牧师比利毕竟比我年长了十五岁,到底比我更近地听到过上帝的声音,他知道人性是怎样一件千疮百孔的东西。战争是一个世界,和平是另一个世界,两个世界各自有门,却不同于彼此。"这段话的要害处,在于"人性是怎样一件千疮百孔的东西"。在很大程度上,张翎就是在通过一部长篇小说的写作来展示并确证着这人性本身的"千疮百孔"。比如,伊恩。伊恩在与温德的交往过程中,最大的一个人性过错,就是他对温德的始乱终弃。战前,伊恩在美国本来已经有一位名叫艾米莉·威尔逊的心仪女友。但因为战争的发生,他们被迫天各一方。同样也由于战争对生命所造成的强力威胁,艾米莉·威尔逊竟然匆匆忙忙地弃他而嫁给了一个名叫罗宾逊的男人。或许与他急于填补情感空白的潜意识有关,在短暂的战争期间,伊恩竟然不管不顾地爱上了温德这样一位中国女性,而且致使她有了身孕。尽管伊恩也明确表达过要和温德结婚的愿望,并且在滞留上海期间,也的确给温德写过一封中途不慎被丢失的信件,但一个无论如何都无法否认的事实是,在回到美国,甚至还未回到美国的时候,伊恩就已经放弃或者说改变了与温德结婚的愿望。秉持着西方价值观的美国大兵伊恩,根本就没有考虑到已经怀有身孕的温德未来在中国的尴尬与不堪处境,又或者,对于温德的怀孕状况,伊恩根本就不知情。然而,一个根本的问题在于,假若说战争刚刚结束时,伊恩与温德的被迫劳燕分飞,尚且存在着非人力所能为的客观因素的制约和影响,那么,到了1992年,当他和温德的亲生女儿凯瑟琳·姚出现在他面前,他却因为惧内而怯懦地不敢相认的时候,他的行为就无论如何都不可原谅了。"那场风暴貌似突兀,其实已经孕育了很久。它是那场战争的产物,它像一头藏匿在茫茫黑夜中的巨兽,悄无声息地匍匐在远方,等待着风云变幻促成的某一个因缘际会,才猝然横扫过一汪大洋。等它最终把第一个浪头摔在我门前的时候,它其实已经蓄了四十多年的势。那场风暴凶猛地冲开了我的情绪大门,叫我看见了一些藏得很深我从未发觉过的恶魔。那场风暴卷起来的波浪,一直延续到我生命的最后一刻。"倘若说战后四十多年来对于曾经倾心追逐过的温德的遗忘,还能够以时空距离过于遥远作为逃遁的理由,那么,面对着自己的亲生骨肉都没有足够的勇气相认,那伊恩人性世界中的自私与猥琐也就真的不能被轻易地理解和原谅。尽管此后的二十多年时间里,自觉惭愧的伊恩一直在想方设法寻找凯瑟琳·姚,并试图以这样一种方式实现自我救赎,但他的人性世界曾经有过的"千疮百孔"无法被否认。

即使是那位身为上帝使者的牧师比利,其人性深处也会存在"千疮百孔"的状况,也会在有意无意间犯下需要不断自我忏悔的罪愆。具体来说,牧师比利自认为不可自我原谅的一种罪愆,就是他刻意地向斯塔拉隐瞒了在营地传播关于她的流言的真相。由于斯塔拉内心早已认定,自己此前不幸遭遇的知情者,不过只有牧师比利、刘兆虎以及自己。所以,一旦事情的真相外泄,那她首先的怀疑对象,就一定是和自己有着恩怨纠葛的刘兆虎。没想到,事情真相的被传播,其实与牧师比利的厨子有关:"可是我知道刘兆虎是无辜的。真正的始作俑者是我的厨子。""我的厨师,那个可怜的虔诚的女人,知道自己嘴上的那条缝酿出了大祸,觉得无法面对上帝,无颜见斯塔拉和我,就坚决辞职离去。临行前,她一再要求我为她保守秘密,于是,我就没有声张厨子离去的真实原因。"正所谓,受人之托,忠人之事,牧师比利既然接受了厨子的委托恳求,答应替她保守秘密,然后就真的兑现了自己的诺言。从表面上来看,牧师比利的行为简直无懈可击,切合人与人之间的交往伦理原则。但只有牧师比利自己才知道,他之所以能够信守诺言,自始至终都没有向其他人尤其是当事人斯塔拉透露真相,还是有着内心的小九九的:"我知道这件事是斯塔拉的死结,从那以后,斯塔拉留给刘兆虎的门才真正关严了。最初我隐瞒实情,是因为我对厨子许下的诺言,而后来,却是因为一己私念——我无可抑制地爱上了斯塔拉。我的私念渐渐膨胀,最后完全淹没了初衷。"在经过了一番认真的比照之后,牧师比利认定,虽然一直有伊恩和刘兆虎掺杂于其中,但在斯塔拉的这一场情感战争中,他觉得最后的胜利者却一定会是自己:"我坚信,同情信任和抱团取暖虽然不是爱情,但比爱情更坚固。在战争飓风卷扫过的废墟里,斯塔拉最终可以依赖的人只能是我,哪怕经过了刘兆虎,哪怕经过了伊恩。"只可惜,牧师比利把什么都想到了,唯独没有想到自己生命的短暂,没有想到自己仅仅在数月之后,就会因为破伤风感染不治而过早地离开人世。事实上,正是由于这种情感自私心理作祟,牧师比利最终没有把事情的真相告诉斯塔拉,以至于斯塔拉对刘兆虎的严重误解又延续了很久。唯其如此,牧师比利内心才会愧疚不已,一直到七十年后都还在强调自己欠刘兆虎一个郑重的道歉。

相比较而言,人性世界最为"千疮百孔"的,应该是一生命运坎坷、曾经经历过深重苦难的刘兆虎。而且,刘兆虎那"千疮百孔"的人性世界,集中体现在对阿燕的数度辜负上。刘兆虎最早的辜负,出现在日本飞机突袭四十一步村后。眼看着年幼的阿燕就要被逼着挑起家庭生活的重担,刘兆虎曾经心有不忍:"那一刻我几乎有些动摇,想留下来算了,姚家人对我有恩。"但家国破碎所激起的报国之志，却还是让他选择了出走远方。需要指出的是，由于阿燕格外坚强，刘兆虎的这次辜负对她没有产生丝毫的影响。他对阿燕的第一次深度伤害，是在他从母亲的口中了解到阿燕曾经惨遭日军凌辱的消息之后。当他在四十一步村外意外地撞上瘌痢头把阿燕紧紧地压在地上意欲非礼的时候，刘兆虎虽然毅然出手狠狠地教训了瘌痢头一通，但他对阿燕那拒之于千里之外的冰冷态度，却严重地伤害了阿燕。一方面是阿燕怯生生地询问刘兆虎是否还会再度离家；另一方面却是"我隐隐闻到了她身上的气味。那是一种我说不上来的复杂气味，是泥尘的味，是草皮的味，是呼吸的味，也是身体的味。谁的身体？日本人的？瘌痢头的？还是……"于是，"我突然感觉窒息。那一刻我感谢夜色，它合乎时宜地降落下来，遮住了我眼中无法掩盖的一丝厌恶。"是的，厌恶，就是"厌恶"。因为"厌恶"，所以，刘兆虎说出来的话语才会句句如同刀子："阿燕，其实，我和瘌痢头一样，都不是人。"在以冷冰冰的自我诅咒方式完成了与阿燕的切割之后："我知道她听懂了，不是从我的话语里，而是从我的举动上——我挪开身子，坐到了一个离她稍远些的地方。"就这样，从言语到行动，刘兆虎都明确表示出了对曾经被日本人肆意凌辱过的阿燕的排斥和拒绝。如此一种辜负，对阿燕精神世界伤害的严重程度，不管怎样估量都不过分。问题在于，刘兆虎对阿燕的辜负与伤害，却并未到此为止。抗战结束后，本应很快返回故乡的刘兆虎却迟迟不肯启程。究其原因，还是为了逃避早年与阿燕曾经有过的婚姻约定。为了达到甩脱阿燕的目的，刘兆虎甚至煞费苦心地登报声明离婚："于是我改变了计划，我决定在警校再混上几个月的时光。我会利用那段时间在报纸上刊登一则和姚归燕脱离关系的声明——那时的城里人都是采取这种办法解除婚姻束缚的。"尽管小说并没有细描阿燕看到离婚声明后的具体反应,但毫无疑问的一点是,它一定会对阿燕形成极强烈的情感刺激。就此而言,这则声明对阿燕的精神伤害也是显而易见的。

由以上分析,即不难看出,假若张翎局限于战争的范围来关注描写战争,那么,这所有的人性与命运裂变,恐怕都无从得以充分表现。作家只有把叙事时间拉到将近一个世纪的长度,才尽可能真切地逼近人性与命运的裂变真相。而这,也正是张翎的战争想象叙事,一定要在差不多长达一个世纪范围内展开的根本原因所在。至于第二个问题,也即张翎为什么一定要选择牧师比利、伊恩以及刘兆虎这三位亡灵来作为小说最主要的三个第一人称叙述者。我想,答案恐怕应该从两个方面加以探寻。首先,从技术的角度来说,普通人的寿命都是有限的,因此,要想从第一人称的角度来对长达百年之久的曲折人生进行叙述,就必须想方设法突破寿命的限制。亡灵的特点,就在于它事实上已经最大程度地挣脱了时间的羁绊,已经拥有了在阔大时空中任意往来的自由。这样一来,技术上的问题也就迎刃而解了。其次,更主要的恐怕还是一种中正、客观而又平静的叙事态度问题。一方面,牧师比利、伊恩以及刘兆虎都曾经是历史的在场者和见证者,而且都与女主人公发生过程度不同的情感纠葛;另一方面,他们现在都已经是身在天国的亡灵,已经与历史现场拉开了足够大的距离。这样的一种情形,很自然地就会让我联想到苏东坡的名句"不识庐山真面目,只缘身在此山中"。在很大程度上,只有既置身其内又跃身其外者,才可能把事情的真面目看清楚。而对这三位亡灵叙事者,正可以做如此一种理解。更进一步说,一者,这三位亡灵叙事者都属于正常死亡,再加上他们都已经远离尘嚣,都已经摆脱了置身于历史现场时必然会同时具有的各种喜怒哀乐的情感困扰，因而也就能够用一种与意气用事无关的通透眼光来看待曾经的恩怨人生。究其根本，同时拥有三个名字的女主人公这样一个具有相当人性深度的人物形象，也正是依赖于如此一种通透的目光才能够被成功刻画塑造成形的。

概略地说，张翎《劳燕》所讲述的，其实是三个男人和一个女人的故事。而且，很显然，这三位男性的第一人称叙事全都是围绕这位女性而运行的。同时，这三位男性也可以说都是这位女性不同程度的喜欢与恋慕者。别的且不说，单只是如此一种"一女数男"人物关系的设计构想本身，就已经大大突破了我们在很多作品中惯见的"一男数女"模式。其中，一种男性批判的女性主义意味的存在，是显而易见的事实。而这实际上也就明显预示着，性别歧视与女性自尊的书写，恰恰是张翎《劳燕》最不容忽视的一部分思想内涵。"阿燕、温德、斯塔拉。它们是一个人的三个名字，或者说，一个人的三个侧面。你若把它们剥离开来，它们是三个截然不同的板块，你很难想象它们同属一体。而当你把它们拼在一起时，你又几乎找不到它们之间的接缝——它们是水乳交融、浑然天成的联合体。"这位同时具有三个名字的女性，可以说是《劳燕》中苦难最为深重的被侮辱与被损害者。十四岁的娇小年纪，即已先后失去父母双亲，被迫挑起生活与生存的重担不说，她自己也惨遭残暴日军的肆意凌辱。日军的残暴还在其次，相比较来说，较之于日军的残暴，更糟糕十倍百倍不止的，反倒是来自国人的冷漠与歧视、侮辱："她们母女两人的遭遇，早已在四十一步村里传得沸沸扬扬……而那天的劫难，连同所有的细节，经过女人们一轮又一轮压低了嗓门的流传，已经成为村里每一户人家饭桌上最公开的秘密。"既然流言已经漫天飞扬，那么，四十一步村人对阿燕的歧视与排斥乃至于公开凌辱，也就是顺理成章的事情。而且，很显然，从一种象征的意义上说，张翎实际上也就是在通过对四十一步村人的描写而最终实现一种对国民劣根性的尖锐批判。然而，阿燕的劫难却并未到此为止，她根本想不到，即使在中美特种技术合作所训练营这样的抗日军营里，自己曾经遭受日军凌辱的流言不仅会广为流播，而且竟然还会成为鼻涕虫企图强暴自己的借口。幸运之处在于，到了这个时候的阿燕，已经在精神层面上彻底完成了一场由蛹到蝶的蜕变。事实上，也只有在完成了这种精神蜕变之后，阿燕方才会在阻止了长官枪毙鼻涕虫的行为之后，声泪俱下地讲出了一番可谓是石破天惊的话语："我逃回家后，他们都不认我，他们觉得我遭了日本人的欺负，他们就都可以欺负我。"紧接着，阿燕发出了强力诘问，"你们为什么只知道欺负我，你们为什么不找日本人算账？"

精神蜕变彻底完成之后的阿燕，事实上变成了一位极其难能可贵的以德报怨的人间苦难超度者。这一点集中表现在她与曾经数度辜负伤害自己的刘兆虎之间的关系上。具体来说，当刘兆虎面临被抓丁威胁的时候，毅然挺身而出替他排忧解难的，是阿燕；当他潜逃回四十一步村，被当作逃兵抓捕时，将他藏在家中者，是阿燕；当他因为与美军以及国民党之间的瓜葛而被捕入狱时，长期坚持和他通信并千方百计将他营救提前出狱者，是阿燕；当他从狱中走出面临生存困境的时候，毅然决然地用自己的身躯和心灵抚慰他的，是阿燕；当他晚年病入膏肓卧病在床的时候，多方面想方设法为他求医问药者，同样也是阿燕。尤其令人倍感意外的是，在以德报怨帮助刘兆虎的过程中，阿燕自己其实做出了巨大的牺牲："直到有一天，阿燕在挽起袖子揩拭身体时，我偶然发现她胳膊上有一串青紫色的针眼，我这才恍然大悟，这些天里我喝的不是猪肝汤,而是阿燕的血。"这是说阿燕在被迫卖血。"就在她转身的时候,我发现她夹袄后襟的一个衣角,掖在了她的裤腰里。""刹那间,我的脑子产生了一些古怪的念头,我觉得那些猪肝,那些混在泥鳅里的肉末星子,那些漂在鲫鱼汤里的油花,突然都变成了裤腰带。阿燕的裤腰带是在什么时候第一次松动了的呢?是在为我索求那张盖着戳子的身份证明的时候?是在她胳膊上的静脉硬实得再也扎不下针的时候?还是在我吐出了那片煎炒得油亮的猪肝的时候?第一次也许很难。第二次就容易多了,第三次就成了习惯。再往后,兴许她再也不需要裤腰带了。"实际上,也正因为明确意识到自己以及牧师比利、伊恩们太多地亏欠了阿燕,所以,成为亡灵之后的刘兆虎,才会以强烈的自谴笔调说道:"其实扔下阿燕的不只是我,还有你们——你,牧师比利,还有你,伊恩·弗格森。我们在不同的阶段进入过她的生活,都把她引到了希望的山巅,又以各种各样的方式离开了她,任由她跌入绝望的低谷,独自面对生活的腥风苦雨,收拾我们的存在给她留下的各种残局。在我成为鬼魂之后,我甚至暗自庆幸过我死得其时,我不用目睹阿燕在几年之后的那场大灾难中遭受的更大屈辱。"唯其如此,刘兆虎才会如此犀利地自责自忏:"我的自私罄竹难书。"实际上,面对着阿燕或者斯塔拉或者温德,感到自惭形秽者又何止是刘兆虎呢?其实牧师比利、伊恩,也都应该有同样的强烈感受才对。唯其如此,到小说结尾处,面对着业已处于中风状态的女主人公,作家张翎才会借牧师比利的亡灵做这样一种真切的表白:"在我的记忆中,你是那个连眼泪都能照亮别人的小星星啊,我怎能把你跟眼前这个身体像掏空了的麻袋似的老妇人联系在一起?"那么,"是谁掏空了你的麻袋的?""是战争。"是的,当然是战争。但与此同时,却也包括其他很多人:"战争把第一只恶手伸进你曾经饱满结实的生命之袋,我们跟在它之后也伸出了自己的手。这个'我们',不仅包括我、伊恩、刘兆虎,还有阿美、杨建国、瘌痢头、鼻涕虫、那个在枕边传了你流言的厨子、那个在营地门前用枪指着你的哨兵……'我们'其实是每一个走进你生活的人。我们每个人的手上都有罪孽,我们每个人都从你的袋子里偷过东西。"

尤其不能忽略的,是牧师比利和上帝之间的一段虚拟对话。上帝问:"请你告诉我,你们到底从这个可怜的女人身上拿走了什么?""不多。我回答说。不过是一点点信任、耐心、慰藉、勇气、善意,最多再加上一副完好的牙齿,一个光洁的额头,两只饱满的乳房。""那么,你们又给她留下了什么?""不少,我的主,比如一辆破旧得连厂名都找不见了的自行车,一颗几乎可以和泥土混成一色的金属纽扣,一本书脊几乎散了架的《天演论》,还有一些不是用竹简绸卷纸张油墨记载在任何国法、《城镇管理法》《婚姻法》《家庭法》,甚至治安法中,而是用窃窃私语在人们的舌头上游走了几个世纪的耻辱。"到最后,牧师比利还留下了如下一句话:"我们拿得很少,却留下了很多。真的。"只要认真地对比一下,我们就不难从以上的虚拟对话中读出强烈的反讽意味来。正是从这强烈的反讽意味中,我们才能够清楚地了解到,漫长的人生中,周围的人群到底对阿燕或者斯塔拉或者温德这样一个地母式的女性犯下了怎样无法饶恕的罪孽。也因此,我们才能够更加充分地理解牧师比利在叙事过程中对于斯塔拉的高度评价:"上帝回应了我的祈求,他果真赐了一颗星星,却不是给她的。后来我才慢慢领悟,上帝的那颗星星是给我的——她是我的星星,她照亮了我的路,给了我方向。"因为,"我才是那个迷失的人"。事实上,迷失者又何止是牧师比利呢?从某种意义上说,前面罗列出的那曾经掏过女主人公生命之袋的所有人,也全都是迷失的人。从这个角度来看,这位拥有三个名字的女主人公,其实是一位拥有博大悲悯情怀的拯救者。而在基督教的教义里,唯一的三位一体者,正是所谓"圣父、圣子、圣灵""三位一体"的上帝本身。

注释:

①雁冰《读〈呐喊〉》,载 1923 年 10 月 8 日《时事新报·学灯》。

②王春林《亡灵叙事、现实批判与人性反思》,载《长篇小说选刊》2015 年第 6 期。

石一枫《心灵外史》：精神信仰

我们注意到,小说创作近几年来可谓风生水起的青年作家石一枫,曾经在关于《世上已无陈金芳》与《地球之眼》这两篇中篇小说的一个创作谈中明确表示,自己小说创作追求的根本目标乃是"不问鬼神问苍生"："我恰好又在不看一肚子洋书就不好意思跟人打招呼的环境里混过些年,于是概莫能免地啃过几套'内部文库''先锋译丛'之类的红宝书黑宝书。至于文学作品,连《尤利西斯》和《追忆似水年华》也不是没鼓起奥运精神挑战过,可惜看到一半儿,看出了我认识那些字儿而那些字儿不认识我的境界,只好怏怏作罢。等到腰围渐宽,对自个儿的要求放松了,再加上着实编了几年文学期刊又是一'现实主义'杂志,在老同志的耳提面命和潜移默化之下,发现自己能够认同的审美标准也变得越来越简单:够不够'可读',读完之后有没有一点儿哪怕是小感动?感动之余能不能稍微耐人寻味地'可想'？如果想来想去还想不明白,那就算一不留神写出过得去的东西了。而具体落实到个人操作上,则是通过塑造好一两个人物,再挖掘出这些人物与时代的勾连关系,来实现上面的效果。这种观念比较传统,甚至称得上陈腐,但也的确是我这几年的真实感受。而且要想实现那些哪怕中学课本里都讲过的'文学原理',恐怕也不是一件多么容易的事情,它需要作者不停地琢磨人、琢磨事儿、琢磨社会的变化以及变化的原因。总之功夫在诗外,除了考虑'怎么写',还得考虑'写什么',更得考虑'为什么写'。""其他诸如情节走向腔调风格,个人觉得倒是末技。这年头大凡不那么认命的人,总会在'别人让我怎么活'和'我想怎么活'之间徘徊辗转,也会冷不丁地冒出点儿体验别人的人生,反观自己的人生的需求。写或者读那种'不问鬼神问苍生'的小说,其动机多半在此。"①在这段创作谈中,石一枫以充满幽默、诙谐色彩的话语所一力强调的,乃是在现代主义已然发生普遍影响的时代,坚持一种现实主义创作理想的重要性。其所谓"不问鬼神问苍生"者,正是这种创作理想的形象表达。实际上,只要是对中国古典文学比较熟悉的朋友,就都知道石一枫的"不问鬼神问苍生"这句话,是从李商隐《贾生》中"可怜夜半虚前席,不问苍生问鬼神"的诗句化用而来的。质言之,汉文帝之所以关心神鬼的问题,也不过是企图借助于某种超自然的力量贪求如何才能够长生不老。然而,假若我们超越李商隐的诗歌语境,将他的诗句与作家石一枫的小说创作联系起来加以考察,那么,"苍生"就可以被看作普通民众的苦难生存现实,而"鬼神"者,则可以被理解为普通民众健康精神世界的构建问题。如果我们的上述理解能够成立,那么,你就会不无惊讶地发现,与《世上已无陈金芳》和《地球之眼》这两篇中篇小说相比较,在时隔不久之后的长篇小说《心灵外史》(载《收获》杂志2017年第3期)中,石一枫就已经自觉或者不自觉地实现了某种自我突破。倘若说在前两篇中篇小说的写作过程中,石一枫的确是在"不问鬼神问苍生"的话,那么,到了他的《心灵外史》中,作家就确然是在真真切切地"既问苍生,也问鬼神"了。

实际上，只要对于这部或许是在向作家张承志的长篇小说《心灵史》致敬的《心灵外史》（之所以断定石一枫是在以《心灵外史》向张承志的《心灵史》致敬，根本原因在于，这两部长篇小说全都是与精神信仰紧密相关的作品）的叙事话语稍加留意，我们即可一目了然地辨析出石一枫小说的特别味道来。是的，正如你已经预料到的，我这里的具体所指，就是某种程度上独属于石一枫的一种文学比喻修辞。比如，"而来到西安之后，有一天我肚子疼得直打滚，校医开了包同样的药给我吃，几十条蛔虫就被浩浩荡荡地打下来了，如同在茅坑里下了一碗手擀面"。这是在写"我"打蛔虫。比如，"他说这话时，正在把一条剥好了的象拔蚌往嘴里塞去，但是因为蘸了过多的日本青芥末，便情不自禁地打了个喷嚏，看起来好像喷出了一股又长又滑的鼻涕。那条鼻涕就挂在他的嘴边，旋即又被吱溜一声吸了进去"。这是在写李无耻吃象拔蚌。再比如，"我便夺过了他本人的那一盒，拆开来一块一块地按碎，'榨出了皮袍下面藏着的卵'，顺势又将那些蛋黄塞进了自己的嘴里，示威性地大嚼，嚼得直流黄汤儿，那模样好像正在兢兢业业地吃屎一样"。这是在写"我"如何大嚼大咽中秋月饼。够了，已经不需要再列举了。所举出的这些话语例证，已经足以说明石一枫的叙事话语特质了。一方面，我们不能不承认，石一枫的这些文学比喻都不仅非常形象传神，而且也很明显地达到了某种叙事话语"陌生化"的效应。除了石一枫之外，我们的确未曾在其他作家那里读到过如此一种文学比喻。但在另一方面，我们却也不能不承认，石一枫的这一类文学比喻有着令人作呕的"恶趣味"。将在茅坑里翻滚着的蛔虫，比作手擀面，将美味的象拔蚌比作又长又滑的鼻涕，将吃美味的月饼，比作吃屎，无论其创造性如何，恐怕也都是令读者所难以接受的。人都说石一枫的文字中充溢着某种难以自抑的"痞子气"，这类看起来相当恶趣味的文学比喻，应该就是这种痞子气的形象表现之一。事实上，远离了这种"恶趣味"的文学比喻，石一枫也完全能够找得到其他同样恰如其分的语言修辞方式。更何况，据我所知，石一枫出生于一个北京的高级知识分子家庭。也因此，尽管我非常明白石一枫的如此一种修辞方式显然具有亵渎与解构虚假神圣的特别艺术效果，但从内心说还是无法接受他的这种文学比喻。究其根本，这种令人作呕的文学比喻方式，所说明的，或许很可能是石一枫一种难以自控的恋污癖。然则，细细想来，此类"恶趣味"文学比喻的内涵恐怕又不止于此。倘若我们把石一枫的此类文学比喻与中国古代的禅宗联系在一起，那么，其中恐怕便更深地隐含着石一枫对世界的基本看法，或者干脆说，就是一种世界观。《禅林语录》载，临济宗为打破凡夫俗子之执情，并使其开悟，对审问"佛者是何物"者，一向都会以"干屎橛"来作答。干屎橛原系擦拭不净之物，非不净则不用之。究其根本，临济宗乃是要借助于此种最接近吾人之物，以教斥其专远求佛而反不知清净一己心田秽污之情形，并用以打破学人之执着。很大程度上，我们也可以在"佛者""干屎橛"的意义层面上来进一步理解石一枫式污秽语的寓意内涵。

然而，正所谓瑕不掩瑜，只是作为个别片段出现的"恶趣味"文学比喻修辞，无论如何都无法掩盖《心灵外史》真正的文学光芒。又或者，假若说"恶趣味"文学比喻的出现乃充分说明着石一枫内心潜藏着的某种狠劲儿的话，那么，很大程度上，也正是凭借着这股发自内心的狠劲儿，石一枫才既可以尖锐犀利地洞穿社会现实的黑暗面，也能够异常敏感地意识到国人精神信仰层面上心灵深渊的存在。具体来说，在石一枫《心灵外史》中，作家对于国计民生表示强烈关注的"既问苍生",集中体现在描写第一人称叙述者"我"想方设法探寻大姨妈曾经居住过的乡村世界这一部分中。"我"之所以执意要去探寻这个地方,主要出于两方面的原因。其一,在来看守所的路上,"我"出乎预料地遇到了不正常的大堵车:"然而刚一上路就碰到了堵车,一眼望去,收费站附近挤满了'红岩'和'斯太尔'……这种形态的交通堵塞通常发生在鄂尔多斯、大同、神木之类的城市,由此也可以推测本县是怎样兴旺繁荣起来的——无非是地底下挖出了什么宝贝。"其二,"我"在看守所从大姨妈口里得知,自己的那个村子早就没法住了。不仅大姨妈表示曾经的家园已经无法居住,而且那位警察对于身为记者的"我"的探访行为也一再地推三阻四:"他的口风更加让我生疑,觉得不去一趟简直说不过去了。"等"我"几经周折,终于战胜重重险阻抵达目的地之后,面对着差不多已经空无一人的村庄,"我"才真正搞明白为什么大姨妈有家不能归,为什么那位警察会对"我"的探访行为做千方百计的阻拦。原来,"我"的寻访地已经快称得上是哀鸿遍野了:"村里却一团寂静,几乎和海边鬼城有得一比,甚至更加让人心悸,因为这里偏偏是有人迹的——不是活人,却是死人。路边房子的大门两侧,有一多半挂着白对联,按照农村的习俗,这些人家无疑是正在办丧事或者刚办完丧事。"只有到这时候,"我这才明白了大姨妈为什么有家不回。一个地方要是每家每户都在死人,死到了写挽联的民间书法家都忙不过来的地步,那么,谁敢住在这里才怪"。至于死人的原因,却毫无疑问地与开矿有关。正如同石一枫已经明确揭示的,正因为在开矿的过程中,有什么化学元素从"矿上""润物细无声"地融进了水里、土壤里。所以,大姨妈他们方才永远地失去了自己赖以生存的家园。

依照常理,面对自己所亲眼看见的这一切生存惨状,身为记者的"我"理应挥动手中的笔,积极履行自己的职责,把这一切都如实地通过相关媒体向社会揭露出来。但实际的情况是,除了想方设法从危险地带全身而退之外,除了更多地考虑大姨妈未来如何安置的问题之外,"我"其实一直保持着某种缄口不言,貌似什么都没有发现的状态。这就与此前打击"虫虫宝"传销事件中的那个"我"形成了非常鲜明的一种对照。那个事件中,虽然"我"的出发点完全是为了找到并救出已经深陷传销泥淖的大姨妈,但从客观效果上说,正所谓"不入虎穴,焉得虎子",一位记者,能够冒着生命危险卧底传销团伙,并最终取得相关的一手资料,其实是非常不容易的一件事情:"假如'虫虫宝'的人找到了摄像机并能正确操作它的话,就会发现我已经把打入他们内部之后的大部分所见所闻都拍摄了下来:晚上的例会、盛大的集会、宣讲、谈心、狂呼口号……我敢说,我搜集到了足以让同行们羡慕不已的一手素材,要是把它们剪辑成纪录片,足够获得新闻界的二流奖了。"不仅如此,到最后,当"我"在大姨妈的帮助下从传销团伙侥幸出逃之后,这一切冒险记录下来的第一手资料,果然在警方打击传销团伙的行动中发挥了不小的作用:"徒步走回县城之后,我立刻去公安局报了案,而后又给单位打电话。一个北京的记者被传销团伙绑架、拘禁,差点儿连命都送了,这本身就是相当劲爆的新闻。省内的执法系统迅速运转了起来,没过多久,捷报频传。"事实上,正是因为有"我"提供的第一手资料,所以警方才能够对传销团伙进行迅捷有力的打击。

两相比较,一个不容回避的问题,自然也就是,同样一位"记者"在性质同样严重的社会问题面前的表现,为什么前后会形成如此巨大的差异呢?要想彻底澄清这一问题,有一个细节不容忽视。那就是,就在"我"下决心要去寻访导致严重生态污染的矿区的时候,警察对"我"曾经发出过的警告:"'恁俩咋一个比一个"死劲",'警察被逼急了,进了句河南话,随后说了个地址,却又补充一句,'去时别说你是报社的,这也是为你好。'"警察本来应该是社会一切邪恶势力的对立面,但从他叮嘱"我"的话语中所隐约透露出的,却是面对某种超出了自我控制范围的邪恶事物的厌恶与无奈。唯其如此,他才会提醒身为记者的"我"千万不要轻易透露自己的真实身份。因为这种特定的社会身份很可能会给"我"带来另一种莫须有的灾难性后果。依照常识,一般情况下,这个社会是不会有什么事情竟然让记者与警察感到犯难的。一旦出现这种情况,那事情恐怕就已经发展到了非常严重的程度。大姨妈居住地因开矿而导致的生态严重恶化,很显然正属于此种状况。警察与身为记者的"我"之所以会在打击传销团伙的事件中表现出色,一个不容忽视的重要原因在于,这一打击行为更多的乃是地方政府意志的真切体现。相反地,到了开矿事件中,眼睁睁地看着矿物的开采在严重破坏生态环境的同时已经致使很多人无端死亡,但警察与"我"偏偏就是无所作为,关键原因显然在于,这一开矿行为的行为主体乃是地方政府。已经熟知社会运行规则的"我",之所以面对触目惊心的惨状缄口不言,其根本原因显然在此。敢怒不敢言,方才算得上石一枫在"既问苍生"方面抵达了某种更深刻的思想境界。

"既问苍生",固然是《心灵外史》非常重要的一个价值层面,但"也问鬼神",对国人精神信仰层面上心灵深渊的存在做真切的深层透视,更可以被视为石一枫小说创作的一种新开拓。这一点,集中通过大姨妈这一被刻画得活灵活现的女性形象而凸显出来。具体来说,在这部虽然篇幅相对短小但叙事时间跨度长达半个世纪的长篇小说中,大姨妈精神信仰方面的疾患,乃集中通过四个关键性的时间节点体现出来。第一个时间节点,就是"文革"期间本来情同手足的大姨妈对于"我"的母亲的告密出卖。这个故事,一直到了小说的后半段,才由与"我"的感情关系素来紧张的母亲转述给"我"。但在展开分析这个问题之前,需要加以澄清的,却是母亲与大姨妈之间并无血缘扭结的真实关系。大姨妈是厨娘的女儿,打小就和"我"母亲结下了很深的情谊。由于双方母亲先后离世的缘故,她们两个只能无可奈何地相依为命。但就是这样两个无可奈何地被迫如同涸辙之鲋一般相依为命的女孩子之间的亲密情感关系,居然也因为大姨妈的告密行为而受到了严峻的考验。问题的关键出在一些被刻意埋藏的字儿纸上:"家里的细软字画早已荡然无存,而母亲之所以藏下几沓字儿纸,无非是要'留个念想'。"但即使是如此私密的一件事情,到最后竟然也被组织给知道了。亏得有大姨妈气喘吁吁地从她所工作的饭馆赶回来,主动替母亲承担了埋藏字儿纸的罪责,否则,母亲就将面临更严厉的惩处。即使如此,"随之降临在母亲头上的就是内部批评、公开批评、大过处分、留校察看……而这还是没被'抓着现行',因此获得从轻发落的结果"。在那个非正常的政治高压时代,已然有罪名在身的母亲,为了寻条活路,只好被发配到三线去接受思想改造。只有到了火车站送别的时候,大姨妈方才充满悔意地承认:"母亲私藏手稿的事情,是从她那儿传出去的,并且不是无意泄露,是主动检举。"

那么,大姨妈为什么要以告密的方式出卖情同手足的母亲呢?到后来,大姨妈方才坦承,自己的动机不过是出于对革命的相信:"只不过大姨妈事到临头内疚了。后悔了,革命意志没那么坚定了。"就这样,"大姨妈史无前例地出卖了母亲,却又一如既往地豁出命来保护了母亲。"对于大姨妈的告密出卖,母亲的态度,是既理解却又不相信。从人性的角度,母亲理解大姨妈的告密行为:"'多简单啊,那年头人人都这样。妻子揭发丈夫学生揭发老师的多了。你姥爷就是被跟他一起赏菊花吃螃蟹的朋友举报的。他被定了性以后,我也必须表态跟他划清界限,否则就上不了大学。既然人人这样,也就没什么不能理解的了。'母亲说,'我不原谅那个世道,但也没有怨过那个世道里的任何一个人。'"但从个人关系的角度,一直到很多年之后,母亲都不肯相信大姨妈的揭发动机乃是因为她相信革命。缘于对大姨妈的一贯了解,"我"坚决认定大姨妈的相信是真诚的:"'革命。'我顿了顿又说,'她说她相信革命,这话是真的。'"但母亲对"我"的认定不以为然:"我的意思是,这个问题太不可捉摸了。她说她相信,你相信她相信,这完全就是'子非鱼'嘛。信又怎么样,不信又怎么样,结果还不是一样？我能做的只是不恨她——而你同样也可以不相信我。"叙述者"我"之所以坚信大姨妈的告密出卖乃是因为她对于革命的相信,其原因主要建立在对她的深入了解上:"在决定揭发母亲的那一刻,大姨妈相信革命是善的,正义的,伟大的。她还相信自己正在像那个年代的其他人一样革命,革命必须有所牺牲。虽然她很快就含糊了,后悔了,但她的心里确乎涌现过一个天真纯洁的、光整的世界,思之令人落泪。"然而,一个无论如何都绕不过去的问题是,那个时候的大姨妈为什么会真诚地相信革命。要知道,作为一个没有接受过多少教育的普通女性,大姨妈根本就不可能真正地理解革命为何物。从这个角度来看,大姨妈的相信革命其实在很大程度上是被时代思潮裹挟的一种结果。一个人对一个自己根本就不理解的事物的确信,说到底,只能被看作是一种盲信,一种无知的信。

正因为大姨妈的相信只是一种建立在无知前提下的盲信，所以才会呈现出"一种相信"很快就会被"另一种相信"取代的多变特征。这就要说到第二个时间节点，亦即20世纪八九十年代之交大姨妈对气功的相信了。这个时候，也正是"我"因为家庭变故的原因，对于大姨妈的最早结识。由于父母聚集南京闹离婚，年幼的"我"只好被母亲委托给了实际上并无任何血缘关系的大姨妈来照顾。幼年时的"我"身体特别虚弱，不仅十岁了还尿床，而且"我还是那么黄，那么瘦，像根火柴棍一样，麻秆上顶着颗如斗大头"。一方面因为身体虚弱；另一方面也因为反应慢，那时在学校里，"我"曾经被同学们称为"傻怂"。为了早日彻底改变"我"发育、成长不良的状况，心急如焚的大姨妈真正可谓无所不用其极地采取了各种手段。其中，非常重要的一种手段，就是要借助于气功大师的超能量有效改变"我"的不良状况。用大姨妈自己的话来说，就是"我刚才做的事情，正是运用师父传授的功法，从大自然里把好能量汇聚起来，再传到你的身上，把坏能量逼出去。这样一来，你的身板儿就会壮实起来了，脑袋也会变得比现在聪明，以后你就能考上大学，当上干部、学者、改革家……"究其根本，大姨妈之所以会着迷于气功，具体原因除了改变"我"的身体与智商状况之外，另外一个原因就是要解决自己因输卵管疾患而长期不孕的问题。

　　具体来说，这一个时间节点的相关描写，有以下三点不容忽视。其一，当时包括很多高级领导干部在内的社会公众已经全部陷入迷狂状态中的真切场景描写："毫无疑问，在这种气场下，除我之外的所有人都被牢牢地慑住了，定住了，控制住了。而你又能想象上千个灵魂集体性地以高度一致的频率共振是怎样一个场面吗？整个儿礼堂仿佛被一团能量所充斥，它不是虚无缥缈的,而是看得见摸得着的,百转千回吱吱冒烟儿地往人们肉里钻着。"非常明显,最后那一句"百转千回吱吱冒烟儿地往人们肉里钻着"又是典型不过的石一枫式话语。除了这些叙事话语之外,无知懵懂的叙述者"我"竟然在众目睽睽之下将气功大师鼻子肉瘤上的一撮毛给揪了下来,如此一种具有突出反讽意味的故事情节设定也散发着明显不过的石一枫气息。

其二,是大姨妈的事后反省。只不过当"我"得以了解到这一情形的时候,已经是在数年后的返京列车上了。在此处,石一枫很巧妙地穿插采用了信件叙事的方式。大姨妈在写给"我"的一封信中,真切地表达了某种自我矛盾的惶惑心理:"杨麦,我有个念头,也只能对你一个人讲。你说师父这人究竟是善还是恶,是个好人还是个坏人呢?以前没敢想过这事儿,而现在,事情和你相关,我就不能不想了。他如果像他自己说的那样大慈大悲,那么怎么可能记你一个小孩的仇?但我又托人问过师父的弟子,他们一口咬定,得罪过师父的人一定会遭报应,会出门被车撞死,会喝口凉水都把自己呛死。他们还说,我必须持续不断地参加带功报告会,而且还得发动你和你爸你妈也来,这样才能替你免灾,否则就等着收尸吧。但再一想,这不是打击报复吗?不是威胁恐吓吗?不求着他就不能得到安生,这样的做法,和我们厂的厂长,和我们县里欺行霸市的黑社会又有什么区别?对于一个厉害的恶人,我们只有怕,但也不会信。我不愿这么想,但我还是忍不住这么想:我信师父是不是信错了?"一位思想能力欠缺的普通女性,竟然对自己曾经的精神信仰做出如此一种富有深度的强烈怀疑,究其根本原因,在于对"我"发自内心深处的关切。正因为严重牵连到了"我"的生命安危,所以大姨妈在经过一番痛苦的思索过程之后,方才能够明确意识到那位气功大师言语的自我矛盾之处。自我矛盾一旦形成，其对气功热以及大姨妈精神信仰本身的一种突出解构作用自然也就无可置疑了。

其三，无论如何都不容忽略的一点，是这一部分关于那位拦车告状老太太的描写："她头缠白布，身披标语，标语上的字样正是昨天所见过的，无非'申冤''做主'之类。"石一枫尽管只是顺带一笔，设身处地地想一想，这么大年纪的老太太，之所以会执意不管不顾地拦车告状，肯定有着天大的冤屈。但与此形成鲜明对照的是，我们的某些领导干部，宁可拿出大把的时间来去捧一位气功大师招摇撞骗，却根本就无视民间疾苦的存在。也因此，虽然只是作家的顺带一笔，但却强烈地呼应了石一枫"既问苍生"的深刻思想题旨。

第三个时间节点，就已经是进入 21 世纪之后传销团伙的相关描写了。传销团伙的形成，与所谓市场经济时代到来后物欲的极度喧嚣，存在着不容忽视的内在关联。石一枫之所以要在这一部分拿出不小的篇幅来穿插叙述李无耻（我们千万不能忽视作家在李无耻这一人物命名过程中所透露出的强烈反讽意味）的故事，正是为大姨妈的加入传销团伙做一恰切的铺垫式注脚。实际上，也正是在李无耻的故事中，作家对身为知识分子的"我"和李无耻们进行了颇为深入的自我剖析："我从懵懂的傻愣变成了孤僻少年，现在又变成了一个因为欲望勃勃而愤世嫉俗的家伙。此时此刻，假如我和李无耻这种人身上也发生一次卡夫卡笔下的变形记，或者是按照中国古代神魔小说的思路，被照妖镜照出了原形，那么我们所最终变化而成的，应该不是甲虫狐狸琵琶兔子之类，而是一群在簋街夜市上深受欢迎的小龙虾。这东西学名克氏原螯虾，杂食，生存能力极强，擅长攫取，能够适应极其肮脏、阴暗的环境，并且总能在腐烂的泥土中发现养分。它们的形状外强中干，性情又非常残暴，在食物匮乏的时候会果断地同类相食。"依照此种论调,则"我"与李无耻、大姨妈与其他的传销人员之间所构成的,正是这样一种非常令人恐怖的"同类相食"关系。关键之处还在于,既然如同"我"和李无耻这样的所谓精英知识分子都会被刺激出强烈的物欲,都会在金钱拜物教的主导之下,最终被金钱大潮席卷而去,那如同大姨妈此类普通民众对于传销团伙的积极参与,自然也就是可以理解的顺理成章之事。"虫虫宝"传销团伙事件的相关描写中,最值得注意处,是大姨妈面对专门前来搭救自己的"我"时那样一种无以自控的矛盾心理。一方面,她真诚地相信传销是一种很好的致富手段:"她首先祝贺我加入了'虫虫宝',并论述,这相当于获得了'人生腾飞的机会'……其次询问我的'业绩'怎么样,有没有冲上'黄金级代理',如果我感到吃力,她可以对我'扶上马,送一程'。"正因为如此,当"我"企图凭借一己蛮力将大姨妈带离传销团伙时,大姨妈才会做拼死的反抗。但在另一方面,大姨妈根本没有想到,"我"为了搭救她差一点就丢掉了自己的性命:"可要不是因为我,你就不会受那茬儿罪。我没想到他们会那样对你……杨麦,你别恨我,我把你拽回去真是想让你挣钱……"实际上,也正是依赖于大姨妈那种什么都不管不顾的劲头,"我"的性命方才侥幸保存下来。由此不难发现一个有意思的现象,那就是,不管是怎样的一种精神信仰,一旦这种所谓的精神信仰与事实上被大姨妈视为心头肉的"我"发生冲突,那大姨妈就会不问青红皂白地本能地站在"我"这一边。

一个无论如何都不容忽视的问题是,从 20 世纪五六十年代的革命,到八九十年代的气功热,再到新世纪以来的传销活动,大姨妈的所谓精神信仰不断地发生着迁移。由此而生出的一个自然而然的问题就是,她为什么要如此不断地盲信呢？对于这一点，大姨妈自己曾经对"我"做出过诚恳的自我剖析与自我反省："不知道……我真不知道。不光是'虫虫宝'，还有以前练气功的师父，我一直不知道他们那些人的话到底是真的还是假的。可再多想一层，真的假的好像又都并不重要，不能妨碍我让自己去相信他们……每当听到那种特别有劲儿的话，尤其当他们说是为了我好，为了我身边的人好，为了所有人好，我就特别激动。我觉得只要信了他们，就能摆脱世上的一切苦——生不出孩子、被男人揍、觉得自己没用……他们那些人对我说，信了吧，信了吧，这其实并不足以说服我，但我脑子里有一个声音也在说，信了吧，信了吧，信了就越过越好。一到这时候，我就顶不住了，只想着把自己抛出去算了。"猛然间听了大姨妈的这一番话，"我瞠目结舌，似乎听懂了她的意思，似乎又没懂。我唯一能确定的是，大姨妈正在向我破译她的思维密码，由此可以解释'她为什么是她'"。更进一步地，大姨妈强调说："说到底还是赖我，但我也没办法。杨麦，你不知道这种感觉，我的脑子是满的，但心是空的，我必须得相信什么东西才能把心填满。你说人跟人都一样，但为什么别人可以什么都不信，我却不能？我觉得心一空就会疼，就会孤单和害怕，我好像一分一秒也活不下去了，好像所有的日子全都白活了，好像自己压根儿就不配活着……我就想，信什么都无所谓了，关键是先找个东西信了，别让心一直空着……"我们所读到的以上这些话语，都已经经过了叙述者的加工与修饰。不难设想，现实生活中的大姨妈，其语言表达恐怕无论如何都不会这样条理这样流利。但不管怎么说都无法否定的一点却是，这些话语的含义的确是大姨妈意志的真实表达。关键处显然在于，身为普通民众的大姨妈，为什么总会感觉到自己内心世界空，为什么总是希望能够有某种外物成为自己的精神依托。要想回答这个问题,恐怕就必须联系中国人一种普遍的文化心理结构了。一方面,与世界上其他别的许多民族相比较,一贯崇尚实用心理的中国人,本来就缺少严格意义上的宗教信仰,或者干脆说也就是精神信仰。另一方面,伴随着现代革命所造成的强烈社会震荡,原来具有代宗教或者代精神信仰意义的所谓儒、道、释也都渐次退出了历史舞台。这样一来,对于如同大姨妈这样的普通民众来说,其内心世界长期以来实际上一直无所依凭。也因此,面对着诸如革命、气功热、传销之类具有极大蛊惑性的事物的时候,他们才会以飞蛾扑火的架势不管不顾地直扑上去。究其根本,由于缺失了现代理性过滤的必要环节,这就很是有了一些捡到篮里都是菜的意思。正因为如此,我们方才会无可奈何地断言其为盲信。

事实上,也正是面对着大姨妈这样一个处于不断盲信状态之中的个案,身为知识分子的"我"不由自主地陷入了关于国人精神信仰问题的沉思之中:"然而也怪了,越是深入研究,我就越受困于新的迷惑。正如李无耻所言,神棍们的招摇撞骗已经形成了一个巨大的产业,这个产业和色情业,和形形色色的'腐败经济'一样,虽然半遮半掩但确凿存在,并且有着清晰的利益链条,不知多少人指着它吃饭呢……那么问题来了,我们的政府不是在新中国成立初期就基本扫除了文盲,并卓有成效地改造了广大人民的世界观吗?出于各方面的需要,国家还批量制造了我父母那种'有思想有文化的新人'。西方历经几百年才走出了黑暗的中世纪,而这个过程在我们这儿只用短短几十年就完成了,这不管怎么说都是伟大的成就。但与此同时,我们却目睹着身边的人们一而再,再而三地被莫名其妙的荒唐玩意儿所蒙蔽:打鸡血、红茶菌、气功与特异功能、一嘴鸟语的占星师、东北口音的仁波切……古往今来的怪力乱神在这片土地上大开宴席,每个敢于信口开河的江湖术士都能分一杯羹。哪怕是在中关村和学院路这些'高素质人士聚集地区',有关部门也不得不四处张贴'崇尚科学,反对邪教'的宣传标语……不免让人怀疑,难道'不问鬼神问苍生'只是少部分人一意孤行的高蹈信念,我们民族骨子里却是'不问苍生问鬼神'的吗?或者说,假如启蒙精神是一束光芒的话,那么其形态大致类似于孤零零的探照灯,仅仅扫过之处被照亮了一瞬间,而茫茫旷野之上却是万古如长夜的混沌与寂灭?如果是这样,那可真是以有涯求无涯,他妈的殆矣。"请原谅我无论如何都得把这段议论性的叙事话语全部抄录下来,因为这一段叙事话语事关国人精神信仰缺失,或者说总是处于一种盲信状态的根本问题。在这里,借助于叙述者"我"的口吻,石一枫实际上不无尖锐地揭示出了国人精神世界存在着的两大根本缺陷。其一,固然是精神信仰的严重缺失。正因为缺失精神信仰,所以也才会出现无数如同大姨妈这样精神信仰处于不断迁移状态的盲信者。其二,精神信仰的缺失,从表面上看,似乎与所谓的启蒙理性无涉,但认真地想一想,就可以发现,在很多时候,牢固坚定的精神信仰,实际上往往都是建立在强大的启蒙理性基础之上的。

这就不能不说到《心灵外史》最后的一个时间节点,也即大姨妈最后信教的相关描写了。从事传销活动被拘留到派出所后,因为大姨妈拒绝写此后不再从事传销活动的保证书,所以被判处劳动教养一年半。但随着劳动教养制度的被废止,大姨妈自然也就被提前释放了:"一个星期之后,大姨妈会从劳改农场转回县看守所,接受完警方的重新登记和再教育,她将获得就地释放;届时,我们这些亲属可以过去接她。"然而,等到"我"兴冲冲地从北京赶到河南某县的时候,大姨妈却意外地消失了影踪。"我"以及警察都未曾料到,大姨妈其实是跟着传教的刘有光上了其实已经差不多人迹罕至了的矿山。按照警察的说法,刘有光曾经因为传教而被判处劳教。刘有光本来只是一位普通农民,他名字的来历,取的是"上帝说要有光,于是就有了光"的意思。因为在县里别处的采石场干活儿眼睛被炸瞎,最终一个人落得孤苦伶仃的刘有光就义无反顾地信了主。因为与政府对抗执意要在矿区传教,刘有光最终被关进了劳改农场。对此,大姨妈也曾经做出过形象的描述:"直到后来跟他一起进了劳改农场,这才听他背了几次经。背也不能全背,里面有警察看着。什么'上主是我的牧者,我实在一无所缺',还有什么'在我一生岁月里,幸福与慈爱常随不离;我将住在上主的殿里,直至悠远的时日'。我也只能记下不多的几句……但那时候我没信,我觉得不信主就这么收拾我,那么这主也不是什么善主儿。然而刘有光不一样,他也不讲什么道理,光背经,一背,那些似懂非懂的话就钻到我的脑子里去了……我蒙了,觉得我不是我了,直想哭直想笑。我觉得自己的面前展开了一条金光大道,只要走上去,那么犯过的罪都能抹掉,吃过的苦都会消失。我还觉得以前信别的东西都信错了,走了那么多的弯路,就是为了绕到这条大道上来。有一个声音又在我耳朵边上响起来,它说,信了吧,信了吧,信了就一切都会好了……"

其实,正如大姨妈所真切描述的,在最后这次到底应不应该信主的问题上,她的内心世界里一直在进行着激烈的自我斗争。一方面,她清楚地知道"我"正在赶来接她的路上;但在另一方面,冥冥中一直有一种神秘的力量拖拽着她朝着"信主"的方向走去:"我可以在脑海中勾勒出大姨妈听到这话时茫然的神色,我甚至还能体会到她心里涌动的激情——那一刻,她手握自由,有机会让身体回到我们的世界,但灵魂早已滑向了另一个世界。一条实在的门槛位于她的脚下,一条虚拟的分界线铺展在她的眼前。终于,她选择了其中一个方向,决然地迈了过去。"是的,正如你已经知道的,大姨妈在经过了一番激烈的思想斗争之后,最终还是毅然决然地选择了刘有光,选择了信主。说实在话,当我读到走投无路的大姨妈最后信主的这部分描写时,内心竟然一下子溢出了满满的感动。设身处地地想一想,除了跟随刘有光信主以获得内心世界的安宁之外,这个时候的大姨妈事实上的确已经无路可走。假如说石一枫的《心灵外史》真实地再现了女主人公大姨妈一生不无曲折的精神信仰史,那么,此前的全部信仰其实都属于盲信,而只有最后一次她的信主,她对上帝的皈依,方才称得上找到了自己真正的精神信仰。然而,从作家石一枫的角度来说,大姨妈最后到底信了什么或者干脆就不再信什么,实际上也都是不重要的。真正重要的事情,在于石一枫《心灵外史》的写作本身,在于作家以如此一部具有心灵冲击力的优秀长篇小说关注、思考并表现了国人的精神信仰问题。本文标题中的所谓"也问鬼神",说透了也就是这个意思。

但在结束本文的全部探讨之前,还有一个问题必须提出来展开必要的分析,那就是叙述者"我"的设定问题。其中,尤其不能忽略的,是临近结尾处的这样一段叙事话语:"但我最终打给的却是彭佳亿,那个和我说陌生不陌生,说熟悉不熟悉的心理医生。电话通了,彭佳亿的声音传了出来,我对她说:'现在我需要倾诉。'""然后不等彭佳亿说话,我就一气向下地讲了起来。我复述了大姨妈的历史,从她为了革命检举我母亲,到她在我们那个家庭行将崩溃时赶来照顾我,从她带我去西安接受'发功',到她下岗、离婚、加入传销,从我去找她结果被塞进了锅炉,到她自愿待在看守所里又被改判劳教……我告诉彭佳亿,我的大姨妈特别会做烩面,面里有鹌鹑蛋、海带丝和卤羊肉。我还说大姨妈一直想要一个孩子,但至今孤身一人。我也说了大姨妈为什么会是现在的大姨妈——她特别想相信什么东西,于是就信了。"直到读完这些叙事话语之后,我们方才恍然大悟,却原来,我们所读到的这个小说文本本身,也只不过是"我"对彭佳亿关于大姨妈这个人的一整个倾诉过程而已。但问题到这里并没有结束,无论如何都不容忽视的,还有小说最后的"附录"部分。这一部分,是警察与"我"之间的对话。警察说:"知道你为什么在派出所吗?你在山上昏倒了,埋在雪里,差点儿冻死,幸亏有个看守所的管教警察把你背了下来。"事实上,这些也都不重要,重要的是,警察所叙事实与"我"记忆中的事实,发生了极其严重的分歧。按照警察的叙述:"离你昏倒的地方不远,在山区的一个护林站里发生了一次集体死亡案件。死者共七人,其中就有王春娥,还有一个跟王春娥同天释放的盲人叫刘有光。其他五人也是附近的村民,都患有不同程度的骨骼疾病。死因是煤气中毒,经过现场勘察,发现炉子的烟道被人为堵上了,所以初步判断为自杀。从事发现场附近的脚印推断,你是唯一一个去过现场的人,也是唯一一个从现场活着离开的人。"而在"我"的记忆中:"我是上了山,但见到的都是活人,都能喘气儿能吃面条还能背《圣经》。我大姨妈还向我讲述了刘有光的事儿,说他是瞎了眼睛后才开始传教的……这些都是事实,我亲眼见,我听得真真儿的。"针对"我"的一再辩驳,警察给出的判断是:"我们刚才查看过你的手机,昨天夜里,你跟北京的精神科医生通过电话,另外,我们还在你的背包里发现了大量精神类药物。现在我们怀疑你没有说谎,而是出现了幻觉……这也许是受到强烈刺激所致吧。"正如你已经感觉到的,警察给出的这个判断,才是问题的关键所在。从前面的叙述中,我们明确知道,"我"的确罹患精神疾病,不仅曾经去看过精神科医生,而且还长期服用精神类药物。这样一来,一个不容回避的问题就是,"我"对于精神科医生彭佳亿的倾诉,究竟是真实的,还是虚妄的？这就必然涉及整个小说文本的叙事真实与否的问题。在我的理解中,石一枫的如此一种艺术处理方式,或许是他一种富有艺术智慧的障眼法,在通过这一文本"既问苍生,也问鬼神"。

注释：

①石一枫《关于两篇小说的想法》,载 2016 年 3 月 25 日《文艺报》。

严歌苓《芳华》：自我经验与精神分析学深度

最近一个时期以来，能够直击读者心灵世界，令读者为之怦然心动、为之战栗不已的一部长篇小说，是海外女作家严歌苓的《芳华》（人民文学出版社2017年4月版）。在进入新世纪之后异军崛起的一批海外作家中，严歌苓处于无可置疑的领军地位。近二十年来，严歌苓不仅是一位有作品频繁问世的高产作家，而且更难能可贵的一点是，她的小说写作长期保持在某种高的思想艺术基准线之上。从整体上观照严歌苓这些年来的小说写作，可以说，她的小说创作基本上沿着两条路径展开。其一，是那些从取材的角度看明显远离了自我生存经验的写作，比如《第九个寡妇》《小姨多鹤》《妈阁是座城》《补玉山居》等，这些题材领域均来自一种间接经验。其二，是那些从取材角度看与严歌苓个人的生存经验紧密相关的写作，比如《陆犯焉识》《护士万红》《一个女人的史诗》等。虽然说自我经验与间接经验并不直接决定作品思想艺术价值的高低，比如你很难说《第九个寡妇》的写作较之于《一个女人的史诗》，就算不上成功，但古往今来的一部文学史早已充分证明，那些以刻骨铭心的自我经验为支撑的小说写作，更有可能催生出真正经典化的文学作品来，却是无可置疑的一种艺术真理。相比较而言，我们之所以会更加重视那些拥有自我经验做支撑的小说写作,根本原因显然在此。我们这里所要展开重点讨论的《芳华》,正是与作家的自我生存经验紧密相关的一部长篇小说。

然而,自我生存经验的被征用,仅仅是小说写作的一个起点,能否真正地成为一个优秀的小说文本,尚需进一步考察自我经验的被开掘程度。对于一部现代小说来说,考察其被开掘程度的一个重要标准,就是检验其是否真正抵达了某种精神分析学层面上的人性深度。早在几年前,笔者在一篇文章中,就曾经强调指出,对于一部现代的小说作品来说,衡量其优秀与否一个非常重要的标准,就是要考察其精神内涵层面上是否同时具备了存在主义与精神分析学的双重意涵。[①]令笔者多少感到有些欣慰的一点是,我当年提出来的这种未必成熟的说法,竟然在西方著名学者彼得·盖伊这里得到了很好的回应。在彼得·盖伊的理解中,现代主义最根本的特征之一,就是与弗洛伊德,与精神分析学之间的内在紧密关联:"弗洛伊德精神分析学说对于现代西方文化的影响并未彻底显现出来。尽管这种影响并非直截了当,但肯定可以说是巨大的,特别是对于中产阶级知识分子而言,他们的艺术品位也不可避免地与现代主义的产生和发展紧密地交织在一起。"[②]"但是,不管读者认为弗洛伊德对于理解本书内容有什么样的帮助,我们都应该清醒地认识到,任凭现代主义者多么才华横溢,多么坚定地仇视他们时代的美学体制,他们也都是人,有着精神分析思想会归于他们的所有成就与矛盾。"[③]严歌苓的这部长篇小说《芳华》,不管怎么说都可以被视为这样一部不仅从自我经验出发,而且也接近于完美地抵达了精神分析学深度的优秀作品。

具体来说,《芳华》是一部与作家严歌苓当年的文工团生活与自卫反击战争的背景紧密相关的长篇小说。阅读这部小说,我们首先注意到,第一人称的叙述者"我"也即萧穗子在叙事过程中曾经不厌其烦地以一种"元小说"的方式跳身而出地谈论出现在自己笔下的这些一度亲密无间的战友。"作为一个小说家,一般我不写小说人物的对话,只写我转述他们的对话,因为我怕自己编造,把编造的话或部分编造的话放进引号里,万一作为我小说人物原型的真人对号入座,跟我抗议:'那不是我说的话!'他们的抗议应该成立,明明是我编造的话,一放进引号人家就要负责了。""我不止一次地写何小嫚这个人物,但从来没有写好过。这一次我也不知道是不是能写好她。我再给自己一次机会吧。我照例给起个新名字,叫她何小嫚。小嫚,小嫚,我在电脑键盘上敲了这个名字,才敲到第二遍,电脑就记住了。反正她叫什么不重要。给她这个名字,是我在设想她的家庭,她的父母,她那样的家庭背景会给她取什么样的名字。""我想我还是没有把这样一家人写活。让我再试试——"在阅读过程中,我们总是会读到诸如此类的叙事话语。由此类叙事话语可知,第一,严歌苓的小说,尤其是这种与自我经验紧密相关的小说中,很多人物都是有原型的。也因此,叙述者"我"对人物对话的焦虑,方才是真切的,绝非空穴来风。第二,更重要的一点是,类似于何小嫚、刘峰、林丁丁、郝淑雯等几位主要人物,尽管不是以他们的本名出现,但我们完全能够想象得到,他们肯定会不止一次地出现在严歌苓众多的小说文本中。而且,随着时间的推移,这些人物原型每一次的出现,都意味着他们要重新接受一次严歌苓建立在理解基础上的想象与虚构。比如,"在我过去写的小嫚的故事里,先是给了她一个所谓好结局,让她苦尽甘来,跟一个当下被称为'官二代'的男人走入婚姻,不过是个好样的'二代',好得大致能实现我们今天年轻女人'高富帅'的理想。几十年后看来，那么写小嫚的婚恋归宿，令我很不好意思。给她那么个结局，就把我们曾经欺负她、作践她的六七年都弥补回来了？十几年后，我又写了小嫚的故事，虽然没有用笔给她扯皮条，但也是写着写着就不对劲了，被故事驾驭了，而不是我驾驭故事。现在我试试看，再让小嫚走一遍那段人生。"这一段叙事话语所形象说明的，正是作家严歌苓在自己长期的小说写作过程中对原型人物形象不断进行新的想象与虚构的状况。更关键的问题还在于，在这一次又一次不断重构的想象与虚构过程中，相关人物形象的精神分析方才能得到积极、有效的艺术开掘。

尽管说故事的时间跨度很长，从"文革"后期的20世纪70年代中后期，一直写到了当下的所谓市场经济时代，写到了主人公刘峰因病不幸弃世的2015年，但严格说来，最能凸显《芳华》主题内涵的主要时代背景，其实被严歌苓设定在"文革"结束前后，一直到自卫反击战发生的20世纪70年代末期。从人性的角度来考量，这个特定的历史时期，正是从人性尚处于被禁锢压抑状态向初步觉醒状态转移的一个关键时期。以这一特定历史时期为主要关注对象，事实上为严歌苓对相关人物形象精神分析学深度的挖掘提供了极大的可能性。小说之所以被命名为"你触碰了我"，乃因为触碰或者说触摸，构成了这一小说最核心的故事。更进一步说，所谓的触碰或者触摸，集中体现在刘峰与何小嫚两位主人公身上。对于刘峰来说，是自己情不自禁地触摸了别人，而对于何小嫚来说，则是他者无论如何都不愿意触摸自己。然而，不管是前者还是后者，关键的问题在于，正是这"触摸"的动作，构成了与相关人物的精神分析学深度紧密相关的文本核心要素。

实际上，也正是紧紧围绕着"触碰"或者"触摸"这样的一个关键词，严歌苓最大程度地挖掘、表现出了相关人物用一生都无法彻底抚平的内在精神创伤。但在具体展开对刘峰与何小嫚这两位主要人物形象的分析之前,我们需要首先将关注的目光对准作为过场人物存在的何小嫚那位自杀了的父亲这一形象身上。虽然只是一个不起眼的次要人物,但这一文人父亲以其内在的精神分析学深度给读者留下了难忘的印象。何小嫚的生父,是一位生性善良软弱的普通文人。唯因其软弱,所以便常常地被人欺,被社会欺。在那个特殊的年代,他之所以被打入政治上的另册,被打成坏分子,与他这种善良软弱存在着紧密的内在关联:"像所有善良软弱的人一样,小嫚的父亲是那种莫名地对所有人怀一点儿歉意的人,隐约感觉他欠着所有人一点儿情分。人们让他当坏分子,似乎就因为他比任何人都好说话,常常漫不经意地吃亏,于是,人们就想,何妨把坏分子的亏也让他吃了。"关键问题在于,不仅别人这么欺辱他,就连自己的结发妻子也这么欺辱他。很大程度上,何小嫚父亲的自杀,就与来自结发妻子的这种欺辱密切相关。常言说,一文钱难倒英雄汉,何小嫚的父亲,虽然不是什么英雄汉,却同样被难倒在了一文钱上。那是何小嫚只有四岁的时候,父亲送她去托儿所。一出家门,何小嫚就刻意强调,自己好想好想吃一根油条。一向疼爱女儿的父亲,自然会想方设法满足女儿的要求,但他身上无论如何都掏不出一根油条的钱来,于是,只好腆下脸来向早点铺掌柜赊账了。没想到,回到家之后,即使他怎么样地翻箱倒柜,也搜寻不出偿还一根议价油条的钱来。因为"妻子在他降薪之后对他冷笑:他还有脸花钱?他就领回这点儿薪水,没他花钱的份儿,只有养老婆女儿的份儿"。就这样,"他在社会上的正常生活权利被剥夺了,在家里的正常生活权利也被剥夺了"。一般人很难能够体会得到,如此一种来自身边亲人的欺辱,究竟会对视尊严如生命的何小嫚父亲形成怎样一种巨大的打击。事实上，也正是因为翻箱倒柜也拿不出一根议价油条的钱来，何小嫚父亲最终生无可恋地自杀身亡了："他拿起那个药瓶，整个人豁然大亮。妻子造成了他彻底地赤贫，肉体的，精神的，尊严的，他贫穷到在一个炸油条的掌柜面前都抬不起头来。这证明妻子舍得他了。最终他要的就是妻子能舍得他，舍得了，她心里的苦也就淡了。"虽然只是看似非常平淡的一段话，却实实在在地写出了何小嫚父亲的内心隐痛。我不知道严歌苓在写到何小嫚父亲这一形象的时候是否联想到了老舍万般无奈之下的投湖自尽，反正与我而言，看到何小嫚父亲自杀这个部分的时候，却是情不自禁地联想到了老舍。相比较而言，老舍的自杀，除了与那个极不正常的政治畸形年代紧密相关之外，与家人的彻底冷漠恐怕存在着更为紧密的内在关联。

　　但不管怎么说，何小嫚的父亲不过是《芳华》中跑龙套式的次要人物，严歌苓浓墨重彩集中书写思考表达的，其实主要是刘峰与何小嫚这两位小说主人公充满荒唐与吊诡意味的悲剧命运。出生于普通平民家庭、有着一个苦难童年、格外心灵手巧的刘峰，在部队文工团，一贯地学雷锋做好事，最后终于成了一位学雷锋标兵："刘峰被选为我们的军区的代表，去北京参加全军学雷锋标兵大会，我们这才意识到，每天被我们麻烦的人，已经是全军的明星了。"很荣幸地成为学雷锋标兵的刘峰，照片竟然出人意料地登上了《解放军报》。刘峰的悲剧质点在于，身为享受了各种荣誉的学雷锋标兵，不仅暗中偷偷地爱上了文工团的大美女林丁丁，而且还在不经意间上演了一个负面影响极大的"触摸"事件。按照叙述者"我"也即同为文工团员的萧穗子的理解，"触摸"事件得以最终酿成的一个前提，是林丁丁的"卫生带"意外脱落事件:"我想刘峰对林丁丁的迷恋可能就是从那个意外开始的,所以他的欲求是很生物的,不高尚的。但他对那追求的压制,一连几年的残酷压制,却是高尚的。他追求得很苦,就苦在这压制上。最终他对林丁丁发出的那一记触摸,是灵魂驱动了肢体,肢体不过是完成了灵魂的一个动作。"只要联系那个时代,我们就可以明白,导致刘峰自我压制的根本原因,很显然缘于那个"禁欲"时代政治意识形态的制约与影响。"触摸"事件发生的具体时间,已经是1976年的夏天,这个时候,时代的"禁欲"氛围已经不再是铁板一块,已经发生了很大的松动,就连手抄本《少女的心》,也已经在部队里秘密流传了。具体来说,刘峰对林丁丁情不自禁的"触摸",发生在林丁丁随同他去舞美和道具库房参观由刘峰一手打制的一对沙发的时候。一方面,由于遇上了合适的环境与氛围;另一方面,更主要的还是由于情动于中的刘峰内心对林丁丁早已恋慕良久,刘峰情不自禁地出手拥抱并触摸了林丁丁。未曾料到的是,对于刘峰的主动示爱,林丁丁的反应特别激烈,她不仅破口大喊着"救命啊"逃离现场,而且还把事件大肆张扬出去,最终致使刘峰由此而受到了严重的处分。

针对小说中"触摸"这一核心事件,叙述者萧穗子做出了可谓多角度的全面思考与解读。从林丁丁的角度来说,首先是某种理念的坍塌与崩溃:"我多年后试着诠释:受了奇耻大辱的委屈……也不对,好像还有一种幻灭:你一直以为他是圣人,原来圣人一直惦记着你呢!像所有男人一样,惦记的也是那点儿东西!试想,假如耶稣惦记上你了,惦记了你好几年,像所有男人那样打你身体的主意,你恐惧不恐惧,恶心不恶心?他干尽好事,占尽美德,一点儿人间烟火味也没有,结果呢,他突然告诉你,他惦记你好多年了,一直没得手,现在可算得手了! 1977年(其实应为1976年,不知是作家的笔误,抑或是校对的问题)那个夏夜我还诠释不出丁丁眼睛里那种复杂和混乱,现在我认为我的诠释基本是准确的。她感到惊悚、幻灭、恶心、辜负……"也因此,对于林丁丁来说,她真正恐惧的其实并不是刘峰的身体,而仅仅是无法接受刘峰关于"爱"的真诚表白:"后来我和郝淑雯问林丁丁,是不是刘峰的手摸到她的胸罩她才喊救命的。她懵懂一会儿,摇摇头。她认真地从头到尾把经过回忆了一遍。她甚至不记得刘峰的手到达了哪里。他说他爱她,就这句话,把她吓死了。刘峰说他几年来一直爱她,等她,这一系列表白吓坏了她。她其实不是被触摸'强暴'了,而是被刘峰爱她的念头'强暴'了。"更直截了当地说,刘峰的身体矫健结实,对这样一具肌肉感很强的身体,林丁丁是不会排斥的。质言之,林丁丁所无法接受的,乃是与刘峰紧密联系在一起的模范标兵这个概念:"身体在惊讶中本能地享受了那抚摸,她绕不过去的是那个概念。"

林丁丁的角度之外,叙述者萧穗子也借助于弗洛伊德的相关理论从刘峰的角度对"触摸"事件进行了深入的解读:"假设刘峰具有一种弗洛伊德推论的'超我人格(Superego)',那么刘峰向此人格进化的每一步,就是脱离了一点正常人格,即弗洛伊德推论的掺兑着'本我(Id)''自我(Ego)'的人格。反过来说,一个人距离完美人格——'超我'越近,就距离'自我'和'本我'越远,同时可以认为,这个完美人格越是完美,所具有的藏污纳垢的人性就越少。人之所以为人,就是他有着令人憎恨也令人热爱、令人发笑也令人悲怜的人性。并且人性的不可预期、不可靠,以及它的变幻无穷,不乏罪恶,荤腥肉欲,正是人性魅力所在。相对人性的大荤,那么'超我'却是净素的,可碰上的对象如林丁丁,如我萧穗子,又是食大荤者,无荤不餐,怎么办? 郝淑雯之所以跟军二流子'表弟'厮混,而不去眷顾刘峰,正是我的推理的最好反证。刘峰来到人间,就该本本分分做他们的模范英雄标兵,一旦他们身上出现我们这种人格所具有的发臭的人性,我们反而恐惧了,找不到给他们的位置了。因此,刘峰被异化成了一种旁类,试想我们这群充满淡淡的无耻和肮脏小欲念的女人怎么会去爱一个旁类生命? 而一个被我们假定成完美人格的旁类突然抱住你,你怪丁丁喊'救命'吗?"你看,对于刘峰的所作所为,叙述者萧穗子实际上已经从弗洛伊德的理论出发进行了可谓发人深省的深度剖析,简直根本就用不着我们这些批评者再来做画蛇添足式的置喙了。

然而,无论如何都不容忽视的一点是,在"触摸"事件发生之后,除了当事人林丁丁之外,"我"以及郝淑雯她们这一众文工团员,近乎一致地对刘峰表示出同仇敌忾式的仇恨,以至于很多年之后回忆起来,郝淑雯她们还在坚持认为"咱们好像都欠了刘峰什么,他对咱们哪个人不好? 就为了丁丁,我们对他那样"。事实上,也只有在时过境迁很多年之后,坐在郝淑雯家客厅里的叙述者萧穗子方才真正搞明白,当年她们这些人究竟为什么要同仇敌忾地对待刘峰:"我好像明白了。其实当时红楼里每个人都跟我一样,自始至终对刘峰的好没信服过。就像我一样,所有人心底都存在着那点儿阴暗,想看到刘峰露馅儿,露出蛛丝马迹,让我们看到他不比我们好到哪儿去,也有着我们那些小小的无耻和下流,也会不时产生小小的犯罪感。"正是因为如此,所以,叙述者萧穗子后来回忆起来,才顿然发现,其实并不只是自己,而是文工团里几乎所有的人,都在暗暗地等着学雷锋标兵刘峰露出人性的马脚。"触摸"事件的发生,终于满足了这一帮人隐隐然的某种邪恶期待心理。原来,"刘峰不过如此,雷锋呢?失望和释然来得那么突兀迅猛,却又那么不出所料。"是啊,刘峰如此,为公众所熟知的雷锋又会怎么样呢?这个问题实际上根本就无须回答,只要作家有充分的勇气提出来,也就足够了。说实在话,能够通过刘峰的"触摸"事件而最终深刻地挖掘出包括叙述者萧穗子在内的我们整个民族某种集体无意识,正可以被看作严歌苓《芳华》最突出的思想艺术成就之一。对于这种见不得别人过年的集体无意识,叙述者曾经做出过相当深入的分析:"一旦发现英雄也会落井,投石的人格外勇敢,人群会格外拥挤。我们高不了,我们要靠一个一直高的人低下去来拔高,要靠互相借胆来体味我们的高。为什么会对刘峰那样?我们那群可怜虫,十几二十岁,都缺乏做人的看家本领,只有在融为集体,相互借胆迫害一个人的时候,才觉得个人强大一点儿。"自己达不到某种高度,然后便大家合起伙来使绊子,想方设法把已经身在高处的同胞拉下来,以达到自己心态的某种满足,如此一种阴暗的集体无意识,无论在既往历史上,还是在日常生活中,实际上都并不少见。此种集体无意识的存在,明显妨碍着我们的民族文化心理向更文明的高度提升发展。

在那个乍暖还寒的时代,即使是身为学雷锋标兵的刘峰,既然"触摸"事件已经东窗事发,那肯定就在劫难逃了。就这样,由于一个偶然的事件,一个本来很可能在未来的人生道路上顺风顺水的无辜青年,因为内心萌发出的真正爱情,其人生轨迹便彻底被改变。"触摸"事件爆发后,"不久处置刘峰的文件下来了,下放伐木连当兵。下放去伐木,跟我爸爸修水坝是一个意思。"具体来说,也就是因为所犯罪恶而接受惩罚,接受劳动改造的意思。正是因为被下放到了连队,所以,等到对越自卫反击战在1979年打响的时候,刘峰自然也就上了前线。虽然刘峰因为在负伤之后仍然坚持以"误导"的方式把一辆运送给养弹药的车辆指挥到前线阵地而再一次成为英雄,但已经经历过"触摸"事件的刘峰,根本就不可能再把英雄之类的事情当回事:"刘峰伤好之后,谢绝了一切英模会的邀请。早在二十岁的时候,他的英模会就开完了。"为了这次的再度成为英模,刘峰付出了丢掉一只手的惨重代价。从此,他那只灵巧无比的工匠之手,就变成了一只触感非常糟糕、直令人噩梦连连的橡胶假手。但真正的问题还并不在于一只手的丢失,而在于刘峰的精神生命实际上彻底被定格在了"触摸"事件发生的那个特定时刻。对此,叙述者萧穗子可谓有着极为真切而深刻的洞幽烛微:"刘峰和小惠确实有过好时光,最好在夜里,在床上,他的心虽不爱小惠,却热爱小惠的身体,身体是它自己的,找它自己的伴儿,对此他没有办法。身体爱身体,不加歧视,一视同仁,他身体下的女人身体是可以被置换的,可以置换成他曾经的妻子,可以是小惠的姐妹小燕或丽丽。而一旦以心去爱,就像他爱他的小林,小林的那种唯一性,不可复制性便成了绝对。林丁丁是绝无仅有的。对丁丁,他心里、身体、手指尖,都会爱,正因为手指尖触碰的身体不是别人,是丁丁的,那一记触碰才那么销魂,那么该死,那么值得为之一死。"正如萧穗子所指出的,从"触摸"事件发生之后,刘峰实际上就已经处于典型不过的身心分裂状态。他的这种情况,或许可以被称作"身还在,心已死",或许也可以说是"身在此处,心系彼方"。那个刘峰事实上只是触摸了一下的林丁丁,从此就彻底占据了刘峰的全部精神世界,一直到他生命的终结时刻。我们所反复强调的精神分析学深度,也正突出地表现在这一点上。但问题在于,"触摸"事件之所以会酿成为一个事件,很大程度上与20世纪70年代后期那个乍暖还寒的时代存在着紧密的关联。倘若从这个角度来说,那么,刘峰对于林丁丁根本就无法解脱的彻骨迷恋,或许也可以被理解为那个特定时代给予刘峰的某种精神馈赠。然而,同样不允许被回避的一个问题是,难道说林丁丁此人真的就值得刘峰迷恋终身吗?答案恐怕只能是否定的。唯其如此,叙述者萧穗子方才不无残忍地写道:"可也许所有让刘峰死爱的,都是假象的林丁丁。"就此而言,无论如何都走不出"触摸"事件的刘峰,当然是一个不折不扣的悲剧性人物。

倘若说刘峰的悲剧与"触摸"有关,那么,何小嫚的悲剧,则与他者的拒绝"触摸"有关。但要充分地说明他者为什么会拒绝"触摸"何小嫚,却需要联系何小嫚那堪称曲折的凄苦身世。由于生父以自杀的形式弃世,年幼的何小嫚只好无奈地以"拖油瓶"的形式跟随着母亲进入了继父的新家。何小嫚精神创伤的最早生成,就是在这个时候:"我想何小嫚的继父并没有伤过她。甚至我不能确定她母亲伤过她,是她母亲为维护那样一个家庭格局而必须行使的一套政治和心术伤害了她。也不能叫伤害:她明明没有感到过伤痛啊。但她母亲无处不用的心眼儿,在营造和睦家庭所付的艰苦,甚至她母亲对一个爱妻和慈母的起劲扮演,是那一切使小嫚渐渐变形的。小嫚一直相信,母亲为了女儿能有个优越的生活环境而牺牲了自己,是母亲的牺牲使她变了形。"这里,首先潜藏着一个再嫁母亲的内心辛酸。携带着前一个家庭的记忆重组一个新家庭,尤其是还带着前夫的女儿,母亲的处处小心翼翼时时谨小慎微,是完全能够想象出来的。其中,甚至还会有一种干脆就是寄人篱下的糟糕感觉。如此一种境况,对于心智早已成熟的母亲没什么,但对于正处于成长关键阶段、心智尚未成熟的何小嫚来说,就会形成某种莫须有的精神压力。久而久之,何小嫚心灵的扭曲变形,也就不可避免了。一方面顺着母亲的心意委曲求全着,在另一方面却又发自本能地反抗着。"发烧"与"红绒线衫"事件的相继酿成,正是这两种力量不断发生碰撞与冲突的必然结果。之所以"发烧",是因为只有这样,年幼的何小嫚才能重享母女间亲密无间的那种感觉:"小嫚跟母亲这种无间的肌肤之亲在弟弟出生后就将彻底断绝。那个拥抱持续很久,似乎母亲比她更抱得垂死,似乎要把她揉入腹内,重新孕育她一回。重新分娩她一回,让她在这个家里有个新名分,让她重新生长一回。去除她拖油瓶的识相谦卑,去除她当拖油瓶的重要和次要的毛病,在这个上海新主人的家里长成一个真正的大小姐。可以想象,小嫚一生都会回味母亲那两三个小时的拥抱,她和母亲两具身体拼对得那样天衣无缝。她完全成了个放大的胎儿,在母亲体外被孕育了两三个小时。"到这里,我们就可以明白,事实上,具有精神分析学深度的,并不只是何小嫚自己,从某种意义上说,她那位总是在委曲求全着的母亲,又何尝不是一位难以抚平的精神世界的创伤者呢?究其根本,年幼的何小嫚之所以执意地要在1973年离开上海参军,成为部队文工团中极不起眼的一员,关键原因正在于此,正在于她要竭力挣脱开继父家那样一种极度压抑的生活环境。

然而,已经被严重扭曲了的心性又哪里是可以轻易平复的呢?到了部队之后,她长期形成的这些与众不同的生活习性,依然会在不经意间暴露出来,并再一次地发酵成了战友们歧视她的根本理由:"那时候我们还没有公开地歧视她,对她的不可理喻还在逐渐发现中。比如她吃饭吃一半藏起来,躲着人再吃另一半;比如一块很小的元宵馅儿她会舔舔又包起来(因为当年成都买不到糖果吃,嗜糖如命的我们只好买元宵馅儿当芝麻糖吃),等熄了灯接着舔;再比如她往军帽里垫报纸,以增加军帽高度来长个儿,等等,诸如此类的毛病其实没被我们真看成毛病",让萧穗子她们对她的歧视骤然间升级的是所谓的"乳罩"事件。所谓"乳罩"事件,就是指何小嫚把一个用海绵垫塞过的简陋乳罩公然晾晒在院子里的晾衣绳上,并因此而激起了文工团女同胞们的共同愤怒:"这种脸红今天来看是能看得更清楚。那个粗陋填塞的海绵乳峰不过演绎了我们每个女人潜意识中的向往。再想得深一层,它不只是我们二八年华的一群女兵的潜意识,还是女性上万年来形成的集体潜意识……对于乳房的自豪与自恋,经过上万年在潜意识中的传承。终于到达我们这群花样年华的女兵心里,被我们有意识地否认了。而我们的秘密向往,竟然在光天化日下被这样粗陋的海绵造假道破,被出卖!男兵们挤眉弄眼,乳罩的主人把我们的秘密向往出卖给了他们。"面对着来自战友们步步紧逼的追问,何小嫚最终爆发出了尖厉刺耳的号叫。

可怕之处在于,"女兵们对何小嫚的歧视蔓延很快,男兵们不久就受了感染"。正因为这样故,才会有舞蹈排练时拒绝"触碰"拒绝托举何小嫚事件的发生。本来,何小嫚的搭档朱克应该在舞蹈时高高地托举起何小嫚,他却两次三番地拒绝做出这个动作。那么,朱克为什么要拒绝托举何小嫚呢?他给出的理由是,何小嫚身上有着太过于浓的馊味。对此,我们给出的理解是,一方面,何小嫚一贯爱出汗:"平时就爱出汗的何小嫚看上去油汪汪的,简直成了蜡像";但在另一方面,显然还是"乳罩"事件在作祟的缘故。反正不管怎么说,文工团中的绝大部分男性都拒绝托举何小嫚。值此关键时刻,毅然挺身而出的,又是刘峰。是一直在做好事的刘峰,主动请缨,替代了朱克,高高地把何小嫚托举在了空中。何小嫚之所以会从内心深处爱上刘峰,就与这次托举存在着紧密的内在关联:"不,她已经爱上他了。也许她自己都不清楚,她找上门,就是向刘峰再讨一个'抱抱'。明天,抱她的人就要走了,再也没有这个人,在所有人拒绝抱她的时候,向她伸出两个轻柔的手掌。"就这样,由于其他人的不肯"触碰"而导致了刘峰的甘愿"触碰",而刘峰甘愿"触碰"的结果,则直接导致了何小嫚对他的终身不弃。我们所谓拒绝"触摸"事件对于何小嫚造成的巨大精神创伤,也正突出地体现在这一点上。

然而,正所谓"成也萧何,败也萧何",何小嫚最后之所以重蹈刘峰的覆辙,也被下放到基层连队,也与她的"高烧"情结紧密相关。凭借"高烧",她可以从中获得来自母亲的怜爱,但也正是因为假装"高烧",她最终被下放到了基层连队。事实上,何小嫚这一次假装"发烧"本意,乃是为了拒演,没承想,团首长一动员,内心潜藏着的英雄情结马上就蠢蠢欲动,到最后居然弄巧成拙地被捉了个现场。对于这一点,叙述者萧穗子曾经有所分析:"正是这样一个满怀悲哀的何小嫚,一边织补舞蹈长袜一边在谋划放弃,放弃抗争,放弃我们这个'烹'了刘峰的集体。她的'发烧'苦肉计本来是抗演,是想以此掐灭自己死透的心里突然复燃的一朵希望。她站在舞台侧幕边,准备飞跃上场时,希望燃遍她的全身。她后来向我承认,是的,人一辈子总得做一回掌上明珠吧,那感觉真好啊。"令人倍觉齿寒处在于,即使在何小嫚已经因为"发烧"事件被下放连队一年之后,这些文工团员对她的歧视却仍然在持续发酵中。一直到1979年前线爆发战事,有关于何小嫚的坏话方才终于告一个段落,彻底归于沉寂。多少带有一点巧合意味的是,如同刘峰一样,被下放连队后的何小嫚,不仅参加了对越自卫反击战,还由于在战场上勇敢地救出了一名重伤员而成为英雄。没想到,对于因为一贯各方面表现落后而总是受到打压与歧视的何小嫚来说,成为英雄这突如其来的巨大荣誉,竟然会硬生生地把她给彻底压垮,竟然使她一度成为一名精神分裂症患者。对于这一过程,叙述者萧穗子曾经有所分析:"小嫚每天要接受多少崇拜!把我们给她的欺凌和侮辱千百倍地抵消,负负得正,而正正呢?也会相互抵消吗?太多的赞美,太多的光荣,全撂在一块儿,你们不能匀点儿给我吗?旱就旱死,涝就涝死……小嫚签名签得手都要残了,汗顺着前胸后背淋漓而下,是不是又在发馊?肯定是馊了。报纸上的大照片上的,哪能是她小嫚?只能是另一个人,看上去那么凉爽清冽。而小嫚动不动就被汗泡了,被汗沤馊了,馊得发臭。她开始摆脱人们,向人群外面突围,签字的奖品钢笔也不要了。几条胳膊拉住她,还有我,还有我,您还没给我签呢!所有的年轻小脸都凑到她身上了,别忘了,你们过去可是不要触摸我的!"由以上分析可见,虽然已经身为英雄,但何小嫚耿耿于怀、无法遗忘的是自己当年因汗馊而被嫌弃被拒绝"触摸"的凄惨往事。紧紧地抓住了这一点,自然也就写出了何小嫚这一人物身上最为重要的一种精神分析学深度。

  但仅仅写出何小嫚这一人物身上的精神分析学深度也还不够,更进一步地,何小嫚精神分裂症的发作,还与她所亲眼看见的死亡惨状紧密相关:"当年她的病(精神失常)不单单是被当英模的压力诱发;在那之前她就有点儿神志恍惚。仗刚打起来,野战医院包扎所开进一所中学时,教学楼前集合了一个加强团士兵,从操场奔赴前线。第二天清早推开楼上的窗,看见操场成了停尸场,原先立正的两千多男儿,满满地躺了一操场。小嫚就是站在窗前向操场呆望的那个女护士。她站了多久,望了多久,不记得了,直到护士长叫她去看看,万一还有活着的。她在停尸场上慢慢走动,不愿从躺着的身体上跨越,就得不时绕个大弯子。没风,气压很低,血的气味是最低的云层下的云,带着微微的温热,伸手可触。她这才知道满满躺了一操场的士兵是哪个军的——刘峰那个军。再走慢一点儿,万一还有活的,万一活着的是刘峰……""就那样,一个操场头一天还操练,立正稍息向右看齐,向前向前向前,我们的队伍向太阳,第二天一早,立正变成卧倒了。卧倒的,个头儿都不大,躺在裹尸布和胶皮袋子里,个个像刘峰,个个像她新婚的丈夫。小嫚的神志是那时开始恍惚的。"毫无疑问,除了战友们曾经的拒绝"触摸"托举之外,致使何小嫚精神分裂症发作的最根本的原因,显然在于如此一种令人猝不及防的死亡场景对何小嫚所形成的极强烈精神刺激。明明昨天还是生龙活虎的战士,仅仅过了一天,就变成了一地卧倒的尸体。如此一种情形对何小嫚的精神刺激之大,只要设身处地地想一想,就完全可以理解。事实上,借助于如此一种场景,严歌苓试图写出的,是对战争的反思。

注释:

①王春林《乡村女性的精神谱系之一种》,见《多声部的文学交响》,北岳文艺出版社2012年8月版。

②③彼得·盖伊《现代主义——从波德莱尔到贝克特之后》,第2—3页、第3—4页,译林出版社2017年2月版。

鲁敏《奔月》：自我本原探寻中的哲学思考与追问

或许与中华民族自打孔子始便开始"不语怪力乱神"，而且也更加注重文学的道德教化功能这样一种文化传统有关，一般来说，中国作家总是更擅长凝视表现充满烟火气的日常生活，很少有作家能如曹雪芹写作那部空前绝后的《红楼梦》那样，在细针密线地逼真再现日常生活图景的同时，也能够彻底地飞扬起来，能够通过太虚幻境、补天神话、神瑛侍者与绛珠仙草以及一僧一道等内容的适时适度穿插，把一种形而上的哲学玄思维度近乎天衣无缝地编织到这部伟大的小说中，因而使得小说文本超越一般的社会学层面，抵达某种哲学意义上的生命存在论层面。虽然说曹雪芹写作的时代并不清楚所谓的生命存在论是什么东西，但这并不妨碍他以一种天才的艺术直觉把这种维度有效地植入《红楼梦》的文本之中，以待后来的研究者从这一角度展开深度的开掘与探析。一部中国现当代文学史，之所以能够形成一种可谓源远流长影响深远的现实主义文学传统，其中一个不容忽视的主要原因，恐怕是文化传统充分发生作用。很可能，也正是因为现实主义长期在中国现当代文学史上占据主流地位，长期以来，相当多的作家批评家便自觉或者不自觉地形成了一种以深刻的社会呈现与批判为根本价值旨归的文学观念。关键的问题在于,如此一种已经获得普遍社会认可的文学观念,肯定会对写作实践产生广泛深入的制约和影响。与此同时,这种广泛深入的写作实践,反过来又会对文学观念的生成与延续形成相应的控制与规约。就这样,文学观念与写作实践二者长期循环往复的结果,就是这种现实主义文学传统越来越根深蒂固,甚至在很多时候被视作百花齐放、多元共存的文学创作的不二法门。如此一来,给人一种强烈的感觉就是,似乎文学创作舍此而别无他途了。

实际上,如此一种文学状况的狭隘保守与故步自封性质,乃是显而易见的不争事实。尤其是在"文革"结束后,伴随着西方现代主义文学强势地进入中国,那样一种似乎已经定于一规的现实主义独大的文学格局便遭到了强有力的审美与艺术挑战。正是在这种挑战的过程中,整个社会对文学功能的理解日益趋向一种多元共存的形态。一方面,我们当然不会轻易否认以呈现和批判现实社会为旨归的现实主义文学的价值存在;但在另一方面,除了对现实社会的呈现与批判之外,文学的其他功能还存在。其中,无论如何都不容轻视的一个层面,就是一种生命存在论意义上的文学功能构建。这一方面,已故杰出作家史铁生,就是一种范例式的存在。"因为长期被疾病所困扰,总是在和病魔打交道,所以,史铁生曾经不无戏谑地称自己'职业是生病,业余才写作'。在史铁生,这当然是一句戏言,但需要特别注意的是,史铁生的这句戏言,却在无意间道出了史铁生自己文学创作的一大根本特质。正因为总是坐在轮椅上,总是待在病榻上,所以,史铁生长期面对的,就只是自己的生命存在,只是自己的内心世界。这就注定了史铁生的文字,必然是内省而沉静的。从个人一己的生存体验出发,而最终超越自我,抵达人类的一种普遍经验,正是史铁生文学创作成就卓著的一个标志性特征。在中国当代文学史中,史铁生是一位具有哲学深度和宗教向度,在其作品中有着人性终极关怀的作家。在我看来,史铁生却无疑是汉语作家中极其罕见的一位具有神性光辉的作家。那么,为什么是史铁生而不是别的作家具有神性光辉呢?这很显然与史铁生自己的存在状态密切相关。在某种意义上,正是史铁生对于生命苦境的长期真切体味,才铸定了他的文学创作那样一种面对生命的玄思冥想特质。"[①]史铁生的这种境况,很自然就能够让我们联想到那位大名鼎鼎的德国启蒙哲学家康德。虽然并没有如同史铁生一样因病长期瘫痪在床,但康德身体状况自幼不好,却也是无法否认的一个事实。康德的活动,之所以终其一生都没有离开过故乡柯尼斯堡方圆40公里的范围,一个非常重要的原因应该是身体状况的局限制约。"我胸腔狭窄,心脏和肺的活动余地很小,天生就有疑病症倾向,小时候甚至十分厌世。"关于这一点,康德写给友人信中的这一段话,自可作为强有力的佐证。然而,差不多近乎足不出户的生存境况,却不仅未能限制,反而在很大程度上成全了康德对精神星空的仰望、对人类精神世界的深度内省。他之所以能够最终成为人类思想、哲学史上最耀眼的明珠之一,与他身体受限后内省能力的出类拔萃存在着不容忽视的内在逻辑关联。虽然他俩一个是中国当代并不多见的优秀作家,一个是世界哲学史上重要的哲学家,所具体从事的工作性质判然有别,但在他们各自的领域里,毫无疑问他们既是生命苦境的真切体味者,也是生命本质的玄思冥想者。质言之,正是身体的受限才使得康德与史铁生的精神内省能力得到了空前的大爆发,进而使他们隐隐然成为了具有神性光辉的人类精神奥秘的洞察与发现者。因了康德与史铁生的存在,疾病与精神内省这一命题,自然也就具有了可以做进一步深入探讨的意义和价值。

遗憾之处在于,或许与现实主义文学传统的过于强大有关,在中国当代文学界,如同史铁生这样能够在一种存在的意义层面上自觉进行生命哲学的思考与追问的作家,简直就是凤毛麟角。从这个角度来说,正在由社会写实而渐次走向生命哲学沉思的作家鲁敏的存在,其意义就无论如何都不容低估。伴随着新世纪的到来而走上文坛的鲁敏,早期曾经以营造温柔敦厚的"乡村乌托邦"的东坝系列而引人注目,此后也还创作了《六人晚餐》这样严重关切底层民众生存命运的长篇小说。但近一个时期,曾经充分接受过西方现代主义滋养的鲁敏,已经不再仅仅满足于社会现实生活的那样一种现实主义摹写。毫无疑问,在她看来,相对于纷纭复杂的外部世界,作为主体的人类内在精神世界的构成其实要更加丰富驳杂:"情节——事件发生的逻辑顺序——这一维多利亚时代小说必不可少的元素在现代主义小说中黯然失色。在狄更斯、托尔斯泰、冯塔纳甚至福楼拜的作品中,人物一直在做出各种行为。现代主义小说则并非如此。1918年,英国小说家梅·辛克莱在评论多萝西·理查德森的现代主义著作《朝圣之旅》的第一卷时不无惊讶地谈道:'这套书中没有情节,没有情境,没有立体布景。什么事都没有发生。'对内心世界的痴迷、对主观性的称颂以及一次次对小说写作传统的挑战——也就是一种固有的不妥协的精神——使得现代主义小说常常为庸常之辈所不齿。"②与更加关注外在社会现实的现实主义文学相比较,西方文学在进入20世纪之后,之所以会更加关注主体精神构成的现代主义文学并大行其道,其根本原因正在于此。

事实上,正因为文学观或者说创作观已经发生了根本的变化,所以鲁敏的小说近作也才会发生很可能会令曾经熟悉她的读者大跌眼镜的"陌生化"

转向。这一点,在其短篇小说集《荷尔蒙夜谈》中即有非常突出的表现。"进入中年,鲁敏厌倦了'四平八稳'的审美,决意为荷尔蒙'背书'。精神、智性、天赋、情感、肉体的排序,突然在作家那里倒了个个儿。到人生的某一阶段,肉身显示出沉重而迷人、混沌而尖锐的属性,令人爱憎交加,令人难以忽视。"③具体来说,鲁敏新近这一系列短篇小说的显著特色,集中表现在作家借助于精神分析的方式,对人内在的潜意识与无意识进行了足称尖锐的挖掘与勘探:"通过肉身的载体,鲁敏对人性与感性做冷峻考察,往往证之以极端的案例……书中对于性、暴力、畸恋的描写颇为大胆。"④但相比较而言,更能充分地显示鲁敏小说创作转向后写作实绩的,恐怕还是她这部从艺术形式到精神内涵均充满了实验探索精神的长篇小说《奔月》(载《作家》杂志2017年第4期)。说实在话,我不仅特别熟悉鲁敏的小说创作历程,而且也曾经给《六人晚餐》写过长篇批评文章,所以,面对着具有极大阅读挑战性的《奔月》,我甚至于一时间心神恍惚,难道这部具有颠覆性美学与艺术特质的长篇小说,果真出自那位曾经写出过《六人晚餐》的作家之手吗?然而,如果联系同样具有突出实验探索性质的《荷尔蒙夜谈》,那么,《奔月》的出现,其实也并不意外。围绕《奔月》,在与我往返的微信中,鲁敏曾经特别强调:"传统主题可能容易进入,但我不甘心那样写。因此做出一个现代命题的尝试:对自我存在可能性的反复假设逼问,以及这种假设和追问的无解之果。"放眼当下时代的中国文坛,困扰很多作家的一个问题,恐怕就是如何才能够有效地克服一种不自觉状态下的自我复制的问题。尽管很多作家都已经明确意识到了这一点,并且也竭尽全力地尝试着有所努力,但严格说来收效甚微。那样一种原创性严重匮乏的"千人一面"或者说"千部(篇)一面"的状况,依然是一种无法否认的普遍事实。在这种情况下,鲁敏不仅自觉地追求小说创作上的自我突破,而且她的这种追求也取得了无法被忽略的丰厚创作实绩,就是一件很不容易的事情。别的且不说,仅凭她这种敢于打破旧的窠臼,进而实现根本创作转型的胆识与勇气,就应该赢得我们热烈的掌声。更何况,她也的确给文坛奉献出了如同《奔月》这样具有充分实验探索精神的优秀小说文本。

《奔月》艺术形式上最大的一个特色,就是对假定性叙事形式的巧妙设定与使用。小说的核心事件,就是女主人公小六一次意外车祸后的悄然失踪。小六失踪之后,故事就沿着两条逻辑结构线索渐次向前推进了。一条线索,自然是小六意外失踪后,她的丈夫、母亲,乃至于情人这边究竟会做何反应。另一条线索,则是"主动"失踪后的小六依照"猪头"的无意暗示,飘移落脚到一个名叫乌鹊的地方之后,在那里生根立足的故事。所谓"猪头"的暗示,其实是小六她们少年时经常玩的一个游戏:"这是小时候玩过的折纸游戏,也叫'东南西北',叠成后在各个方向写上不同的游戏内容,然后把两只手的食指、拇指分别套入,牵动这只'猪头',横四竖三,或竖七横八,随机形成不同截面,即得到相关指令,比如跳绳、吃糖、学结巴、翻筋斗等。大家轮流耍,获得自己的任务。就是这'猪头',负责帮她拿的主意。"在小六自己无法决定行走方向的时候,她只好借助于"猪头"这样的"天意"来随机决定未来的去向。就这样,她最终误打误撞地来到了这个叫作乌鹊的地方。具体来说,除了带有楔子或者序幕意味的开头一段预叙性文字之外,整个小说文本共由十五章的内容构成。除最后的第十五章为两条结构线索的合流叙述之外,其他的十四章,可以说是花开两朵,各表一枝,单数章主要叙述小六的丈夫贺西南、母亲以及情人张灯在小六失踪后的各种表现,双数章则主要叙述展示误打误撞来到乌鹊这个地方之后小六的生存境遇。依照一般的生活逻辑,既然在意外的车祸中大难不死,小六第一时间的本能反应,肯定是想方设法地回到亲人的身边,让自己遭到严重惊吓的心灵得到充分的抚慰。然而,小六实际的选择是反其道而行之的"自我失踪"。所谓"自我失踪",就是说明明可以顺利地返回到原来的生活位置之上的小六,却偏偏就是要顺水推舟,要借助于一次突如其来的车祸脱离原来的生活轨道。我们之所以断言小六因车祸"失踪"这一核心情节设定为一种假定性叙事,根本原因正在于它对日常生活逻辑的根本悖逆。借助这一假定性核心情节,鲁敏意欲实现的基本写作意图,正如她在给我的微信中所特别强调的,乃是"对自我存在可能性的反复假设逼问,以及这种假设和追问的无解之果"。

很大程度上,鲁敏关于小六的"自我失踪"这一核心情节的设定,能够让我们联想到现代主义巨匠卡夫卡的那部影响极大的短篇小说《变形记》。《变形记》开头处,长期辛苦工作的推销员格里高尔在某一天早上醒来的时候,突然发现自己不见了。找来找去,格里高尔最后才发现,原来自己早已在睡梦中由一个人而变成了一只大甲虫。接下来,卡夫卡通篇所描写叙述的,就是格里高尔变成大甲虫之后惨遭家人厌恶、唾弃的不幸遭遇。依照现实生活的逻辑,不管怎么说,人都不可能变成一只大甲虫。由此可见,卡夫卡让格里高尔变身为大甲虫,其实也毫无疑问属于一种小说创作上的假定性叙事。通过这样一种看似荒诞不经的人变身大甲虫的核心情节设定,卡夫卡所欲实现的,其实是关于个性自我失落的执着追问与思考。细察文本,我们不难发现,变形发生之前,推销员格里高尔在家庭生活与工作中的所作所为,全都不是从一个拥有独立意志的个体人格出发,而是以供养家人、还清债务为根本目的。正因为如此,那位忙碌于生活与工作中的格里高尔,作为其存在本质的"个体的我"始终处在某种被遮蔽的状态之中。那个时候的格里高尔,事实上只是一个"公共的我"的不自觉饰演者。长此以往的一种结果,自然就是一种自我意识的失落,是主人公不再能够明确意识到自我的存在。毋庸讳言,这位只是一味地想到工作,想到自身对家庭负责的格里高尔,他身上人的个体性一直处在被社会性不断地侵蚀、压抑的过程之中。从这个角度来看,格里高尔最后的变形,就完全可以被理解为是其个体性长期遭受压抑的结果。但更具悲剧意味的一点是,即使在自己已经被压抑变形成为大甲虫之后,心理早已被严重扭曲的格里高尔,却依然牵挂着自己的工作和家人,依然随着家人对自己的冷漠不满而日益加重自己对自己的冷漠不满。也因此,正如同核心情节所暗示的,到最后,甚至已经处于一种自我厌弃处境中的格里高尔,就必然彻底异化为"非人"的大甲虫了。众所周知,卡夫卡与父亲之间始终存在着一种无法调和的紧张关系。正因为如此,他在小说创作过程中方才习惯于"通过虚构强大的权力机构来放大和扭曲父亲的压制力量。正是这个不可撼动的权力机构指控约瑟夫·K.犯有某种莫须有的罪行,并躲在大雾和小雇员背后破坏K.(《城堡》中的主人公)进入城堡的道路;这个权力机构可以把人变成害虫,也可以把人投进卡夫卡其他所有的恐怖囚室"[5]。但千万请注意,同为假定性叙事,鲁敏的《奔月》,却又与卡夫卡的《变形记》存在着明显的差异。具体来说,这差异主要体现在假定性手段的选择上。卡夫卡的假定性叙事,是严重缺乏生活事实支持的荒诞不经的人变身为大甲虫,而鲁敏的假定性叙事,则是能够获得现实生活案例支持的自我悄然失踪。

一句话,能够在切合日常生活肌理的前提下,将假定性叙事相当成熟地运用在自己的小说文本中,正是鲁敏与卡夫卡一种最根本的差别所在。

卡夫卡是现代主义最具代表性的作家之一,鲁敏在《奔月》中那样一种如同《变形记》一样对假定性叙事形式的熟练操作运用,就充分说明作家其实对西方现代主义其实有着极好的领悟与心得。除了与卡夫卡的《变形记》相比较之外,我们认定鲁敏在《奔月》中采用了假定性叙事手段的另一个方面的原因,就是作家叙事过程中关于"蝼蚁超市"的命名问题。意外地漂泊落脚到乌鹊这个地方之后,小六先是做过一阵卡通人偶的工作,此后不久,在林子自告奋勇的热情帮助下,她被介绍到一家超市去做保洁工作:"在蝼蚁超市的保洁工作并没有能干得很长——超市有个端庄的大名儿,国瑞。蝼蚁是小六私底下替它取的别称。她承认,这叫法带点傲慢和偏见。"那么,小六为什么要将自己临时寄身的这家超市命名为"蝼蚁超市"呢?叙述者在后来的叙述中揭开了谜底:"小六心绪繁乱地追随着钱助理的空中愿景,突然想起她最初听说蝼蚁国的那个出处。当时是附庸风雅跟着闺密去省昆,看过半本《南柯梦》。男主人公淳于棼发现槐树小穴里头竟有一整个国度,大为惊奇……小六重新咂摸着那一桌二椅的场景,似再次看到蝼蚁国公主的手指了,正虚虚地指向她这里。她心里一动,对眼下的情境,像有点含糊的敬畏与体恤之情了。她得将错就错接下这步'高棋'了。"事实上,只要对中国古典文学略有所知的朋友,不仅知道"南柯一梦"这个成语,而且也知道汤显祖所谓"临川四梦"中的《南柯记》一剧。小六所看过的半本《南柯梦》,当脱胎自《南柯记》。《南柯记》所具体叙写的,就是"南柯一梦"的故事。作品主要描写淳于棼酒醉后梦入槐安国(即蝼蚁国)被招为驸马,后任南柯太守,政绩卓著。公主死后,他被召还宫中,又被加封为左相。他权倾一时,淫乱无度,终于被逐。没想到,醒来后却发现自己只是做了一个梦,最后被契玄禅师超度出家。此剧借梦境折射现实生活,不无尖锐犀利地揭露并批判了朝廷的骄奢淫逸以及文人的奉承献媚。整部《南柯记》通过梦幻书写人生,是一部再典型不过的讽世剧作。对《南柯记》进行更深入的探讨,显然不是我们关注的重心所在。正如你已经预料到的,我们之所以要特别提及汤显祖的《南柯记》,根本的落脚点在于其中那个其实纯属子虚乌有的槐安国或者说蝼蚁国。淳于梦的人生表面上看似飞黄腾达,未料想到头来却是虚幻的美梦一场。倘若从哲学的层面上说,汤显祖或许正是要借此而传达一种类似于《红楼梦》的"乱哄哄你方唱罢我登场",到头来却是"白茫茫一片大地真干净",却是虚无一场的人生真谛妙悟。但在鲁敏这里,她之所以借用"蝼蚁国"这一典故,其意图显然就是要暗示广大读者,不仅是蝼蚁超市这样一个工作场所,即使是小六最终漂泊至乌鹊的个体自我失踪事件本身,也都如同《南柯记》中的那个槐安国或者蝼蚁国一样,其实是一种纯粹子虚乌有的虚幻、虚无的所在。既然作为小说核心事件的小六的自我失踪,具有突出的虚幻或虚构性质,那整部《奔月》具备的假定性叙事性质,自然也就是一种确凿无疑的文本事实了。

与假定性叙事紧密相关的另外一个问题,自然就是,鲁敏为何要把自己这部具有突出探索性质的长篇小说命名为"奔月"?车祸发生的时间,是大白天:"事故发生时,小六在打瞌睡……小六拼命抓住栏杆,力渐不支……车身突然顿住,定格,像喜欢上这个头顶冲下的造型。小六被悬于车门,既没有被吐掉,也没有被咽回。她勉力伸头张望,车门正冲着一片葱茏的灌木。灌木下方,一大片汩汩流动的水面,散发出黑夜般的迷醉引力。虽则此时正阳高悬。""此时正阳高悬"六字,就明确告诉我们,车祸发生的时候,当是正午时分。这个时间节点,与所谓的"奔月"之间,很显然了无干系。月亮在小说中的第一次出现,是在第二章的第二节末尾处:"半夜里,她醒过一次,四体冰凉,百骸麻木,全然忘了身在何处。睁开眼四处看,一片模糊,无意间瞥到窗外,那里有一钩月。""那月亮很是细瘦,但边缘清晰而冷峻,被光秃秃没有帘子的窗格子框住,恰好在左上方一角,那模样十分感人,以致让小六无端涌上一层骄傲。她特别愿意向月亮承认,大声承认。这就是她的渴求之境,是个人意志所致,也是水到渠成的命定。她打算执行这个自我消失的欲望,坦荡地执行,为什么不?它当是跟食欲、性欲、声名欲一样平等,一样值得去克服困难,好好追求。"这一次对月亮的特别留意之后,等到小六再一次注意到清冷月亮的存在,已经是第四章第五节的结尾处了:"天色这时已彻底地黑下来,月亮从鹊山那边爬了上来。月色极细腻,像绸布,当它掠过裸露的手背时,都能感觉到那迟疑的拖曳感。""月亮还是那一枚,她还是那个她吗?""月亮可在头顶之上普照众生呢,只管举头望月吧,仔细感受此际的月色——它,自有它的意思。"这个时候的小六,已经在自我探寻的路途上不仅倍觉疲惫,而且更是陷入某种无解的思索追问之中:"乌鹊是不重要的,重要的是在别处。在别处又是虚设的,尽力跑动却宛在原地。"等到小六第三次注意到月亮存在的时候,已经是第八章第四节的结尾处了:"她往四周看看,都是路,半生不熟。也有人影,近了又远。唯一的旧相识还是只有天上那轮月亮,全世界共有的,又独属于她一个人的月亮,白冷冷地发着寒气,像面巨大的镜子,均匀地照着几百年前,也照到几百年后,照到北京南京,照到乌水鹊山。

它能听到小六的细嗓门吗？爱，肉身，孤独，宿命，亲人，生活，伴侣，这忧郁而渺茫的追寻，是否能有一个确切的托付与解答？"至于小六最后一次注意到月亮存在，已经是整部小说文本的结尾处了："如果不是特别仔细，可能都发现不了，一轮边缘粗糙的月亮正陷身在那几幢高楼之间，如小豆烛照，仿佛还没有适应这刚刚亮起来的城市之光。""……你好啊。小六向这位老朋友默默问候。"由以上关于月亮的描写，我们即不难做出这样两种判断。其一，鲁敏笔端这轮清冷、孤独、细瘦，一直散发着白泠泠寒气的月亮，作为一种象征意味特别明显的意象，正可以被看作孤零零一人自我放逐于异乡的女主人公小六的真实写照。其二，鲁敏的相关描写，更能够让我们不由自主地联想到"嫦娥奔月"这个古老的神话传说。相对于人类寄身的地球来说，月亮无疑是"他者"，是一个迥然相异于地球的世界。嫦娥一旦义无反顾地奔向月亮，就再也无法重新返回到熟悉的地球故乡。同样的道理，到了鲁敏的《奔月》中，尽管小六经过了一番周折最终还是选择了从乌鹊返回南京，但正所谓"人面不知何处去，桃花依旧笑春风"，等到她终于回到南京之后，她曾经的日常生活却早已经物是人非，发生了意想不到的颠覆性变化。小六，实际上再也无法返回到她曾经的生活中去了。也因此，虽然我们并不清楚鲁敏将小说命名为"奔月"的初衷所在，却更愿意从这样两个角度去理解小说标题。

面对《奔月》，我们无论如何都绕不过去的一个问题就是，小六虽然与丈夫贺西南之间的关系谈不上有多么亲密，但基本上属于正常状态，如此一种境况下的小六，好端端地，为什么要借助于一场突如其来的车祸而自我消失呢？换言之，从假定性叙事的角度来说，鲁敏究竟给小六提供了哪些自我消失的理由呢？首先，是对现实生活产生一种莫名的厌恶或者说厌倦感。在车祸中得以幸存后,小六很快想到了回到南京,回到自己曾经熟悉的生活中之后肯定会出现的情形:"12小时之内,她会平安回归南京,面对重复二十遍以上的各种盘问与唏嘘,她得持续表示感恩和惊讶,好像她违反常理,陡峭捡拾了这条小命。会有很长时间,也许长到大半余生,她都会不自觉地追索于此,她将——更加惭愧,更加苟且,更加感到存在的不愉快与不合理。"正是这种不自觉联想,让小六心生厌恶:"小六闭上眼,克制住突然冒出来的自省,以及这自省中由来已久、硬邦邦的厌恶。各种细小得提不上筷子又大过天的噬咬像毒刺一样在体内各个角落发作。又来了,多么熟悉的发作!这跟翻车、翻车后的苟活及周边事务无关,她所厌恶的,另有所在。"由以上叙事话语可知,小六对现实生存的厌恶实际上由来已久,由生存厌恶而进一步生出的逃逸欲望长期潜伏在她的内心深处。车祸的意外发生,不过是一种直接的诱因而已:"事实上,它们一直埋伏在她体内。从小到大,她都能感觉到那份逃逸的冲动,跟她的身体一起发育成长,好比长期的生理储备——前面28年的每一天,可能都是为之做着曲折的、草稿式的准备,其激活跟性欲有些类似:场景、光线、尖叫、监控,等等。3月21日的这一系列细节,相当于串联线路的总开关,一旦触动,即被圈点、诱发、勾连而起,不顾一切地启动了。"假如把人生比作一场盛大的演出,那么,长久以来,对现实生存心生厌恶的小六早就打算着"从节目里下场,也从生活里永久下场了。"这一场意外发生的车祸,正好给早就想从日常生存中逃逸而出的小六提供了一个极佳的自我消失的契机。然而,尽管从未进入过明确的意识层面,但在实际上,小六的自我消失也还是有迹可循的。其一,是一种可以被命名为"薄被子"的替代性互换游戏。因为在南京时的邻居此前曾经替小六收过一次晾晒的薄被子,所以小六便由此而生出了某种关于生存"替代性"的真切思考:"我与底楼这位主妇或其他任一主妇,可以分饰 A、B 两角,交叉运行不同的家庭。我和她都能够在对方的床头找到睡衣,很快掌握不同型号的数字洗衣机,准确地从冰箱下层找到不够新鲜的冻带鱼扔到油锅里准备当天的晚饭。丈夫们也一样。对此,没有人会觉得有任何异样。"更进一步,"这种替代性可以类推到各个方面——父母与孩子,上级与下级,人与某个角落,人与某年某日。一切都是七巧板式的,东一块西一块,凑成堆儿便完事。你辛辛苦苦像燕子衔泥一样搭建起的小窝,你与这个小窝的隶属关系,只是玩偶及其舞台"。既然张三与李四或者王五都可以在生活中相互置换,而且这种置换一点都不会影响到日常生活的正常运行,那个体生存的意义和价值,自然也就非常值得怀疑了。在这里,通过日常生活的沉思,鲁敏实际上非常敏锐地发现了一个主体性莫名失落的重大问题。其二,是父亲的长期缺位所导致的心理失衡。这一方面,一个不可被忽略的细节就是,少年小六曾经偷拿过同学家的一张全家福:"八岁左右时拿的吧,随身放了也有 20 年了,后来有了塑封,我就封上了。得保护好这稀罕东西啊。我到哪儿都带着,得空儿就拿出来瞅两眼。这三口之家的画面,我可喜欢了,怎么也看不够,连'全家福'这三个字我都喜欢,念在舌头上像嚼花生糖一样。"实际上,早在小六父母即将举行婚礼前夕,她的父亲去北京出差,结果就一去不复返了。小六之所以会对同学家一张普通不过的三人"全家福"照片拥有特殊兴趣,并长期把这张照片带在身边,究其根本,也正是父亲长期缺位的缘故。唯其如此,为了达到安抚少年小六心灵的目的,母亲才会煞费苦心,长期坚持给"我"寄各种包装讲究的礼物,以至于"我太熟悉母亲这鬼把戏了。我真希望是真的。十一岁那年,我从母亲那里偷出了这张包裹单,我一眼就认出了上面的笔迹。我彻底死了心"。越是口口声声强调自己早已死了心,越是说明小六一直未能真正地死了心。事实上,只要认真端详回味一下籍工弥留之际小六的内心独白,我们就可以对她的内心世界有更真切透彻的理解与把握:"小六只希望他是个父性的人,头脑清楚,强悍又慈悲,懂得灰色,懂得绝望,可堪小六去倚靠——只是一种备案式的倚靠,隔几条街最好,远在世界尽头也无妨,只要有个他在那里,同呼共吸地注目于她,舍不得她,懂得她……她多么渴望这个父性之人啊,孤儿般地想,沉湎式地想,从一生下就开始想,几乎想成了一个信仰……父啊,不认识的父,无血亲的父,精神的父,抽象的父,垂危的父,她肯定会赶过去的,哪怕爬过去,像蚂蚁爬过整个地球,只要能认领到他,依偎到他,痛哭到他。"这里,鲁敏一方面写出的,固然是少小失怙的小六内心对父亲的渴盼,但在另一方面,作家的书写显然已经抵达了某种宗教的层面。当小六不由自主地呼唤着一位父性的人,一位"不认识的父,无血亲的父,精神的父,抽象的父,垂危的父"的时候,这位父,就已然超越了肉身,而变成了一种精神信仰乃至于宗教信仰层面上类似于上帝那样的"父"。因此,对于小六的这种心理状态,我们恐怕只能从精神分析的角度来加以阐释。按照彼得·盖伊的说法,现代主义最根本的特征之一,就是与弗洛伊德,与精神分析学之间的内在紧密关联:"弗洛伊德精神分析学说对于现代西方文化的影响并未彻底显现出来。尽管这种影响并非直截了当,但肯定可以说是巨大的,特别是对于中产阶级知识分子而言,他们的艺术品位也不可避免地与现代主义的产生和发展紧密地交织在一起。"⑥"但是,不管读者认为弗洛伊德对于理解本书内容有什么样的帮助,我们都应该清醒地认识到,任凭现代主义者多么才华横溢,多么坚定地仇视他们时代的美学体制,他们也都是人,有着精神分析思想会归于他们的所有成就与矛盾。"⑦因此,从精神分析的角度来说,小六自我消失的隐秘动机中,或许存有一种恐怕连她自己也未必清楚的寻找长期缺位的父亲的冲动与想法。

但同样是沿着精神分析角度展开的一种人物解读,我们对小六自我消失动机的理解,却不应该仅仅停留在父亲缺位的问题上。更进一步说,小六的自我消失,其实意味着女主人公对真实自我本原的执着追寻:"小六突然意识到自己这冷冷的无情之态,对那边的世界,对抛下的亲人友爱以及一己之在,她竟毫不伤感,亦无愧疚,好像全身都上了最高级的麻药,明明知道这一刀下去,必会皮肉破绽,鲜血溅流,却无一丝痛感。这令她惊骇,更有种毛骨悚然的辨识感,好像是慢慢磨出光亮的铜镜,镜中渐渐显露出一个有棱有角、面目诡异之我。"面对着充满如此诡异色彩的另外一个自我,小六的感觉自然是莫名惊诧:"怎么会是这样的一个我?为什么?"于是,"小六不禁紧绷面皮,好像要撼动、呵斥那个翻脸掉头的自己,同时又想尽可能地维护这个孤立无援的寡人。她无声地辩论着,拼争着——此举此行,能不能算是互为因果的逻辑,以骇俗的消失去寻找一个本我的根源?此去的尽头,真会有个什么答案显现在天幕之上吗"? 由此可见,相比较而言,促使小六借车祸之机自我消失的更为根本的原因,是她想要"以骇俗的消失"这一特别的方式去发现自己的另一面,"去寻找一个本我的根源"。然而,正如你已经预料到的,鲁敏借助于小六的消失所进行的探寻真实自我的人生实验,最终不仅没有得出预期的明确结论,反而陷入了更为严重的自我迷失状态之中。具而言之,漂泊至乌鹊落脚的小六的这种自我迷失,主要表现在以下两个方面。其一,与作为人类个体存在符号的姓名相比较,小六本身无论如何都证明不了自身的存在。这一点,集中不过地表现在她与林子之间的性关系上。那个时候,男女双方都已经处于性欲极度高涨的状态了:"小六的细胞们早已甩开她精神性的统领,自行组织和暴动起来。她十根手指熟稔地动作,帮林子和自己扒下衣服,她的颈部高高上昂,黏湿的舌头与牙齿舔咬着所能碰到的任何一块裸露,她的腰部和腿部折叠着,一会儿呈凹型,一会儿变成锐角,一会儿又拉成平线,形成嚣张的律动。上方的林子浑身抖动,热气扑面,如一个发烧的跑步者。"但就在如此一个关键时刻,欲火纵身的林子却还是硬生生地刹车了。刹车的主要原因,是林子试图搞明白小六的真实名字。用他自己的话来说,就是"我不愿意喊着吴梅的名字来跟你这样"。面对着林子简直就是咄咄逼人的执着追问,小六做出的回应是:"'你难道不是喜欢我这个人本身吗?这跟我的名字,我父母是谁,老家哪里,我做过什么工作……有什么关系啊!'像要抓住正在收回的绳索,小六艰难地狡辩,她感到她正在下沉,徒劳的搏击中,她又倒退至黑暗冰冷的海底,温度越来越低。"如此一种境遇,马上让小六联想到自己主动"失踪"前与情人张灯之间彼此毫不知情的性关系,并陷入了一种深深的困惑之中:"重叠性的回忆让小六略有困惑。其实,林子这样才更加正当?更符合所谓男欢女爱?但这种'欢爱'何其庸俗啊,为什么要配合着零零碎碎的身外之物?倘若她光秃秃的,就连爱、被爱与做爱都不可以了?"必须承认,小六的诘问是特别强有力的。这里的一个关键问题,恐怕就是"我是谁"的问题。说到底,到底小六本身是她自己,抑或只有她的名字才是她自己,事实上是一个类似于庄周"我是蝴蝶"那样异常深刻的具有哲学内涵的生命终极追问。

其二,小六之所以要借车祸之机逃离南京,逃离自己原先的日常生活,本来是为了达到一种自我主动消失的目的,未曾想到,当她在乌鹊真正落脚之后,却不仅没有做到销声匿迹,反而事与愿违地以"吴梅"的姓名日渐浮出了海面。这一点真切认识,在陪同钱助理参加过那场不无盛大的酒宴之后,方才清晰地浮现到小六的意识层面:"她蹲在那里,在脑子里捋。现在的情况可以如此概括:大半年下来,她不仅没把自己给弄'没'了,似乎还更'在'了,更高低不平、磕磕绊绊的了,乃至有点烽烟四起,无数的声音如高低音的不同声部,此起彼伏地对她发出不同的逼问。这逼问里,也包括小六自己的细嗓门,她在高音区,她比谁都更为迫切,更为尖厉。"所谓更"在"了,就是指她在落脚乌鹊之后,不仅先后遭遇到了林子、籍工与舒姨夫妇以及聚香等几位乌鹊人,而且还经历了从卡通人偶,到超市保洁员、收银员,一直到"最佳员工",到对于钱助理的不情愿取代,这是一个个与她的自我消失初衷根本相违背的发展过程。到最后,严重刺激小六的神经,并使她骤然间生出再次从乌鹊回归南京念头的,正是林子的步步紧逼。为了达到和小六在一起结合的目的,林子真正可谓无所不用其极,甚至还偷偷地去派出所告发了小六。面对着咄咄逼人的林子,小六终于生出了再度从乌鹊自我消失的强烈念头:"这多么像一幕预演的场景啊,投射于必将到来的某一天,她遽然离开乌鹊……她惭愧地失笑,在一个业已消失的境况里,可以再次消失吗?这负负得正的消失是否恰恰指向对原点的回归?这突如其来的想法让她浑身一凛,像远方有辆列车从迷雾中显现,突然发声长鸣,吐出浓烟,不可避免地要轰隆隆发动起来。"小六离开乌鹊回归南京的念头,在林子想方设法给她以"吴梅"的名义搞到身份证以后,得到了再一次的强化确认:"小六眼珠随着林子移动,像跟随着一个已经消除了全部象征意义的堂吉诃德:风车已经不在了啊。她甚至都嫌弃和不屑起这玩意儿了,简直想哈哈哈了。这只是一张'证件',跟她目前在乌鹊的'这个人'毫无关系,跟她内心里的'自己'更是十万八千里。还要这个身份证做什么呢？更主要的,她已经无所谓了,在所有这些人面前,在整个乌鹊面前,就算马上就被揭露出来,她也不会介意的,最多待不下去,那没准儿就顺水推舟,就回去了！""回去?"是的,就是回去。这里的一个关键问题在于,小六之所以要刻意逃离南京,正是因为对自己原先的生存境况严重不满甚至特别厌恶。她刻意借车祸的机会移步驻足乌鹊,根本意图即是要探寻自我的本原。然而,小六一旦真正在乌鹊落脚之后,很快就会发现,自己在乌鹊的生存方式,实际上与南京并无二致。面对着围绕在自己身旁的林子、籍工舒姨夫妇以及聚香等人,小六不无沮丧地发现,以"吴梅"的方式出现的乌鹊人生,很大程度上乃可以被视为其南京人生的一种翻版。此种情况,对于一心想摆脱原有人生轨迹的小六来说,当然是不乐意的。

因此,当小六不无惊讶地明确意识到这一点之后,内心一种保有探寻自我本原愿望的她,自然也就会再度想方设法逃离乌鹊回归南京了。唯其如此,她才会对林子讲出这样一番连她自己也未必完全明白的话语来:"可能是……对于过日子,对日子里那些平常景象,我既满心尊敬又难以忍受。我也巴望着去成为它的一部分,消失在它里头,心满意足地消失,平静地生活……但我做不到。我要疼,我要飞,我要我是我。你,能听明白吗?"只有到这个时候,小六方才能够明确意识到什么叫作词不达意,什么叫作言辞无力。因为她口干舌燥地说了半天,也"言不及心中之万一,确实说不清楚。内心的话,多么艰难啊。小六困顿地闭上嘴巴,本也不该在他求婚的时候讲这些"。之所以连小六自己都不知道自己在说些什么,关键处恐怕在于"我要我是我"这句看似存在语病的叙事话语。"我"不是我,还能是谁?什么叫作"我是我"?难道说居然还存在着一个不是我的"我"吗?所有这些延伸出来的问题,实际上只有在哲学的层面上追问思考存在的意义和价值的时候,方才可以成立的。日常生活中,一个如同小六这样念念不忘地执着于探究"我要我是我"的人,恐怕只能被理解为精神方面出现了严重的疾患。必须承认,鲁敏的这种描写是蕴含深意在其中的。之所以这么说,是因为从一种象征的层面上来说,并不只是小六,包括你我在内的所有现代人,精神方面都出现了这样或者那样的问题。也因此,鲁敏通过小六借车祸之机出走乌鹊的"反常"行为,所真切书写表达的,正是精神世界出现严重疾患之后的现代人,探求未来精神可能性出路的一种积极努力。只不过,如此一种意义重大的探寻行为,肯定不可能有非常明确的结论得出。很大程度上,这一探寻行为的过程本身,就构成了探寻最大的意义所在。事实上,鲁敏所提出的与自我本原探索紧密相关的一系列生命哲学问题,究其根本,都是无解的,也都是绝望的。大约也正因为如此,作家最后才会让从乌鹊重新返回南京的小六,面对一种物是人非的尴尬处境。归根到底,小六重返南京之后所面对的无所适从的尴尬处境,其强力象征隐喻的,其实还是现代人存在层面上那样一种既不知来路更不知去途的精神世界迷失状况。

事实上,在《奔月》中,处于精神自我迷失状态的人物,绝不仅仅只是女主人公小六。小六之外,其他几位主要人物比如贺西南、张灯、小六母亲、绿茵等,也都处于不同程度的自我迷失状态。首先,是身为小六丈夫的贺西南。小六发生车祸之后,已经和小六度过四年婚姻生活的贺西南,一种本能的反应,就是坚决不相信小六已经在车祸中不幸遇难。面对着"所有人都一条心地、特别客观地认为他错了,指出贺西南关于'小六还活着'的偏执性假设,并搬出各种古今中外的道理来解救、劝导,要他节哀顺变,接纳命运",贺西南的态度是坚决不认同。因为车祸现场只找到七具尸体,贺西南便坚决认定另外一位失踪者就是妻子小六。正是怀抱着如此一种坚定的信念,贺西南用了整整二十天时间,跑了很多个相关机构,想方设法从各个角度来证明小六并"没有死":"在出事之初,小六是彻头彻尾地'死'了,正是通过他这二十天的奔跑,勤奋地交叉地跑动,小六一变而为下落不明了。这是质的变化,是起死回生,最起码可以说是缓期执行。他救活了小六,把她重又拉回到这个世界上了。他可赚大了。"然而,就在他千方百计地将小六从"死者"变身为"失踪者"之后不久,一条来自"黑师傅"的内容含糊暧昧的短信,却在不经意间揭开了小六那不为丈夫贺西南所知的神秘的另一面。原来,这"黑师傅"本名张灯,并不像小六寻常所言,只是一个为人非常活络的拉私活儿的女司机,而是小六的秘密朋友,是贺西南一位隐在的情敌。其他且不说,单只是情敌张灯的存在,就足令贺西南大跌眼镜,格外震惊:"'幸会,我是小六老公,贺西南。'此言一出,贺西南蓦地僵住,这还侥幸什么呀!眼前这位跟小六……他没法收住伸到一半的手。但他的心,骤然沉入一汪冰冷。小六在外面有这种事儿?竟然?啊老天。"

在贺西南的心目中,小六一直都是下班后的妻子的那副模样:"他所看到的小六都是下班后的妻子,旧毛衣,头发披乱,隐形眼镜换成框镜,埋在沙发里看视频,她会像个乡下小媳妇似的推三阻四。"只有在结识情敌张灯,并通过电脑高手张灯破译了小六电脑中的资料之后,贺西南方才彻底搞明白,自己日常所见的妻子小六,其实只是小六的某一个侧面而已。正如同"生活在别处"一样,小六其实也"在别处"。按照张灯的破译:"'我找到了起码五个,咝咝,五个方向的异常状况。得抓紧时间,好好捋一捋。'张灯一字一顿,稍有点拿腔作势。他把小六的笔记本、他自己的笔记本分别支开,又建议贺西南也打开他的。三台笔记本,像一个小型研讨会,在茶几上拥挤着分布停当。"具体来说,由张灯整理出来的,小六出事前半个月所搜索过的网页内容有:"——人在坠楼时会想些什么/——色情片演员,拍片时是真干吗/——张国荣惊现智利,当地多名华人声称目击/——高级进口仿真指纹套/——明代民间喜话里的性暗示/——有没有真头发做成假发套/——《玉婆子》全本/——睾丸上的皱纹可以烫平吗/——为什么窒息时会有快感……"尽管张灯还没有罗列完毕,但饱受刺激的贺西南的表情已经足够难看:"这超出了他'不锈钢板'的范畴,真不知道该如何定义这张搜索清单。说开放、恶心、不正经,都简单化了。他本以为已承受到最大的背叛(张灯),但眼前这个,却让贺西南心里更加胀痛,似乎这是更深一层的打击。这真是他结发四年的枕边人小六吗?这也正是他次日听绿茵讲起小六'社交魅力'与'八两酒量'时失控发火的原因——他不认识这样的妻子!不认识这样的小六了!他想起早先,失踪家属们向他排数过的冷僻怪状,他当时那样不齿,实在是无知啊。"现实生活中,每一个人都是由多个性格侧面构成的。很多时候,出现在家人面前的这个人,与出现在工作单位或者朋友、情人面前的这个人,与一个人独处时候的这个人,往往会存在无法令人想象的巨大差异。质言之,鲁敏借助于张灯、贺西南对于小六的所有"新发现",所尖锐揭示的,正是这一点。这里的一个关键问题在于,出现在他者视域中的自我,往往是受到道德、法律等社会性因素强势监督的"超我"。往往一个人只有在独处的时候,在逸出了他者的视域之后,更多地由本能控制支配的那个貌似"张牙舞爪"的"本我"才会浮出海面。贺西南心目中那样一位"乡下小媳妇"一般的妻子小六,之所以会被张灯破译为一个近乎色情狂的现代女性,其根本原因显然在此。面对这样一个被张灯破译出来的完全陌生的妻子小六,贺西南倍感心绪烦乱:"与小六有关的旧日场景像黑色羽毛从瞳孔上掠过,那个胆怯、内向、平常的妻子杳然不见了。渐渐浮现出来的,是一个什么样的小六啊,是另一个全然相反、不可触及的女人哪,他甚至感到一种可怕的懊悔,早知这样,当初就不去跑动小六的失踪了,就该好好接受她的……死亡。这就没有后面这一大出了。这完全是他自找的,是他亲手毁掉了他心里的小六哇。他真想大哭一场,他的那个爱妻小六,确乎是死了,在事故当天就死去了。"就这样,伴随着对小六其他侧面的逐渐了解,贺西南一步一步地走向了事与愿违的反面,由先前的一力主张小六还活着,小六只是一位失踪者,而最终转换为千方百计地想要证明小六早已在车祸中一命呜呼了。这一点,在贺西南了解到小六曾经有过怀孕经历后的表现最为激烈:"好啊,好啊,一个不知道是不是他的,也不知道在不在了的胎儿。真是一根了不起的大稻草啊,压得他再也直不了腰了。小六你可真是干得绝啊。你呀你,还真是消失了才合适,是死是活都无所谓了。你跟我没关系了,我再也不会等你找你了,我不要再见到你了。"一方面是贺西南对小六各个侧面的深入了解,另一方面则是谎称为小六闺密的绿茵女士对于贺西南日常生活的深度介入,两方面原因双管齐下的一种直接结果,就是贺西南对小六的彻底绝望。这样一来,与车祸后贺西南竭尽全力地试图证明小六依然活在人世形成了极富反讽意味的一种对照,就是他要再一次四处奔波,以证明小六早已死亡。因为,"'就算小六她现在回来了,我也没法再与她做夫妻了。我办死亡证明,主要是为了解除跟她的这份婚约,就像一座浮桥或一条渡船之类的吧,我是想要送她到河的那一边去。我要与她彻底地了断。'贺西南语速很慢,不是慢得犹豫,是慢得坚决"。

其次,是那个很是有一些玩世不恭意味、有一些时尚做派的小六的情人张灯。张灯的时尚做派,突出不过地表现在他与异性之间的关系上。正如同他与小六一样,虽然可以上床进行肉体交欢,但除了进行联系的手机号之外,他们对彼此之间的各方面情况却并不了解,甚至连对方的名字都互不知情。他的这一习性,只有在小六意外"失踪"之后,伴随着通过电脑资料对小六渐次深入的了解而酝酿着发生根本性的变化:"张灯与女人们的交往,早年是由外而内的,譬如总需要职业啊、业余爱好啊、喜欢吃什么、一起逛街啦等环节的铺垫,才得以剥开多余的菜叶帮子,诉求核心之事。近些年他技熟,懒得那么麻烦,也便放胆追求快捷不羁,他与女人们的交往,一开始就进入菜心,结束时还是菜心……可瞧瞧眼下这番情形呢,对这棵光溜溜的早就吃透了的菜心,自己正点灯熬油、上下求索地替她一件件穿上内衣、裙子、外套,还原为一个层叠包裹的女人,然后点头,握手,谈天气,谈电影。真是够别扭的呀——可张灯必须承认:他喜欢。"细读《奔月》,即不难发现,鲁敏在人物构想与设计方面的一个突出的特点,就是伴随着故事情节的演进,差不多每一位人物都走向了自己的反面。小六如此,贺西南如此,张灯的情况也是如此。进一步说,所谓走向自己的反面,从精神分析学的角度来说,也就是渐次地暴露出了更加接近于无意识状态的"本我"。特别是当张灯了解到小六竟然会以一种非常冷漠的态度对待他们俩之间的私情之后,他甚至干脆就爱上了小六:"对小六其人,尽管有多次肉体交欢,他仍是毫无确认感的,但黑入她的电脑之后,情况有了变化。连续一周,他反复进入链接,打开各种文件,一天天发掘到她的幽境,这跟快捷酒店的生理通道是截然不同的。他不知道,他更倾向于哪一种打开。"实际上,也正是在张灯以黑客身份一次又一次"黑"入小六电脑资料的过程中,一个全然不同于此前的小六形象隐隐然浮现在了张灯面前:"她淡然于此,视若无物,如口渴即饮,伸手摘果般地平常?张灯欢喜地噎住:对的呀,这正是他对性爱的基本观念!由此,他背负着好色、花花公子、始乱终弃、朝三暮四等一长串无聊罪名,孤独地在如林的肉身中出入穿行。他从不敢奢望,能有一个女人,也会与他持有同样的立场。这才是他理想中的男女交合之至境。"当此之际,"张灯忽有种灭顶之颤,灵肉皆被小六所严丝密合包裹着的大苦大淹"。"直到这时,直到她没了,他才猛然辨识出她!爱欲如海,一瓢在此。"事实上,也正是在张灯对于小六这种强烈的爱欲萌生之后,特别精通计算机的他才不惜千方百计地在网络这个虚拟世界中成功地再造了一个网络小六,并且与她陷入了某种"狂恋"的状态之中:"这不难,他熟知小六的一切,所有的阴影与隐匿的构成。他就好比一位面包师,电脑算一个烤箱,网络差不多可算作面粉,QQ空间、微信、微博、浏览历史、观影记录、购物车、豆瓣评论、邮箱附件等则作为添加剂、奶油、糖、水果丁、巧克力粉等,食材相互杂糅,在芬芳的气息中发酵。最终,他会烤制出他的'这一个小六'。""贺西南的那个小六,芦荟一样地死透了。他的这一个,却就此新生了,她拥有张灯需要的一切,又没有张灯所恐惧的一切。失踪是什么?胎儿是什么?结婚又算什么?就算生出一堆娃儿来又何妨?太、美、妙、了。"但一个无法回避的问题在于,张灯创造出如此一个虚拟的网络小六,并且满腔热情地投入与"她"谈情说爱的过程之中,是否就意味着张灯果然就爱上小六了呢？答案其实是否定的。这一点，在叙述者的叙事话语中有着明确的交代："万一，小六真回来了呢？这跟编程序是一样的道理，他的职业经验无数次地强调这一点：你得防备好一切可能，每一个可能就代表一个漏洞，每一个漏洞都得升级一次补丁。"将小六的回来视为网络上的漏洞，所透露出的正是张灯内心世界中对现实小六一种恐惧心理的存在。唯其如此，他就必须提前准备好填补漏洞的补丁："他得准备好一个可以自动激活的补丁：现实的小六一旦出现，网络上的小六则被锁死、中止并删除——理论上讲应是这样。可这理论多么令人痛惜和不忍，他怎么能失去这个至亲至爱的网络小六！他一点也不喜欢这个应急预案。哟，张灯倒吸一口气，他压根儿不要真的小六回来？这，不跟贺西南也差不离吗？"尽管内心也存在着一定的自我犹豫成分，但从总体上来说，张灯所热切迷恋的，只是虚拟的网络小六，而并非那个现实的小六。从精神分析的角度做进一步深究，我们就可以发现，隐藏在网络小六之后的，其实正是身为计算机高手的张灯自己。正如同金庸笔下那位可以左右手互搏的周伯通一样，张灯对网络小六的浓厚情感，实际上也是一个人的左手和右手的关系。无论左手还是右手，都是属于张灯自己一个人的。从这个角度来说，张灯对网络小六的那份看似真挚的情感，正如同古希腊神话中的水仙花——那个美少年纳西索斯一样，实质上带有极其鲜明的自恋色彩。

小六、贺西南、张灯之外，《奔月》中的其他几位人物形象比如小六母亲、绿茵女士等，也都有着相当的精神分析深度。自己本来已经身怀六甲，没想到丈夫却在婚礼前夕去北京出差一去不返。这一失踪事件的发生，对小六母亲造成了极其强烈的刺激。她不仅长期以来对小六的家族性遗传笃信不疑，而且从小就想方设法以各种偏方疗治小六很可能罹患的失踪症,尤其是在得知小六因车祸消失的信息之后表现出有悖于常情常理的若无其事,究其根本,都是因为受到丈夫失踪这一事件强烈刺激。同样的道理,身为绿茵茶餐厅轮班大堂经理的绿茵女士,之所以会在小六自我消失之后,主动以小六贴心闺密的身份现身在贺西南面前,正是因为她自己在婚姻生活上有着凄惨遭遇:"前前后后,我统共跟过五个男人,其中三次结了婚,包括最近离的这个。每一次我都全心全意,可他们不……我已经拿定主意,再也不要跟任何男人好了。"事实上,也正是因为贺西南在小六已经被宣告死亡后却依然不管不顾地坚持把小六跑成失踪者,被感动后的绿茵女士方才主动上门义务承担起了贺西南的家务。质言之,绿茵女士类似于活雷锋的行为背后,所隐藏着的正是她内心深处一种真切异常的精神隐痛。假若我们承认彼得·盖伊在《现代主义》这部著作中关于弗洛伊德的精神分析学说与现代主义之间紧密关系的论述具有真理性,那么,鲁敏这部通过若干位具有精神分析深度的人物形象的塑造,进而鞭辟入里地思考追问自我存在多维度的长篇小说,无论如何都应该被看作当下时代中国文坛难得一见的现代主义力作。"我是谁?我从哪里来?我到哪里去?"诸如此类的命题,其实是人类哲学史上永远也不会有明确答案的永恒追问。假若我们以如此一种尺度来考量鲁敏的《奔月》,那么,《奔月》就毫无疑问可以被视为对以上这一永恒的存在追问某种血肉丰满的形象演绎。某种意义上,诸如"我是谁?我从哪里来?我到哪里去?"此类哲学思考的终极意义,正体现在其永远不会终结。永远都在路上的特征上。从这个角度来说,鲁敏《奔月》那样一种回归南京后的小六一时之间无所适从不知道如何是好的开放性结尾方式,也正恰到好处地契合了终极哲学思考追问的最终无解特征。"摸摸口袋,又掏掏包。没有硬币没有骰子没有纸'猪头'没有白瓷观音……小六鼓着腮帮使劲,扶着自己站起来,挪动麻木的下肢,摇摇晃晃迈开步子,刚会走路似的。"如此一种结尾方式,给人的一种强烈错觉就是,仿佛成年人小六又重新回到了懵懵懂懂、蹒跚学步的幼年时代。那么,这位有家而归不得的似乎在蹒跚学步的小六,究竟应该向何处去?她最终的精神归宿究竟在何处?作为读者的我们,恐怕也就只能够与作家鲁敏一起继续深入思考了。

注释:

①王春林《面对生命的玄思冥想——读史铁生遗作随感》,载2012年2月14日《深圳特区报》。

②⑤⑥⑦彼得·盖伊《现代主义:从波德莱尔到贝克特之后》,第121—122页、第149页、第2—3页、第3—4页,译林出版社2017年2月版。

③④《鲁敏:人到中年才认识到肉身的沉重与深刻》,载2017年3月5日《南方都市报》。

关仁山《金谷银山》与柳青《创业史》比较谈：
新型农民形象与叙事逻辑

面对关仁山这部旨在聚焦表现当下时代处于沧桑巨变中乡村生活的长篇小说《金谷银山》（作家出版社 2017 年 9 月版），我们首先想到的，就是这部作品与"十七年文学"的代表性作品，也即柳青那部影响巨大的长篇小说《创业史》之间的内在关联。

强调这一点的根本原因在于，男主人公范少山心目中的头号精神偶像，就是《创业史》中那位引领乡亲们走上集体合作化道路的梁生宝。小说中先后五次专门提到过《创业史》。最早一次提到《创业史》，是在开头第一章《雪疯了似的下呀！》中。范少山与前妻迟春英发生了尖锐的情感冲突："迟春英急了，把范少山拉杆箱里的衣物拿出来就摔！摔着摔着，就摔出一本书来，旧书，纸都发黄了。柳青的《创业史》。成立人民公社那阵子，县上来了工作组，工作组住在范老井家。走的时候，留下了这本《创业史》。范老井说：'俺家人都不识字，给俺没用啊！'组长说：'过些年，你们家就出识字的了，交给他，会有用。'范老井就把这本书珍藏了起来。等范少山高中毕了业，出门闯荡了，就把这部书交给了他。范少山稀罕啊！一直带在身边。"这里，首先介绍了范少山与柳青《创业史》之间深厚渊源关系的最初建立。因为一直随身带在身边,所以范少山才可以做到对这本书随时随地的阅读。第二次提到这本书,是在第三章《山野里的春天才叫春天啊》里,范少山和余来锁结伴在北京城里找二槐的时候:"为了省钱,他们找了家最便宜的地下室小旅馆住下。这让范少山想起了《创业史》中的买稻种的梁生宝。他敬重梁生宝,那是他心目中的英雄。当他决定离开北京,回到白羊峪时,《创业史》更是成了他的口袋书,时常揣在怀里,特别是梁生宝买稻种的章节,已经被他翻烂了。梁生宝艰苦奋斗的精神,始终鼓舞着他。这时候,夜深了,隔着一层薄板,外间的呼噜声响成一片。范少山睡不着了,他从包里拿出《创业史》,读起来……"第三次提到《创业史》,是在第十三章《泰奶奶走了,风来了》中的开头部分:"范少山和余来锁靠着银杏树,想心事。两棵银杏树,一人一棵。事情也不顺,修路的事儿,没影了。下雨了,淅淅沥沥。范少山看着雨,不由得朗诵起来……这是啥?《创业史》第一部第五章梁生宝买稻种的开头。而今,他已经背得滚瓜烂熟,融化在血液里了……范少山一字不落地背完了整个章节,他也不知道,这个时候,为啥要背诵这篇文字,也许是因为下雨了,也许是想起了这几年的困难,他的心里头住着的那个梁生宝一直没有离开。余来锁是文化人,也是读过《创业史》的,也稀罕《梁生宝买稻种》这段,他接道:'票房的玻璃门窗外头,是风声,是雨声,是渭河的流水声……'朗诵到最后,范少山流下了眼泪,滚烫滚烫的。"第四次提到《创业史》,是在第十五章《手心手背都有情啊》中:"范少山还是喜欢看《创业史》,提醒自己个过紧日子,做一个像梁生宝那样的农村带头人。他时常住在苹果园的房子里,和余庆余守着果园。这天晚上,下雨了,他向果园走去,边走边念叨……"到了最后一章《无边无际的早晨》中,关仁山不仅第五次提到了《创业史》,更是特意安排范少山专程前往陕西凭吊柳青墓:"范少山忽地想起,应该去了,到柳青写成《创业史》的皇甫村去!《创业史》中的梁生宝买稻种,他先是在中学时学了这篇课文,又是不识字的爷爷把这本书交到他的手上。于是,他带着这本书走南闯北,开始了创业生涯。他回到白羊峪,更是多次翻看这本书,将《梁生宝买稻种》的故事烂熟于心,汲取着精神力量。"

应该说,一直到这个时候为止,关仁山关于《创业史》与梁生宝的相关叙事也都还是令人信服的。一个出生于偏僻山乡白羊峪的只有高中学历的青年农民,既由于当年的工作组偶然间遗留下的一部《创业史》,更由于少年求学时接触到的课文节选《梁生宝买稻种》,并对长篇小说《创业史》有了进一步了解,然后,因为受到处境相似的梁生宝创业精神的感召,便在内心把梁生宝确立为自己的精神偶像,然后以梁生宝带领乡亲们走集体合作化道路的精神,激励自己在当下时代的乡村创业过程,如此一种叙事逻辑的设定,自然可以成立。但紧接着,当关仁山试图更进一步地表明,范少山内心中对于柳青与梁生宝的由衷敬仰时,他的叙事就开始出现破绽了。"王家斌是谁?梁生宝的原型。除了《创业史》,范少山还读过好多关于柳青的资料呢!""一个著名的作家柳青,一个一心为集体的'梁生宝',都走了。虽然范少山不懂'互助组''合作化',但是柳青和'梁生宝'的创业精神却始终激励着他。"作家关仁山,当然知道王家斌是梁生宝的生活原型。然而,仅仅只有高中文化程度的普通农民范少山,他凭什么知道王家斌的存在呢?尽管叙述者告诉我们"范少山还读过好多关于柳青的资料呢",但说实在话,这样的一种交代性描述却很难令人信服。实际情况是,除了专门的柳青与中国当代文学研究者,其实很少会有人去关注了解梁生宝的原型究竟是不是王家斌的问题。与此同时，一个多少显得有点自相矛盾的叙述是，一方面，"范少山还读过好多关于柳青的资料"；但在另一方面，他竟然弄不明白究竟何为"互助组"与"合作化"。照理说，既然阅读了很多柳青的资料，就不可能不理解究竟何为"互助组"与"合作化"。事实上，也正是由于这里的相关叙事出现了问题，所以才促使我们更严格地回顾审视《金谷银山》中关于男主人公范少山与柳青《创业史》之间渊源关系的那一部分叙事。由以上分析可知，尽管说为范少山设立梁生宝这样一个精神偶像有其必要性，但正所谓过犹不及，一旦关仁山超越范少山的特定社会身份，以越界的方式去特意强调他对于柳青以及梁生宝的谙熟的时候，也就令人遗憾地留下了缺少艺术说服力的叙事破绽。

不管怎么说，关仁山《金谷银山》的构思与创作，明显地受到了柳青《创业史》的制约与影响，是一种无可否认的客观事实。这一方面，除了《创业史》对于范少山而言，就是如同《圣经》一般的神圣存在，以及范少山与梁生宝之间的同构对位关系之外，还有一点也很重要，那就是人物关系的设置。虽然说在人物关系的设定上，关仁山并没有亦步亦趋地追随柳青，其中若干人物关系设置上受其影响，却是无可置疑的客观事实。比如，范少山与父亲范德忠，很容易就可以让我们联想到《创业史》中的梁生宝与梁三老汉。一般被公认为比梁生宝更具审美艺术价值的梁三老汉，是一个思想处于转变过程中的性格构成颇为复杂的人物形象。由于对传统个人创业方式过于迷恋，也由于对儿子梁生宝不够信任，他曾经一度扮演了梁生宝集体合作化道路的反对者角色。但在亲眼看到了梁生宝所率领的合作社短时间内取得的农业生产业绩之后，面对摆在面前的事实，这位曾经固执于"三十亩地一头牛，老婆孩子热炕头"的老农民，终于放弃自己的反对立场，开始认同儿子梁生宝的人生选择。与梁三老汉相类似,范德忠在《金谷银山》中,也曾经是儿子范少山的反对者。由于时代的变化,范德忠所具体反对的,乃是范少山竟然放弃越来越有起色的北京城里卖菜的行当,重新返回偏远落后的白羊峪带领早已"老弱病残"化了的村民们创业的行为。关于白羊峪恶劣的生存现状,叙述者曾经做出过这样的交代:"听爷爷说,如今的白羊峪就剩下三十几户人家了,老弱病残占了一半,在村里人眼里,每块石头上都刻了个'穷'字。"放着北京城里前景一片光明的卖菜生活不过,偏要不识时务地返回到日益"老弱病残"化的白羊峪,来实现所谓带领乡亲们脱贫致富的理想,在范德忠看来,的确是一种难以理解、接受的不理智行为。也因此,他才会对范少山的行为持坚决反对的态度:"说啥说呀?不知天高地厚的东西!人家费大贵是村书记,都撒下白羊峪进城了。要不是惦记着白寡妇,余来锁也早走了!你还想留下?这穷山恶水,神仙也救不了,你还能搞出啥名堂来?"毫无疑问,对白羊峪的贫穷状况以及自然条件的恶劣,早已感同身受的范德忠,之所以要坚决把范少山从白羊峪"赶走",其内心深处其实更多地担忧儿子。在所有人都已经放弃对白羊峪的希望之后,你范少山却偏偏要冒天下之大不韪,试图以自己的努力改变白羊峪贫穷落后的面貌,你一个只有高中学历的普通农民,到底凭什么呀?也因此,当范少山信誓旦旦地表示自己只是留下来干一年,一年到头有变化没变化,自己都会离开白羊峪的时候,范德忠才会不无忧虑地说:"看你能的!你一个人就是浑身是铁,能碾几个钉?"当然,到后来,随着范少山在白羊峪创业道路上成绩的日益显著,范德忠便也由范少山的坚决反对者,变身为一位有力的支持者,开始倾全身心力辅助儿子实现自己的创业蓝图。

再比如，范少山和他的妻子闫杏儿，也可以让我们联想到《创业史》中的梁生宝与徐改霞。《创业史》中的徐改霞，虽然最终未能与梁生宝走到一起，但她依然在某种意义上，被看作是与梁生宝一样有着共同革命理想的志同道合者。这一点，首先集中表现在她解除包办婚约后的择偶行为中。在当时，追求她的人很多。其中，既包括身为小土地出租者的乡文书，也包括一个布匹商正在县城上中学的儿子，还包括蛤蟆滩本村郭世富家同样正在上县中的儿子永茂，可以说不仅家庭条件富足，而且也都属于那个时候乡村里有文化的青年。但所有的这些青年都不入徐改霞的法眼。在她看来："既然新社会给了她挑选对象的自由，总要找一个思想前进的、生活有意义的青年，她才情愿把自己的命运和他的命运扭在一起。慎重起见，虽然女性的美妙年龄已经在抗婚中过去了几岁，改霞也决不匆忙。"事实上，也正是从如此一种革命色彩鲜明的择偶标准出发，她才最终选择了志同道合的梁生宝。其次，令人感到有点难以理解的是，她的革命性，竟然表现在她最终弃梁生宝而去进城当工人的人生选择中。我们注意到，在第一部的结局中，柳青曾经写到过改霞的这样一段心理活动："她想：生宝肯定是属于人民的人了；而她自己呢？也不甘愿当个庄稼院的好媳妇。但他俩结亲以后，狂欢的时刻很快过去了，漫长的农家生活开始了。做饭是她，不是生宝；生孩子的是她，不是生宝。以她的好强、好跑，两个人能没有矛盾吗？"在柳青的描写中，改霞最后之所以毅然地弃梁生宝而去，这是最主要的原因所在。而在改霞的这段心理活动中，令改霞心生恐惧的"做饭""生孩子"其实都可以被视作日常生活的外在表征。如此说来，真正令改霞恐惧的其实正是作为政治对立面存在着的日常生活了。我们注意到，柳青是以一种极其欣赏的方式描写改霞的上述心理活动的,他接着这样写道:"新的社会意识,使大部分闺女向这样的性格发展。"由此可知,我们其实完全可以把改霞的上述心理活动理解为作家柳青潜意识深处的一种心理活动,理解为作家一种不无隐秘色彩的"夫子自道"。正如有论者分析的那样:"这种思想观念认为,日常生活是平凡乃至平庸的,革命在日常生活中遭受着淹没、忽略和遗忘的命运;日常生活中找不到革命的激情,看不到革命的诗意光辉,日常生活是革命的对立面;当一个人沉迷于日常生活的琐事时,这个人的革命意识就会被消磨掉,他就会面临被革命抛弃的可怕命运。避免日常生活堕落化的唯一有效手段是赋予生活以不断革命的意义,只有让生活革命化,生活才能充实,革命者才能永葆青春。"①事实上,也正是这样一种思想观念存在,所以柳青才在《创业史》中最终走向了对于日常生活政治化的趋势。毫无疑问,在柳青的理解中,革命与日常生活属于非此即彼的对立两端。要么革命,要么日常生活,二者不可兼容。同样,按照徐改霞抑或柳青的逻辑,假若自己(徐改霞)不向往革命,那当然可以凭借日常生活而成为梁生宝很好的贤内助。一旦向往革命,就必然会因为日常生活的问题而与梁生宝发生尖锐的冲突。是故,为了充分保证徐改霞的革命权利,她便只能义无反顾地舍弃梁生宝而毅然进入工厂工作。

然而,需要注意的是,虽然徐改霞因为自己的革命性而最终选择了舍弃梁生宝,但她这种看似反常的行为中,不仅切合于自身的性格逻辑,而且也还充分地凸显出了现代女性难能可贵的独立自主精神,或者也可以干脆被认定为一种现代女性意识。虽然早在五四时期就已经有女性解放的观念从西方传入中国,但作为一种自觉意义上的现代女性主义或者女权主义思想大规模地进入中国,却是"文革"结束后新时期以来的事情。相比较而言,柳青写作

《创业史》的"十七年"期间,是一个视西方思想文化为寇雠的极端自我封闭的历史阶段。那个时候的柳青,自然不可能了解作为一种激进思想文化思潮的女性主义或者女权主义。正所谓"有心栽花花不开,无心插柳柳成荫",难能可贵之处在于,在对所谓的女性主义或者说女权主义思想一无所知,毫无此类思想资源可汲取的情况下,柳青竟然以一种不自觉的方式,于无意间写出了徐改霞这样一位颇具现代意识的女性形象。当然,倘若还原到"十七年"的思想文化语境里,无可否认的一点是,柳青关于徐改霞形象的刻画塑造,或许与毛泽东"妇女能顶半边天"的思想紧密相关。虽然毛泽东思想谱系中的"妇女能顶半边天"更多地着眼于现代工农业生产中的劳动人员,旨在发动更多的社会力量加入生产劳动的行列之中,与现代女性主义或者说女权主义思想中的女性解放根本不搭界,但在当代中国社会,毛泽东对于"妇女能顶半边天"的强调,却也还是在有意无意之间,支持并强化了当代女性某种独立自主精神世界的构建。作为毛泽东思想的坚决支持者,柳青对于他的"妇女能顶半边天"的理念自然耳熟能详。虽然内心并非不喜欢梁生宝,但在敏锐地发现徐改霞很可能会因为与梁生宝的感情而陷入日常生活的泥淖而难以自拔的时候,徐改霞在经过了一番不无激烈的内心冲突之后,最终还是选择了弃梁生宝而进城做工人。"在狂热的时候能放任自己的感情冲动,在冷静下来的时候,改霞也能想得很远,很宽。"一位乡村青年女性,能够最大程度地克制对一位被普遍视为"英雄"的青年男性的爱,以一种特别理性冷静的姿态处理感情问题,以退出的方式保证自我的人格完整,假若剥离掉,披在徐改霞身上的那一层"革命"外衣,那她不管怎么说都应该被看作一位具有突出现代女性意识的现代女性形象。也因此,尽管柳青曾经明确表示徐改霞这一女性形象的构思乃是出于对梁生宝形象的艺术烘托："不是为了写恋爱而写改霞,是为了写梁生宝而写改霞。"②但在实际的写作过程中,作家的书写却往往会溢出自我意识规限,形成某种出人意料的艺术效果。大约也正因为如此,才会有文学史对《创业史》做出这样的一种评价:"在合作化主题之外,作品还对农村青年的人生道路问题进行了真诚恳切的思考。梁生宝与徐改霞的感情纠葛,是作品引人注目的亮点之一,徐改霞的人生道路选择问题,体现了作者对农村青年出路和前途问题的深切思索。《创业史》的思考直接启迪了20世纪80年代作家路遥《人生》的创作。"③梁生宝与徐改霞感情纠葛恐怕就是徐改霞这样一位颇具现代女性意识的当代女性形象的成功塑造。

到了关仁山旨在刻画塑造所谓新时代新型农民形象的这部《金谷银山》里,与徐改霞相对位的人物形象,当然就是范少山的第二位妻子闫杏儿。虽然说一方面由于时代与社会的变化;另一方面也与作家力图使整部小说的故事情节曲折有致有关,围绕着男主人公范少山的感情生活,关仁山曾经在他身边设置了多位女性形象。其中,既包括他那位红杏出墙的前妻迟春英,也包括那位跑到白羊峪支教的女研究生欧阳春兰。但相比较来说,能够从根本上对范少山产生影响的,却依然是他后来的这位来自贵州大山深处的妻子闫杏儿。但在具体展开讨论范少山与闫杏儿他们的感情故事与《金谷银山》叙事逻辑建构之间的关系之前,我们却首先须得关注范少山究竟为什么一定要不管不顾地重新返回故乡白羊峪去率领乡亲们艰难创业。不管怎么说,这一点,范少山这位新时代的"梁生宝",都是新时代的新型农民形象得以在作品中立足的根本前提所在。首先,我们应该注意到,范少山之所以去北京城卖菜闯世界,乃是因为前妻迟春英不仅红杏出墙,而且还人为地制造被范少山虐待的假象:"白羊峪的男人都把女人捧在手心里,最瞧不起打老婆的人。就这样,范少山顿时在人前矮了三分,范家人也在村上挺不起腰杆来。范少山叹口气,心一横:下山,闯世界去!"实际上,范少山要离开白羊峪去外面闯世界,前妻迟春英的红杏出墙以及他们由此而发生的冲突仅仅只是一种诱因而已。究其根本,范少山们的离开白羊峪,还是因为白羊峪生存条件的恶劣以及贫穷:"白羊峪没有小麦,不种水稻,吃白面大米要下山去买。钱呢?得用鸡蛋、苹果、山楂去换。咋换呢?'鬼难登'在那横着呢!不能车运,只能提着篮子翻过那段险路去卖。"没想到的是,范少山这一去,就是整整三年时间。倘若不是那一年年底北方大雪,虑及家人尤其是年迈的爷爷范老井的日常生活与生命状况,范少山或许还不会返回白羊峪呢。问题在于,故事开头的那一年到底是哪一年呢?论述至此,我们忽然意识到关仁山这部特别切近当下时代社会现实的长篇小说,很可能存在着故事时间上的混乱问题。这一点,需要从小说结尾处说起。小说结尾处,先后交代了两个具体的时间因素。一个是白羊峪人重新立碑——立"知耻碑"的具体时间为"2016年10月26日"。另一个则是范少山和闫杏儿的儿子范明这时候已经五岁了。2016年,范明五岁,那就说明范少山和闫杏儿培植试管婴儿的时间,乃是2010年。正所谓十月怀胎,只有在2010年试管受孕,范明才可能在2011年出生。假如说范明2011年出生,那就意味着范少山从北京城返回白羊峪下定决心带领乡亲们创业的时间,最晚也得在2008年,或者干脆就是2007年。因为从范少山的重返故乡,到他和闫杏儿的试管婴儿怀孕,也有两三个年头。假若他回家创业的时间是2008年或2007年,那么,根据故事开头所说,范少山离家已经三年，他离家去北京城闯世界的时间，就应该是2005年或者2004年。然而，根据网络搜索的结果，农村中的所谓整体搬迁计划，是从2009年才开始实施的一项政策。而这很显然也就意味着，在范少山毅然决定回乡带领乡亲们创业的2008年或2007年，整体搬迁尚未提上议事日程。但多少有点令人不解的是，就是在这个时候，村干部们已经把白羊峪的整体搬迁挂在了嘴上。与此同时，较之于2008年或者2007年更早十几年的20世纪90年代中期，关仁山就让范少山的爷爷范老井讲出了一番"绿水青山"的大道理："'……你们去黑羊峪看看吧！好好的青山绿水都糟蹋了！老百姓还能顺顺畅畅地吸口气不？人都死了要钱还有个毛用啊？'范老井的一席话，把会场搅了，人们散了，费大贵把鼻子都气歪了。爷爷拍拍费大贵的肩膀说：'支书，记住喽，没了绿水青山就啥也没了。'"关仁山的《金谷银山》，毫无疑问是一部旨在呼应所谓"绿水青山就是金山银山"这种政治发展理念的主旋律长篇小说。这种思想题旨的设定虽然无可厚非，但刻意地让一位不识字的老农民在20世纪90年代中期就说出一番事关"绿水青山"的大道理，如此一种急功近利的艺术处理方式，细细想来其实还是有一点生硬。

时间因素的处理之外，更关键的问题还在于范少山究竟为什么要不管不顾地回乡创业。对此，关仁山给出的原因，乃是受到了老德安上吊自杀的强烈刺激。范少山一个人丢下全家人跑到北京城卖菜三年后，因为牵挂家人的安危而冒着大雪回到了故乡白羊峪，没想到，回家不久就撞上了老德安自杀这件事儿。面对老德安的自杀，范少山陷入了深深的沉思之中。思来想去，他找到了导致老德安自杀的根本原因："对！比贫穷更可怕的是看不到希望！因为看不到自己活着的指望在哪儿，因为看不到白羊峪的希望在哪儿，老德安上吊自杀了！对他来说,死才是指望,死了,才是真的享福了。""一个人活着没指望,一个村活得没希望,那就是生不如死!""乡亲们的指望在哪儿？白羊峪的希望在哪儿？"就这样,因为老德安之死的刺激,范少山开始认识到,只有给白羊峪村找到希望,才真正有望从根本上改变白羊峪的贫穷落后状况。但究竟怎样才能给白羊峪找到希望呢？内心一直以梁生宝为精神偶像的范少山,便不由自主地想到了自己,并由此而开始找到身为村民小组长的余来锁,一起琢磨采取什么样的方式才能够真正改变白羊峪贫穷落后的面貌。从此之后,他就义无反顾地走上了带领乡亲们以生态农业和旅游业脱贫致富的道路。此后,无论是种金谷子,还是培植一点农药都不上的"永不腐烂"的金苹果,抑或打开"鬼难登"以充分改善交通条件,这些相应的脱贫致富措施也就自然顺理成章了。这里的关键,其实还在于范少山返乡创业的动机设定。明明在北京城里,范少山不仅卖菜卖得顺风顺水,而且身边还有特别爱自己的后妻闫杏儿,仅仅凭着一本熟读的长篇小说《创业史》的影响,凭着老德安上吊自杀的刺激,再加上他自己曾经反复强调的热爱故乡的乡愁,范少山就可以不管不顾地回到白羊峪带领众乡亲创业吗？虽然说关仁山的艺术逻辑也的确称得上是完整自洽,但其中的说服力不够充分也是显而易见的一种文本事实。

更进一步说,范少山自己返乡创业的原动力不足倒在其次,其叙事逻辑的难以成立,更在于范少山与后妻闫杏儿感情关系的设定上。首先,是他俩爱情的生成。范少山与闫杏儿的最初相识,是在为人泼辣的闫杏儿与她劈腿的前男友吵架的时候。由于前男友背信弃义地和她的闺密搞到了一起,气不打一处来的闫杏儿便和他们俩当街吵了起来。由于路过的范少山意外地充当了闫杏儿下台阶的垫脚石角色，心存感激的闫杏儿很快就主动对范少山表达了感情。这里，曾经出现过一段叙述："他动了喜欢杏儿的念头，想去牵杏儿的手，没敢。人家是大学毕业，年轻漂亮。你是打山沟里滚出来的，虽是高中毕业，但这几年做买卖，那点墨水差不多干了，三十大几了，人又老相，一个卖菜的，又是二婚头，凭啥？范少山觉得自己的想法没天理。"无论如何，我们都应该承认范少山想法的合理性。遗憾处在于，一直到小说结束为止，叙述者都没有明确交代，各方面条件都明显要强过范少山的闫杏儿，究竟为什么要一门心思地嫁给范少山。俗话说，这世界上既没有无缘无故的爱，也没有无缘无故的恨。但关仁山在《金谷银山》中所描写的范少山与闫杏儿之间，就是一种莫名其妙的爱。给读者的感觉是，似乎只因为他是范少山，是小说的一号男主人公，闫杏儿就应该不管不顾地爱上他。如此一种描写，与柳青《创业史》中徐改霞对梁生宝那样一种理性十足的选择，自然形成了鲜明的对照。相比较而言，文本的叙事逻辑问题却更为突出地体现在婚后闫杏儿对于范少山简直就是毫无道理可言的无条件认同上。比如，范少山和余来锁第一次到北京城去购买西洋参种子，本来就已经张口向闫杏儿借过钱，没想到，到最后却因为缺乏经验而上当受骗血本无归。当范少山被迫向闫杏儿坦白了事件的整个过程之后，得到的却是闫杏儿毫无怨言的理解与支持："瞒不住了。范少山把买种子挨骗和回来报案的事儿从头至尾说了一遍，又说出了自己的心里话：'杏儿，还得用两万，俺想把乡亲们凑的钱和救济款还回去。'杏儿说：'我领到的股金卡里还有十万，咱俩一人一半。还了钱，剩下的留着你用。明天我去银行取。'范少山鼻子一酸，差点儿落泪。他紧紧抱着杏儿：'杏儿，你真好。'杏儿说：'咱俩一对傻子。'"先前已经借了钱，上当受骗后再一次提出借钱,闫杏儿的反应却是除了理解,还是理解。如此一种故事情节设置,明显违背了日常生活中的常情常理。给人的感觉,似乎闫杏儿的钱不是辛辛苦苦挣来的,而是轻而易举就可以得到的一样。不能不强调的一点是,类似这样对丈夫范少山给予无条件支持的故事情节,在这部《金谷银山》中还曾经出现过多次。只要范少山在创业的过程中遇到资金之类跨不过去的难题,就必然会想到闫杏儿。而闫杏儿在文本中的主要存在价值,也就是作为范少山的坚强后盾存在。无论范少山遇到什么样的难题,闫杏儿都会竭尽所能义无反顾地给予无条件的支持。也因此,我们不妨设想一下,闫杏儿虽然有丈夫,丈夫却抛下自己一个人在北京城卖菜打拼,然后不管不顾地跑回故乡白羊峪去带领乡亲们脱贫致富。不仅如此,在整个创业过程中,这丈夫一旦遇上困难,留在城里的妻子就得提供无偿的支持。更有甚者,这丈夫不仅在生活上帮不上妻子一点忙,而且还硬是把亲生女儿小雪和干女儿黑桃送到妻子身边,由她一人抚养。从日常的生活情理出发来加以考量,如此一种绝对不平衡的夫妻关系,恐怕是任何一位现代女性都难以接受的,哪怕她的确拥有超乎常人的自我牺牲精神。但到了《金谷银山》,这样一种令人不可思议的、不可能、不对等的男女感情奇迹偏偏就发生在了范少山与闫杏儿身上。因其不合常情常理,所以,这样的一种叙事逻辑实际上是难以成立的。倘若说范少山的新型农民形象的塑造绝对离不开后妻闫杏儿的强有力支持,倘若说范少山与闫杏儿是一种类似于多米诺骨牌那样的一种紧密连带关系;那么,一旦其中的一个部分出现了问题,其他部分的坍台也就是不可避免的结果。更何况,他们俩之间情感故事的叙事逻辑本就是难以成立的。

然而,我们对闫杏儿这一女性形象的分析却并不能到此为止。无论如何，我们都应该注意到，关仁山写作《金谷银山》的时候，已经置身于 21 世纪。到了这个时代，女性主义或者说女权主义思想，都早已经成了不再时髦的文化常识。令人遗憾之处在于，作家关仁山明明已经接受过现代女性主义或者说女权主义思想的洗礼，但他在写作《金谷银山》的时候，还是不无"陈腐"地硬是把大学生闫杏儿写成了一位现代意识匮乏的对于男性的依赖与臣服者。不要说与那些更具现代意识的写作者，即使与柳青笔下义无反顾地告别了梁生宝的徐改霞相比较，其写作观念的落后，恐怕也都是无法否认的一种客观事实。置身于已经经历过现代女性主义或者说女权主义思想洗礼的时代，却不无陈腐地刻画塑造出如同闫杏儿这样极不现代的女性形象来，不管怎么说，都是一件令人遗憾的事情。

注释：

①蓝爱国《解构十七年》，第 100—101 页，华东师范大学出版社 2003 年 9 月版。

②蒙万夫等编《柳青写作生涯》，第 79—80 页，百花文艺出版社 1985 年 5 月版。

③董健、丁帆、王彬彬主编《中国当代文学史新稿》，第 145 页，人民文学出版社 2005 年 8 月版。

马笑泉《迷城》：一部拥有鲜明文化品格的政治小说

尽管说此前已经有一系列长中短篇小说发表与出版，但说实在话，或许与个人的阅读视野过于狭窄有关，在接触《迷城》（北京十月文艺出版社2017年1月版）之前，我对于湖南作家马笑泉的小说创作，实际上处于一种一无所知的状态。因为一无所知，所以，一接触《迷城》，一种惊艳的感觉顿然生出。我无论如何都无法原谅自己的一点就是，如此成熟的一位优秀作家，自己为什么此前居然一无所知呢？但在自我谴责的同时，却也生出些许庆幸。不管怎么说，由于编辑朋友的强力推荐，我终于在第一时间读到了马笑泉这部令我惊艳的长篇小说《迷城》。毫无疑问，我要以我对长篇小说《迷城》的深度解读来弥补自己此前对马笑泉文学存在的忽略。

我们都知道，就在前不久，由于长篇电视连续剧《人民的名义》的热播，中国文坛曾经掀起过一阵"周梅森热"或者说是"政治小说热"。直截了当地说，周梅森的文学存在，正是建立在包括《人民的名义》在内的一系列直击官场生活的政治小说之上。唯其如此，他才会享有"中国政治小说第一人"的美誉。然而，需要注意的是，强调周梅森是"中国政治小说"第一人，只是意味着他不仅创作了一系列政治小说，而且这一系列政治小说曾经在中国社会产生过广泛的影响而已，并不意味着他就代表了中国政治小说的思想艺术高度。别的且不说，单只是与《人民的名义》差不多同时问世的小说，马笑泉这部同样由北京十月文艺出版社出版的《迷城》，倘就思想内涵的深刻度与艺术形式的创造性而言，其实都要明显胜过《人民的名义》。但在对《迷城》展开具体分析之前，我们却很有必要就"政治小说"这一小说类型的意义和价值略作探讨。或许与"十七年文学"以及"文革"期间畸形政治曾对文学内在品质形成严重戕害有关，在"文革"结束进入"新时期"以来相当长的一个历史阶段，文学界曾经一度盛行排斥与社会政治发生关系的所谓"纯文学"观念。依照这种逻辑，似乎小说写作越远离社会政治，就越具有所谓的文学性。但其实只要广泛联系古今中外的文学现实，我们就不难发现这种"纯文学"观念的偏颇性所在。问题的关键，显然在于我们到底应该怎样理解文学与政治之间的关系。

对于这一点，早在2011年，借助于秘鲁作家巴尔加斯·略萨获得诺贝尔文学奖的契机，笔者就曾经做出过相应的深入探讨："与所谓的文学为政治服务相比较，对于我们的作家而言，恐怕更多还是应该在政治社会性题材的意义上来理解看待文学与政治之间的关系。也就是说，我们必须把政治看作是社会上客观存在着的、对我们的日常生活产生着重要影响的社会事物。在某种意义上，我们既可以有表现乡村生活的乡村题材小说，也可以有透视市民生活的城市题材小说，还可以有审视战争生活的战争题材小说，那么，为什么就不能存在一种专门以社会政治现象为主要表现对象的政治小说呢？我想，在有了略萨等一大批诺贝尔文学奖得主政治介入性很强的文学创作强有力的示范作用之下，这样的问题，其实已经不是问题了。对于20世纪80年代的那种'去政治化'的纯文学观念依然存在着很大影响力的中国文学界而言,确实已经到了应该重新理解文学与政治之间的复杂关系并在此基础之上重建文学与政治之间密切关系的时候了。在某种意义上,一个根本的问题在于,我们的作家所面临的难题,并不是应该不应该表现政治的问题,而是到底是否具备理解并包容表现社会政治的思想艺术能力的问题。这样看来,一个迫在眉睫的紧迫任务,就是怎么样很快地改变中国作家对文学与政治关系的理解,迅速地设法提高中国作家包容表现社会政治现象的艺术能力。唯有如此,我们方才可能具备一种与世界一流作家进行艺术对话的可能性。这,正可以被看作是略萨的获奖带给我们的一种有益启示。"[1]事实上,绝不仅仅只是巴尔加斯·略萨一位,进入新世纪以来的其他那些诺奖获得者中,无论是赫塔·米勒、帕慕克、君特·格拉斯,还是多丽丝·莱辛、凯尔泰斯、奈保尔,更不用说以非虚构文学创作见长的阿列克谢耶维奇,所有这些世界一流作家,又有哪一位是远离政治钻入象牙塔之中的文学写作呢?你只要认真地读一读帕慕克的《雪》《我的名字叫红》,奈保尔的《河湾》《比斯沃斯先生的房子》,认真地读一读格拉斯的《铁皮鼓》、莱辛的《金色笔记》、凯尔泰斯的《无形的命运》、阿列克谢耶维奇的《锌皮娃娃兵》,你就不难发现,这些世界上的一流作家,其实都在用自己手中的笔关注、书写着现实政治。依照这样的世界文学状况来衡量、要求中国作家,一个无法回避的现实就是,我们的优秀"政治小说"家不是多了,而是极少。从这个角度来说,对于诸如马笑泉这样不仅能够积极倾心于"政治小说"的写作,而且还能够在思想艺术上有所创造的作家,我们自然应该予以充分的肯定与褒扬。

这部长篇小说之所以被作家命名为《迷城》,首先当然是因为主体故事发生在湖南迷城县。但如果摆脱具象事物的缠绕,联系小说的主体故事情节,联系迷城县那样一种简直如同雾中谜团一般的社会政治格局,从一种文学象征的意义上来加以理解,那么,此处之"迷",当是社会政治之"迷"乃至于人生之"迷"的意思。在一部旨在透视表现官场生活的"政治小说"中,作家的思想触须,能够更进一步地抵达普泛的人生层面,充分说明作品本身已经溢出了"政治小说"这一类型的框限,具备了某种超越性艺术品格。以我愚见,马笑泉的艺术睿智,首先体现在他选择了迷城县作为自己的具体书写对象。此处的关键在于,在中国的层级化社会政治体制中,县一级的政体设置有着举足轻重的重要地位。实际上,早在《史记》中,司马迁就已经认识到了县域的重要性。"县集而郡,郡集而天下,郡县治,天下无不治。"太史公所一语道出的,实际上正是"县"一级政治单位在国家与区域政治、经济、社会和文化生活中不可或缺的重要地位与作用。"县集而郡,郡集而天下",说明县是国家最基本的政治构成单元。至于"郡县治,天下无不治",则明确提醒当政者,国家治理的关键在于县域的治理,一旦县域治理得当,天下自然也能够大治。在这里,司马迁一针见血地指出了县域政治在国家政治生态大环境中的重要性。这一方面,一个不容忽视的显在事实是,从秦统一中国开始设置郡县制以来,长达数千年之久的疆域治理中,凡是国泰民安、民富国强的时期,几乎无一例外都是郡县被治理得井井有条的时期。马笑泉选择迷城县作为书写对象这一艺术行为,之所以值得肯定,就在于他选择了一个极好的观察、把握中国政治生态的切入点。

但是,我们对《迷城》这部长篇小说的讨论,却需要从马笑泉对艺术结构的精心打造说起。整部长篇小说,举凡二十一章,主要围绕两条不同的结构线索展开,至最后的第二十一章合二为一。小说开始的第一章,就是身为迷城县委常委的常务副县长鲁乐山的意外身亡。一位县委领导,突然间意外身亡,究竟是自杀还是他杀,马笑泉首先给读者制造了一个强烈的悬念。从这一章开始,小说的单数章便沿着这一条线索向前延展,其中,既包括鲁乐山的后事处理,也包括作为继任者的杜华章对其未竟事业的持续推进,一直到第十九章,围绕着华夏煤矿与横行煤矿之间的开采争执,杜华章与对立面展开了简直就是你死我活的殊死搏斗。与此同时,从第二章开始,作家的笔触就从鲁乐山之死这一突发事件宕开去,转而回溯迷城县委领导班子调整,杜华章由市政研室副主任空降迷城,出任县委常委、宣传部长时的故事。具体的时间点是2007年12月。由此而联系梁秋夫专门召见杜华章时关于杜华章年龄的对话,梁秋夫问杜华章出生于哪一年,杜华章答曰1966年,然后梁秋夫便推断杜华章时年四十有五这样一个细节,我们就不难推断出,整部《迷城》的主体故事时间,乃是从2007年到2011年差不多四年时间。到第二十章,杜华章主导的"云雾山首届禅宗学术研讨会暨云雾山祈祷世界和平法会"终于在立秋前三天召开。这一章,马笑泉明写学术研讨会,暗写华夏煤矿与横行煤矿之间的尖锐矛盾冲突。各大常委全部莅临学术研讨会,唯独常务副县长鲁乐山缺席。"因为乌有乡横行煤矿发生了瓦斯爆炸,死了六个人,属于重大安全生产事故,他们必须赶赴现场。本来杜华章也该下山,但雷凯歌让他留在山上主持会议,舆情应对由鲁乐山统一调度。"这一章的相关描写,在客观呈现县委领导围绕煤矿利益所形成的尖锐冲突的同时,实际上也为鲁乐山的意外身亡埋下了可谓草蛇灰线式的伏笔。到第二十一章,此前一直处于分流状态的两条结构线索最终合二为一,一方面描写杜华章以毫不妥协的方式果断处理由横行煤矿事件而进一步牵扯出的迷城干部连锁腐败案,另一方面却也无奈地向读者交代鲁乐山意外身亡一案最终调查的无果。

与此同时,这一章却也有着另外一种一石二鸟的艺术效应。首先,这一章可以被视为两大结构线索的联结点。这一点,我们须得依照时间顺序做必要的情节还原。2007年杜华章空降迷城,整部小说的叙事帷幕开启,双数章的故事延续到第二十章的时候,鲁乐山与对立面之间的矛盾冲突,事实上已经到了剑拔弩张的地步。依循这样的一种故事逻辑,紧接着,顺理成章地就必然是鲁乐山的意外身亡。接下来,自然也就是单数章里所叙述的那一系列鲁乐山意外身亡之后的故事了。这个系列故事的最终结果,一方面是鲁乐山的意外身亡,另一方面却也是关于鲁乐山死因调查的无功而返。倘若依照时间顺序,作家完全可以在讲完双数章的故事之后,再接着从容不迫地讲述单数章的故事。但马笑泉的匠心独运之处在于,以鲁乐山的意外身亡为界,将总体故事人为切割为两段,然后才分别生成了我们前边已经具体分析过的单数章与双数章叙事。具体来说,这一切割的联结点,就是第二十一章。其次,正是在这一章,四年前重组完成的迷城县委领导班子,再一次洗牌重组。县委书记雷凯歌被调离迷城,县长康忠继任县委书记,而杜华章,虽然曾经遭到康忠的坚决反对,却多少有点出人意料地升任县长。伴随着县委领导班子的新一轮洗牌,马笑泉的小说叙事也以一种开放性的方式宣告终结。就这样,小说一头一尾的前后两次县委领导班子的洗牌调整,实际上也就使得《迷城》这部长篇政治小说具有某种前后照应的锁闭式"循环"或者"轮回"意味。所谓的"循环"或者"轮回",其实意味着小说主人公之一的杜华章新一轮政治人生的开启。我们注意到,批评家张清华在探讨莫言的小说创作时,关于所谓的"循环"与"轮回",曾经发表过格外精辟的看法:"对照《三国演义》结尾处的'分久必合',《水浒传》终结处的'魂聚蓼儿洼',尤其是《红楼梦》借用'空空道人'将'石头记'的故事予以'暴露虚构',使之首尾相接的手法,更看出《生死疲劳》在结构上自觉靠近中国经典叙述的努力。""用出世的眼光来看尘世的欢乐与苦难,用'完整长度'——轮回的眼光来看局部历史中的人生磨难,这都是中国人固有的世界观和方法论,也完全符合《三国演义》《金瓶梅》《红楼梦》一类经典性叙事的哲学理念与美学方法。"②对于马笑泉《迷城》中一头一尾明显具有"循环"或者"轮回"意味的迷城县委领导班子洗牌,我想,我们也完全可以作如是观。

与艺术结构的精妙设定相比较,马笑泉《迷城》思想艺术上更值得注意的一个特点,就是文化品格的具备。在我个人有限的阅读视野中,能够这样把中国传统文化的诸因素积极有效地纳入对现实官场生活的描写、表现过程的长篇政治小说,《迷城》的确还是第一部。这一点,首先突出地表现在文本的叙事话语之中。比如,小说的开端:"二〇一〇年十一月九日清晨,在入云桥头那家有百年历史的老粉店品过早粉后,杜华章照例不走主街,而是潜入粉店侧对面的小巷中。这条小巷像一根用颤笔写出的线条,抖抖地延伸着,时而甩出一个让人意想不到的弧度,时而又斜逸出另一根线条。无论是沿着它走到底,还是拐进中途连接它的另一条小巷,都会面临更多的转折和分叉。初到此地时,杜华章曾多次迷失在这些曲折连绵的小巷里。如今三年时光快过去了,虽然能大致理清它们的脉络,但藏身于小巷中的那些数不清的槽门和院落,对他而言,仍然具有未能穷尽的神秘意味。所以每次吃过早粉后,他都愿意花费数倍时间沿着这些小巷迂回抵达迷城县委。他觉得这些小巷就像书法大师王铎的行草,哪怕是看似随意的一笔,也具有深沉难言的韵味。"小说开端的这段叙事话语,最起码透露出了如下一些重要信息。其一,观察者杜华章不是迷城人,而是一位从外地到迷城县委任职的干部。其二,迷城这座县城虽然不大,但特色明显。其中一个非常突出的特点就是,多曲折连绵、旁逸斜出的小巷。虽然杜华章已经在此地待了差不多三年的时间,却仍然不能够全部道出这些小巷的神秘,并因此而经常处于迷失的状态。又或者,迷城的由来,便与这些总是让外地人处于迷失状态的小巷有关吧。其三,当然也是最重要的,小说虽然没有采用第一人称的叙述方式,但非常明显地借用了本身就是主人公之一的杜华章的叙述视角。更关键的问题在于,这位杜华章,并不仅仅是一位普通的政府官员,而且是一位酷爱传统书法艺术的知识分子。无论是就其个人书法艺术所抵达的高度,还是对书法艺术及其内蕴精神的理解而言,杜华章都可以被称为书法家。事实上,并不仅仅是杜华章,《迷城》中的几位为作者马笑泉所钟爱的人物形象,从鲁乐山,到梁秋夫与梁静云父女,都被作家设定成了书法方面造诣很深的知识分子。其中的杜华章与鲁乐山两位,更是有着近乎相同的工作履历,在从政之前,他们都曾经有过时间不短的教师工作经历。我不知道作家马笑泉自己的工作经历如何,但根据他对杜华章与鲁乐山两位的设定,我愿做出这样的猜想,那就是,马笑泉不仅有过当教师的经历,而且也一定是一位书法艺术的酷爱者。唯其马笑泉自己酷爱书法艺术,所以,他才会在展开艺术想象的时候自觉或者不自觉地把自己所钟爱的那些人物形象都设定为热爱书法艺术的人。话题再回到杜华章,正因为杜华章是一位书法的酷爱者,因为书法已经浸透到了他的精神世界深处,所以他才会把对书法的理解随时随地地携带到日常生活之中,才会时时处处都情不自禁地表达书法的相关问题。即以小说开头处的这一段叙事话语为例,杜华章在走路穿越迷城曲折连绵的众多小巷时所不时联想到的,要么是书法的线条,要么是如同王铎这样的书法名家。另外,当遭遇突变、内心激荡的时候,他也往往会情不自禁地联想到书法艺术。比如,就在得知鲁乐山坠楼身亡的消息之后,心绪不宁的杜华章干脆在网上找到了王铎的行草:"顺着那些左冲右突、激烈焦灼的线条看下去,他感觉自己内心深处的某种情绪被线条所引导、所表达、所宣泄。一幅立轴细读下来,竟获得了酣畅后的平静。"紧接着,杜华章想:"'后王胜先王',这话虽然偏颇,但确实有合理的地方。王羲之门第高华,很早就获得了声名,一生基本平安。王铎出身贫寒,后来虽然通过苦学得以显达,但经历了家国巨变,又身被贰臣之名,那种内心痛苦与挣扎的深度和强度,在笔墨表现上,确实超过了王羲之。套用前人评价李杜的话,就是'后王'不能为'先王'之飘逸,'先王'也不能为'后王'之沉郁。"若非对书法艺术造诣颇深者,自然不可能讲出这一番话。但正如你知道的,此处一番话的主体,其实并不是杜华章,而是作家马笑泉。是马笑泉,借助于杜华章之口,以一种夫子自道的方式难以自抑地传达着自己的基本书法理念。

再比如,小说接近结尾处杜华章与梁秋夫一席谈话中《易经》思想理念的巧妙嵌入。这里的一个基本前提是,梁秋夫老人是一位对堪称中华思想文化源头的《易经》有着熟稔把握的传统知识分子。先是梁秋夫从《易经》出发对雷凯歌的一种认识和把握:"每个人都处在不同的卦象,不同的爻位,就要采取不同的态度和做法。做过头就会招来祸患,该做的没做也会留下遗憾。你们一把手,我也见过几次,是霸才之相,又处在大有卦位上,本可以遏恶扬善,顺天休命。但他是多欲之人,私心重,过多地从自己的仕途来考虑问题,可能年纪渐大,也滋生了暮气。没能去想可以趁机彻底除去这块疮痈。他是怕自己会痛啊。"只要参照一下雷凯歌在迷城县委书记任上的所作所为及其最后的结果,就会发现梁秋夫所言不虚。倘若他能够私心更少一点,雷厉风行,那么,恐怕就不会有调整之后康忠的上位。但相比较来说,更令我印象深刻的一点,却还是他对杜华章的谆谆告诫:"我看,你是处在豫卦的六二爻位上。'介于石,不终日,贞吉。'上下都有石头,把你夹住了。但你只要保持中正之态,很快就会变得贞吉。"说实在话,读到这里,我首先想到的并不是杜华章,而是那位实实在在的历史人物蒋介石。此前我就知道蒋介石的名字来自《易经》,但也仅止于此。在读到梁秋夫赠予杜华章的这一席话的时候,我才恍然大悟,蒋介石的字为什么会是"中正"二字。原来其中的道理正如梁秋夫所言,因为"介石"意味着蒋介石已经夹在了两块石头之间,所以,要想求得一种比较理想的未来,就只能保持"中正"之态了。唯其不偏不倚,唯其中中正正,才能够保持两块石头之间的微妙平衡。事实上,也正是因为在梁秋夫这里得到了足够的人生启迪,杜华章忽然意识到自己长期以来存在的一个问题,正是对雷凯歌的过于依附。正因为顿悟到了这一点,开始日益刚正起来的杜华章,方才最终赢得了上位县长的难得机会。因为我对作家马笑泉的具体情况一无所知,所以在这里也只能依据文本的表现形态继续做出相关猜想。依照我的猜想,作为一位生活在现代的知识分子,面对着中国传统文化与西方现代文化这样两个文化选项,假若要马笑泉在二者之间做出选择的话,那他毫无疑问会倾向于中国传统文化这一选项。说到底,因为马笑泉自己是中国传统文化坚定不渝的拥趸,所以,他才会不仅把中国传统文化的各种因素都渗透到《迷城》的文本话语间隙,而且格外鲜明地彰显出了自己的价值取向。也因此,尽管我个人非常怀疑杜华章是否真的可以直截了当地汲取《易经》的智慧以指导自我的现实人生,但对于作家这样一种文化价值取向,我无论如何都应该保持足够的理解与尊重。

事实上,也正因为马笑泉是一位中国传统文化矢志不渝的笃信者,所以,他在虚构设定鲁乐山与杜华章这两位文本中最重要的人物形象的时候,才会分别赋予他们儒家文化与道家文化的鲜明文化立场。从根本上说,《迷城》中这两位主要人物的人性深度,正建立在他们各自鲜明的文化价值取向上。首先,自然是那位报国未捷身先死的鲁乐山。鲁乐山,是中国传统儒家文化价值的坚决信奉者,这一点,单是在人物的命名上,就表现得十分明显。儒家文化的代表人物孔子,是先秦时期的鲁国人,故鲁乐山以"鲁"为姓。"乐山"二字,很显然与所谓"仁者乐山,智者乐水"的说法有关。儒家尚"仁",诚所谓"仁者爱人"者是也。因为鲁乐山一生崇尚儒学,所以,在他不幸弃世之后,由生前挚友杜华章亲笔撰写的悼文才会对他做出这样一种评价:"他的祖父是一位私塾先生,饱读诗书,淡泊名利,深受乡人爱戴。鲁乐山同志从小受祖父的教诲,在'文革'那样一个不正常的年代有幸接触传统儒家文化,奠定了他修身正己、济世利人的人生观、价值观。""而鲁乐山同志素来服从组织安排,同时深具以天下苍生为念的儒家情怀。教书育人,他全情投入,绝无二念。能够有一个更大的舞台施展他的才华,他也勇于迎接新的挑战。就这样,教育界少了一位名师,政坛迎来了一位干才。""他研究最深、领会最透,也是与他个人心性最为契合的两本书是《论共产党员的修养》和《论语》。他对这两本书的研读已达到烂熟于心的地步,随便哪一个章节都可倒背如流。

更为可贵的是,他并没有停留在纸上的学习,而是把所学所悟落实到行动上,体现在工作中,真正做到了知行合一。"

实际的情况也的确如此,鲁乐山不仅在思想上崇尚儒学,而且把它落实到了现实生活的方方面面,尤其是他从政后的日常工作中。比如,同为书法艺术的酷爱者,鲁乐山的艺术趣味却与杜华章明显不同:"鲁乐山一谈书法就必然是颜真卿。他高一时就开始跟语文老师练楷书,从《九成宫醴泉铭》入手。上大学后转学颜体,大楷学《颜勤礼碑》《多宝塔碑》,小楷则纯守《麻姑仙坛记》,工作后即专临《东方朔画赞碑》。杜华章在鲁乐山宿舍看他写过几次字,知他所述不虚。在杜华章心目中,颜真卿的楷书未必就超过了欧阳询,但他的《祭侄文稿》和《争座位帖》,绝对是唐代最好的行书作品。但鲁乐山绝口不提这两幅杰作。"面对着杜华章书法方面的这一番见解,鲁乐山的反应是预料中的不以为然:"鲁乐山摇摇头,说:'我还是喜欢他的楷书,一笔一画都毫不懈怠,没有败笔。'"事实上,正所谓"书(书法)如其人",颜真卿"没有败笔"的楷书书法,也正成了鲁乐山"眼里揉不得沙子"的刚正不阿人生的一种真切写照。认认真真做事,堂堂正正做人,从来也不懂得什么叫作藏着掖着,乃是投入工作状态时的鲁乐山最突出的特点。对此,曾经和他合作共事多年的杜华章,有着非常真切的感受:"鲁乐山一谈完工作,神情就重归木然。杜华章有点不习惯,但转念一想,《论语》上不是说过吗:'刚、毅、木、讷近仁。'他不抢占自己的发明权,又毫无保留地为此事出谋划策,说明他仁厚正直,乃是非常好的工作搭档,木讷一点又何妨?"依照常理推断,鲁乐山的意外身亡,绝非自杀,肯定是他在煤矿的治理整顿过程中,严重地损害了政治对立面的巨大经济利益,以致政治对立面必欲除之而后快。但就是这样一位恪守传统儒家文化立场的领导干部,在其意外死亡后,家属与政府围绕后事的处理发生了尖锐激烈的矛盾冲突,他竟然被泼脏水,在他的临时居所里发现了金额高达二十多万元的红包。如此一种赤裸裸的诬陷,让杜华章倍觉怒火万丈,无论如何都无法接受:"杜华章想,官场中能够像乐山这样,不直接搞权钱交易,已经是非常清廉了。至于出席各种活动,或者是生病住院、逢年过节,别人送的红包,那是很难拒绝的,因为一拒绝就会被看成异类,无法在这个场混下去。但说他房子里有二十多万红包,实在蹊跷。如果超过五千,他肯定会上缴。而低于这个数的小红包,要凑齐二十多万,就算每个平均三千,起码也有七十个,很占地方。以他的崖岸高峻,一般人难得找到机会送,要收到这么多红包,得好长一段时间。这么长一段时间,他完全可以把钱存银行,或者拿回家去,怎么会存放在宿舍里呢?"然而,当事人鲁乐山已然是人死不能复生,他无论如何都不可能站出来为自己辩解,只能任由一帮政坛宵小随意编造构陷了。作为他知心好友的杜华章,也只能从儒家文化的角度做出自己的理解与阐释:"杜华章深为感叹,心想像这类出身贫寒的干部,发达之后,要么就是放肆享受,贪得格外厉害;要么就是很知足,非常珍惜来之不易的地位。他想起有次去鲁乐山宿舍,见他在读《论语》,便问他最喜欢孔圣人的哪句话。鲁乐山要自己猜一下,自己便说,'士不可以不弘毅,任重而道远'。他要自己再猜。自己想了想,又说,'君子耻于言而过其行'。鲁乐山说这两句他都喜欢,但最喜欢的是孔子赞颜回的话,'一箪食,一瓢饮,在陋巷,人不堪其忧,回也不改其乐'。当时还不太理解,现在想来,几个咸鸭蛋吃了一个学期的人,是最有资格喜欢这句话的。"从某种意义上说,鲁乐山多少带有一点诡异色彩的命运遭际,恰好印证了"成也萧何,败也萧何"那句成语。一方面,他在政坛所取得的那些骄人成绩,与儒家文化的滋养有关;但在另一方面,他最后不清不白地死于非命,实际上也与他不知变通,过于刻板地执行(恪守)儒家文化的规范有关。对于他最终悲剧性的人生结局,熟知《易经》智慧的梁秋夫,实际上早有强烈的预感。当杜华章怀疑自己是否适合走仕途这条路的时候,他的红颜知己梁静云回应道:"你还是适合走这条路的。我爸爸说过,你事事留有余地,盈而不满,泰而不骄,难得结怨。鲁县长就太刚了,最后会导致亢龙有悔。""亢龙有悔",正是《易经》中的术语,由梁静云所转述的梁秋夫的这句话,到最后,就具体落脚在鲁乐山的意外身亡上。

与鲁乐山这一人物形象异曲同工,在小说中占有更重要位置的是,身兼视角性功能的杜华章。虽然不像鲁乐山的命名那样明显,但杜华章的命名中也一样有着道家文化色彩的体现。一方面,杜华章本人就是一位擅长舞文弄墨的文人,写得一手漂亮文章;另一方面,在先秦诸子中,最善于撰写文章,其文章以文采风流著称者,当为庄子。他流传后世的诸多文字,在文学史上习惯于被称为"华章"。这样的分析,虽然多少显得有点先入为主,但诉诸作家马笑泉的本意,或许正是如此也未可知。由杜华章的命名可见,如果说鲁乐山是一位具有坚定儒家文化立场的共产党员,那么,杜华章就毫无疑问有着道家情怀。杜华章的酷爱书法与他对道家文化的特别推崇,从他在迷城县一出场就已经得到了强有力的暗示表现。到迷城上任时,除了生活必需的日用品之外,杜华章随身携带的,"还有一套茶具、一筒西湖龙井、一饼熟普。岳麓书社出的《老子·庄子·列子》《史记》和《红楼梦》,上海古籍出版社出的《宋词三百首》,浙江人民美术出版社印的《王羲之行书卷》,大号红木笔挂、青玉笔架、五支毛笔、四方印章以及一个长方形铜墨盒、一对白玉镇纸、一张羊毛书画毡、一个冰裂纹笔洗、一盒朱砂印泥、一瓶没开启过的大号'一得阁'墨汁、两条硬壳蓝'芙蓉王'、一个宝石蓝圆形玻璃烟灰缸"。从《红楼梦》在以上罗列中的出现,我们就不难断定,尽管很难简单断言马笑泉就是"红迷",但他内心对《红楼梦》的尊崇是毋庸置疑的一个事实。曹雪芹《红楼梦》一大突出的特点,就是善于借助于环境因素的描写刻画、塑造人物形象。马笑泉之所以要不惜笔墨地一一展示杜华章所携带的物品,正是要借此来凸显杜华章这一核心人物形象的若干精神特点。整合以上所携带的物品,我们可以得出如下一些结论。其一,杜华章是一位特别钟情于中国传统文化(尤其是其中的道家文化一脉)的知识分子。其二,杜华章是一位酷爱书法艺术并且对王羲之有着特别兴趣的书法爱好者。其三,杜华章是一个大烟鬼。虽然说以上三点也都不同程度地折射着作家马笑泉的若干特点,但相比较而言,另外一点可能就只是在折射着马笑泉自己的艺术趣味。对了,正如你已经意识到的,我这里说的是《史记》《红楼梦》以及那本《宋词三百首》。为什么一本西方作家的作品都没有?为什么不是《唐诗三百首》而是《宋词三百首》?尽管说趣味无对错,但通过以上这些物品的罗列,我们却不难看出马笑泉在小说创作上所向往追求的,究竟是怎样的一种思想艺术境界。

因为杜华章是道家文化的服膺者,所以,在迷城县甫一上任,他就开始打破常规:"素来在党校上课讲传统文化的以阐述儒家文化居多,杜华章却就道家文化做了一番发挥,以'圣人后其身而身先,外其身而存'的道理来阐释'全心全意为人民服务''毫不利己、专门利人';以'圣人无常心,以百姓之心为心'来阐释'代表最广大人民的根本利益';以'居其实,不居其华'来论述干部应该怎样树立正确的功绩观;以'无事争天下''为而不争'来论述干部要尊重市场经济规律,让企业和市场按照经济法则运行,以达到'事少而功多'的效果。"既如此,把道家文化的点点滴滴充分渗透到日常事务的处理中,在杜华章,自然也就成为题中应有之义。尤其是当他意识到县委书记雷凯歌是一位霸才的时候:"在霸才手下做事,必须以柔道自处,方可全身。好在我于道家阴柔之术颇有心得,正可充分施展"。这一点,尤其在与鲁乐山有意无意间形成比较时表现得最为突出:"杜华章佩服鲁乐山做一件事时能随时谋划下一件事,哪怕这件事还隔得远。但他觉得这样未免太累,不如心念眼前,执一不驰。最好做一件事能抵得上别人做十件事,实现道家的'事少而功多'。但这种想法是不能拿出来跟鲁乐山探讨的,甚至不能向任何人透露,只能藏于心而践于行。"更进一步说,"他(鲁乐山)是以诸葛亮为榜样,事必躬亲。我既然服膺道家学说,那还是要学学谢东山,把重心放在筹划和协调上,具体落实,尽量让下属去做。这样一想,便觉释然"。东山,是东晋著名政治家谢安的字。谢安是一位颇得后世好评的很有作为的政治家,他的突出政治业绩的取得,与他的引道入儒进而儒道互补之间,存在着不容忽视的内在关联。杜华章以谢东山为偶像,正说明他精神深处对道家文化的一种尊崇与膜拜。事实上,正因为杜华章把道家文化的思想贯穿到了日常的工作与生活之中,所以,同样面对着政治上的对立面,他才不会像鲁乐山那样只知猛打猛冲而不给自己留下回转的余地,不知道自我保护。一方面,在原则性问题上毫不妥协;另一方面,懂得在自我保护的前提下以迂回曲折的方式接近目标,这些正是杜华章能够取得相应政绩的根本原因所在。这一点,在第十一章结尾处的一段叙事话语中表现得非常突出:"他拿起摆在案头的老庄列合集,随手翻到《天运》一章,细细读起来。待读到'则人固有尸居而龙现,雷声而渊默,发动如天地者乎?',心中一定,暗想目前的状态,在旁人看来正近于'尸居'。虽有迷惑畏惧,但他人无从揣测,只觉得高深莫测,就算本有攻击的念头,说不定也会在无形中消除。这就像《达生》所述:'鸡虽有鸣者,已无变矣,望之若木鸡矣,其德全矣。异鸡无敢应者,反走矣。'看来自己就要学习那只'木鸡',无论高文攻之流如何'疾视而盛气',自己'无变''德全',他们无可奈何之下,也只有'反走矣'。想到此处,杜华章嘴角边逸出一丝笑意。"此后杜华章与高文攻之流之间围绕煤矿问题发生激烈交锋的结果,就再形象不过地印证了杜华章自己的这一番设计。工作之外,鲁乐山坚决奉行糟糠之妻不下堂的原则,而杜华章有精神与情感上的知音梁静云,实际上这也与儒、道两种不同的文化理念存在着直接关系。

事实上,也正因为杜华章是道家文化的服膺者,所以才会每每以历史上知名的道家人物自况。这一方面,值得注意的一个细节就是,有一次,鲁乐山夸赞杜华章说:"不是你水平低,是杜部长水平高。依我看,他就是我们迷城的张良、陈平。"对此,"杜华章连称不敢当,但心里还是极为受用——《史记》一百三十卷,他最爱读的就是留侯世家第二十五和陈丞相世家第二十六"。张良、陈平都是历史上知名的道家人物,杜华章之所以感到特别受用,关键在于鲁乐山一语道破了他崇尚道家人物的内心秘密。但究其实,面对残酷复杂的社会现实,仅仅依靠所谓的道家智慧也还是不够的。正因为清醒地认识到了这一点,作家马笑泉才会特别安排梁秋夫出场,以人生导师的身份对陷入政治迷局中的杜华章予以适度的棒喝式提醒。在第十三章的一场对话中,当杜华章强调道家文化的优越性,强调"阴柔也是一种策略,如果用在正道上,也能够造福于民"的时候,梁秋夫说:"阴柔本身并没有错,关键是要用阳刚来调和。如果一味阴柔,就难以有积极的作为,甚至会从阴柔蜕变成专尚阴谋。《道德经》过于看重明哲保身,所以总是从保守的角度来思考问题。"到最后,杜华章之所以没有重蹈鲁乐山的覆辙,根本原因显然在此。

马笑泉的《迷城》,毫无疑问是一部具有十足批判性色彩的长篇政治小说。这一点,集中不过地体现在作家对官场阴暗面尖锐犀利的揭示描写上。"张红革最终没有出现在审判庭上,在横行煤矿被公安和武警包围后,他选择了开枪自杀。但他把证据留下来了,这些证据导致包括阮东风、横行乡仇书记、煤炭局蒋局长、公安局焦副局长、国土局某副局长等一批迷城党政要员的锒铛入狱。据凌副队长事后告诉杜华章,有一部分证据似乎被人为销毁了,而且并非张红革所为。剩下的一些证据隐隐指向鲁乐山的死亡。但所有涉案人员都仿佛接到了统一的封口令,坚决不承认与此事有关。其结果是他们都活了下来,连阮东风也只判了死缓,需要付出死亡代价的只有前猎人。"在这里,马笑泉写出的,实际上已经是所谓的"窝案"式腐败了。能够将一部具有反腐意味的社会政治小说写到这种程度,已经相当不容易了。另外,就是对那位信奉《韩非子》的县长康忠的艺术塑造。虽然所花笔墨不多,但康忠毫无疑问是一位能够给读者留下难忘印象的官员形象。关于康忠,最精彩不过的细节,就是他那"三字一断、五字一顿"的说话方式。比如,"这个事,要快。快刀,斩,乱麻。要不然,就真的,成了,一团乱麻,扯到明年,都扯不清"。再比如,"我们要,打开,思路,好好,利用,迷城卤菜,这块,牌子,争取,更多的,人来,办厂"。用叙述者的评价来说,"他的声音低沉、嘶哑,而且断断续续,像快干涸的水流,让人担心随时都会蒸发掉。正因为如此,他一开口,每个人都会竖起耳朵捕捉那些零碎的话语,生怕漏掉了什么重要信息"。因为有了康忠这样一种特别的话语方式,我想,只要对中国政治有所了解的朋友,就不难领会到某种"只可意会不可言传"的"戏仿"妙处。单只就康忠的话语方式这一细节来看,《迷城》的批判性,也是无可否认的。

依照我的理解,马笑泉《迷城》这样一部具有突出文化品格的长篇政治小说"之以在当下这个时代生成,肯定与这个时代过分倚重倡扬中国传统文化的总体精神氛围有关。但与此同时,在我个人的私愿,我更愿意撇清二者之间的这种关联。因为,我更愿意把这部长篇小说得以生成的主要原因归之于与时代氛围无关的、马笑泉个人内心世界中对中国传统文化的热爱与皈依。然而,尽管我高度评价马笑泉如此一种把中国传统文化因素积极有效地引入社会政治小说中的小说写作方式,甚至在某种意义上,我们也完全可以说,自身就很可能是道家文化服膺者的马笑泉,为现实世界开出了道家文化这剂药方,但说到底,对于中国传统文化在现实生活中到底能够发挥多大的作用,于我自己,其实很难认同。与其说感到乐观,莫如说我所持有的乃是一种极其谨慎的怀疑态度。

注释:

①迟梦筠、王春林《重建文学与政治的密切关系——从略萨获诺贝尔文学奖说开去》,载《名作欣赏》2011年第1期。

②张清华《天马的缰绳——论新世纪以来的莫言》,载《当代作家评论》2006年第6期。

范稳《重庆之眼》：抗日战争的事件化叙述

作为20世纪中国一个重要的历史事件，抗日战争在近些年来已经得到了越来越多有责任感的作家积极而广泛的关注。仅就个人有限的阅读视野，诸如张翎的《劳燕》，何顿的《黄埔四期》《来生再见》《湖南骡子》，袁劲梅的《疯狂的榛子》，熊育群的《己卯年雨雪》等，都属于其中有代表性的作品。与此前曾经产生过广泛影响的那些抗战小说相比较，这批长篇小说的突出之处在于，作家们开始站在一个新的思想高度，借助于一种新的世界观或者说战争观来重新观察抗战并进而有新的发现与洞见。"不识庐山真面目，只缘身在此山中"，与此前那些更多的仅仅局限于抗战而展开抗战叙述的长篇小说，比如"十七年"期间的《敌后武工队》《烈火金刚》《野火春风斗古城》《新儿女英雄传》《风云初记》，甚至包括进入"新时期"之后诸如莫言的《红高粱家族》等抗战作品不同，以上这一系列重新书写抗战的长篇小说，一个突出特点，就是历史表现视野的空前开阔。所谓历史表现视野空前开阔，其实明显意味着这些作家不再仅仅局限于抗战的哪个具体历史时段，而是在一个更为广阔的长达数十年的历史空间中来充分展开抗战叙述。如此所导致的一个必然结果，就是当下世界这一维度对抗战书写的切实介入。正如同观者

"跳出庐山,反观庐山",在跳出庐山的束缚之后重新观察庐山必将会有新的发现一样,一旦拥有了当下世界这一维度的介入与烛照,这些作品所呈现的思想艺术面貌自然也就焕然一新了。无论是海外作家张翎的《劳燕》与袁劲梅的《疯狂的榛子》,还是国内作家何顿的抗战系列长篇,在这一方面的表现都非常突出。具体到云南作家范稳,他的《吾血吾土》与《重庆之眼》(载《人民文学》杂志 2017 年第 3 期)这两部长篇小说也同样突出地体现出了"跳出庐山,反观庐山"的思想艺术特点。

范稳多年来一直孜孜不倦地致力于长篇小说这一文体的创作,曾经在这一写作领域取得骄人的成绩。先是有所谓以边地与宗教为书写对象的"藏地三部曲"相继问世,《水乳大地》《悲悯大地》《大地雅歌》三部作品中,思想艺术成就最高者,当属《水乳大地》。然后,范稳的注意力便由边地和宗教而转向了抗日战争,开始了他抗战系列长篇小说的创作,截至目前,已经先后有《吾血吾土》与本文所主要探讨的《重庆之眼》两部作品问世。如果说《吾血吾土》是一部旨在聚焦知识分子苦难命运的长篇小说,那么,到了《重庆之眼》中,范稳的艺术聚焦点就集中到了抗战期间的重庆轰炸这一具体的历史事件之上。究其根本,正因为重庆轰炸这一发生于抗战这一历史事件之间的具体事件,不仅成为范稳思考表现抗战的一个切入点,而且成为贯穿整个小说文本的核心事件,所以,我们才认定范稳的《重庆之眼》是一部以"事件化"叙述为其鲜明特色的长篇抗战小说。

对于一部小说尤其是长篇小说来说,小说的艺术结构是一个不容忽视的问题。我们注意到,作为一位思维理性很强且有着多年小说创作经验的小说家,王安忆自然非常明白结构问题对于一部小说的重要性:"当我们提到结构的时候,通常想到的是充满奇思异想的现代小说:那种暗喻和象征的特定安置,隐蔽意义的显身术,时间空间的重新排列。在此,结构确实成为一件重要的事情,它就像一个机关,倘若打不开它,便对全篇无从了解,陷于茫然。文字是谜面,结构是破译的密码,故事是谜底。"[1]既然结构被看作一种"破译的密码",那么,分析其具体的结构方式对理解把握一部小说的重要性,当然也就显而易见了。具体到范稳的《重庆之眼》,其艺术形式上的一大抢眼之处,首先在于一种三线并置的宏阔艺术结构的精心营造。所谓三线并置的艺术结构,就是说范稳在《重庆之眼》中,围绕重庆轰炸这一具体事件,煞费苦心地设定了三条时有交叉的结构线索。第一条,当然也是最主要的一条结构线索,就是抗战期间,日军飞机对作为战时陪都的山城重庆的持续不断的轰炸与袭扰,与中国军民面对这种来势汹汹的轰炸行动那样一种可谓众志成城地进行坚决反抗的不屈意志与行为。一方面,由于重庆地处大西南的大巴山地区,地势险要而地况复杂,易守难攻;另一方面,大概也因为日军拉开的战线太长,国力兵力不及。然而,除了足够强大的地面部队之外,二战期间的日本有着较之于中国强大得多的军事装备,其中一个突出的地方就是日军空中力量特别强悍。既然日军的地面部队无法攻入大西南地区,尤其是作为中国战时陪都的山城重庆,那就只能依靠强大的制空力量来对重庆实施连番不断的轰炸了。由于整体科学技术发展水平的制约,在当时,飞机的空中轰炸可谓威力无比,用一个日本飞行员的话来说就是:"空中轰炸在那个年代还是个新鲜的技术,我们被称为'带有翅膀的炮兵''飞行在天空中的骑兵'。"在某种意义上,战争的较量就意味着军事装备先进与否的较量。毫无疑问,对于中日战争时的日军来说,他们的一个非常明显的企图,就是凭借强大的空中打击力量最终占领重庆,占领中国。

关键的问题是,面对着日军简直就是来势汹汹的轮番轰炸,身居重庆的包括中国军队在内的中国人又该如何应对呢?首先必须承认,因为对于空中轰炸的过于陌生,国人曾经一度陷入手足无措、一片恐慌的状态。但一度的震惊与慌乱之后,紧接着的便是沉着冷静的积极应对,包括那些达官贵人在内的普通中国人千方百计的逃避行为。这种逃避行为最突出的表现,就是开挖日机轰炸时可以供人临时藏身避命的防空洞。正是这些精心挖建的防空洞让绝大多数重庆人的生命安全得到了很好的保障。范稳小说中的相当一部分篇幅,被用来描写展示重庆人如何在防空洞中躲避日机轰炸的情形。其中还包含有一定的国民性批判的意味与色彩。这一点突出地表现在第十七节《大隧道之殇》中。在当时,准备私奔到延安的刘云翔和蔺佩瑶,为了躲避邓子儒的疯狂追捕,情急之下,只好躲到了十八梯大隧道的那个公共防空洞里。既然是公共防空洞,其中的拥挤程度便可想而知:"隧道里灯光昏暗,人声嘈杂,大人喊孩子哭。这是一个巨大的蒸笼,是一个塞满了沙丁鱼的大罐头,在外面的轰炸和燃烧弹的烈焰中慢慢地要将一洞子人蒸熟、烤焦。"由于实际容纳的人数远远超过了防空洞设定的容量,时间越长,防空洞里的空气就越是稀薄。伴随着空气的逐渐稀薄,防空洞里早已挤作一团的人们便一时陷入了慌乱惊恐的状态之中:"绝望的尖叫声如涨潮一般升起,然后又像退潮一样,刹那间鸦雀无声,仿佛死神把所有人的脖子一把扼住了。洞子里沉寂了半分钟,有个女声高叫了一声'妈妈呀',然后恐慌像瘟疫一般迅速蔓延,混乱如洪水决堤,冲垮了人们最后一丝矜持。"正如你已经预料到的,面对着空气稀薄即将导致的死亡,人们陷入一片混乱的状态之中。如此一种混乱局面,一直到很多年之后的东京法庭审理中,都仍然被一些别有用心的日方律师当做自我辩护的理由。他说:"想一想中国人是如何在交通高峰期挤地铁的吧,你把中国人在地铁车厢门前挤成一团的情形放大十百倍,就是昭和十六年(1941年)重庆的'六五大隧道惨案'。"而范稳,能够在一部抗战小说中巧妙引入对国民性批判的题旨,他的这种文化关切情怀,诚属难能可贵。面临如此严重的境况,亏得有刘云翔的振臂一呼:"我们不要拥挤了,否则就是自相践踏,是我们自己在残害自己的同胞啊!这不正中了日本人的奸计吗?大家请安静下来,保持镇静,镇静!"尽管到最后迫于客观条件的限制,大隧道防空洞里的不少人因为窒息而死亡,但刘云翔的强劲呼吁无疑还是明显起到了阻碍或者延缓死亡的作用。尤其是被困的人们齐声合唱《五月的鲜花》的那个场景,更是强有力地传达出了中华民族众志成城誓死抵御外侮的不屈意志。

实际的情形也的确如此,范稳《重庆之眼》一个非常突出的思想指向,就是要充分地展现面对日军连番不断的大轰炸,中国人那坚不可摧的生存意志:"山城扛住了半年多的轰炸,在哀伤与废墟之间,人们慢慢接受了轰炸就是这个国家抗战的一部分的现实。敌机刚刚飞走不到半个小时,消防队和防护团的人们还在救火、救伤员、拉尸体,有伤亡的家庭还在哭泣,幸存的店铺就已摆出热腾腾的稀饭、小面、抄手(馄饨)。从防空洞里钻出来的人们,该做啥子还做啥子……山城本来就是一座生活气息浓郁、生命力旺盛的城市,在不能立足的地方都能盖房子,日本人的大轰炸显然也阻挡不了人们结婚过日子。"这样,自然也就有了邓子儒与蔺佩瑶之间那场盛大的战争婚礼。很大程度上,能够在充分彰显战争残酷性的同时,把中国民众那样一种坚韧的日常生活意志传达出来,正可以被看作是范稳抗战书写的一个突出特色。对于这一点,借助于日军飞行员的视角,范稳也曾经有所思索和表达。作品中的一个重要情节,就是描写面对着日军飞机的大轰炸,重庆人照常在端午节时举办盛大的龙舟比赛。如此一种情形,让日军飞行员川崎大感震惊:"那天的轰炸真让人难忘。不是因为我们取得了巨大的成果,而是中国人对我们的蔑视。96式轰炸机群俯冲下去时,扬子江两岸的人群几乎没有慌乱或溃散,江面上也没有一条龙舟减速,连稍作避让的动作都没有。仿佛一场精彩的比赛没有结束,运动员不会下场,观众也不愿回家一样。"重庆人或者说中国人的如此一种精神镇定,直让自己的战争对手惊叹不已:"帝国海军航空队可以炸毁重庆的一幢幢建筑,烧光一条条街道,把机翼之下的城市像踩躏一只紧拽在手里的温顺兔子一样反反复复'收拾',把弹雨之下蚂蚁一般四散逃亡的中国人炸得尸骨如山、血流成河,但我们永远征服不了中国人的士气。"正所谓"士可杀而不可辱",范稳在这里写出的,很显然是中国人的一种威武不能屈的民族精神。但是,且慢,除了国人的民族精神之外,范稳还进一步从人类的角度对此进行深入的思考。"这种士气是一个诗的国度才拥有的骄傲,这样的国家能够在帝国海军航空队无差别'细密暴击'下照常举办纪念一个诗人的龙舟赛,与其说这是一种士气,不如说是他的国民的诗意。成吨成吨的炸弹、燃烧弹也炸不毁、烧不尽人们骨子里的诗意。谁能毁灭骨子里的诗意啊?就像世界上的任何力量也不能毁灭一个人心中刻骨铭心的爱,就像我们的战争虽然失败了,但我们还有武士气节,还有诗意。"到这个时候,范稳的所思所想就不再仅仅局限于国人气节的表现了。当他把战败了的日本拉进来进行思考的时候,实际上就已经明显超越了所谓国家民族的范畴,而是站在了一种更为普泛的人类的意义层面上。从这个角度来看,这个日军飞行员口口声声不可摧毁的"诗意",事实上也就可以被理解为某种"精神"或者"意志"。古往今来的一部人类历史,早已充分证明,一个人的肉体固然可以被摧毁,但这个人内在的"精气神",即此处所谓如同"爱"一般的"诗意"却无论如何都是坚不可摧的。

面对日军的疯狂轰炸,手无寸铁的普通民众自然可以依赖防空洞避难,那么,中国军队又该如何应对呢?虽然从总体军事装备来说,中国军队很显然较之于早已武装到牙齿的日本军队差了许多,但这并不意味着中国军队就会被动地挨打。在力所能及的范围内凭借自身的努力与日军的空中力量做最大程度的对抗,乃是这支军队与军队中的每一位军人责无旁贷的人生选择。也正因此,文本中才会出现这样的一种叙述:"昨天日本飞机才来过,因为有雾,在市区上空乱扔了一通炸弹,据今天早上收音机里的新闻说,昨日中国空军起飞了十五架战机,但没有打下一架日本飞机,只说'击伤'数架日机,自己却损失了四架苏制伊-15战机,白市驿机场一架未及起飞的飞机也被击毁。"虽然只是转述了一条简短的新闻,但其中最起码透露出两种信息。其一,与强大的日本海军航空队相比较,中国空军的军事实力的确要弱小许多。否则,空战,就不会如此这般地一边倒。其二,虽然中国空军的空中力量不够强大,但正所谓"屡败屡战",尽管两支军队的空中对抗总会以中国空军的不幸落败而告终,但中国空军毫不气馁,继续以顽强的意志在我们的领空捍卫着国家和民族的尊严。其中一个最具代表性的飞行员形象,就是《重庆之眼》中的主要人物之一刘云翔。正是刘云翔,这位中国空军第四大队的空军中尉,在端午节那天的中日空战中,以极其矫健利落的身手,击落了一架日机。刘云翔之所以被重庆的民众当作民族英雄来崇拜,其根本原因正在于此。

但请一定注意,除了中国空军的奋力抵抗之外,范稳在《重庆之眼》中也还写到了重庆人抵御日机轰炸空袭的另一种方式,那就是话剧的撰写与演出。日本人菊香贞子在很多年之后询问刘云翔:"那天在南山上,你说重庆抵御空袭的力量中还有话剧。我真难以理解。要什么样的民族性格,才能在大轰炸下,能坦然走进剧场?这和重庆人天性乐观的性格有关吗?"对此,老年刘云翔的回答是:"不,和我们有太多的苦难需要呐喊、需要宣泄有关。"这两位人物之间的对话,在我看来,事实上已经涉及了范稳《重庆之眼》这部空战小说不容忽视的重要思想内涵之一,那就是文化抗战。那么,究竟何为文化抗战呢?窃以为,所谓文化抗战,就是指在漫长的抗日战争期间,那些表面上看起来手无缚鸡之力的作家艺术家,拿起手中的笔,以直逼眼下的抗战为书写内容,创作了大量以鼓舞民族斗志和士气为基本主题的文学作品。这些文学作品尤其是其中的话剧以其强烈的艺术感染力,在抗战期间发挥了非常重要的积极作用。比较遗憾的一点是,在既往的抗战小说中,文化抗战并没有得到应有的重视与表现。最起码于我,在《重庆之眼》之前,并没有在其他小说作品中看到对文化抗战如此一种浓墨重彩的关注与书写。具体来说,范稳的文化抗战书写主要由两部分内容组成。其一,是对于抗战时期曾经活跃于重庆文艺界的相关真实历史人物近乎纪实笔调的书写。比如,邓子儒的一次大宴宾客:"贵宾中有著名作家老舍先生,著名诗人艾青先生,话剧界的名流应云卫、吴祖光、欧阳予倩、洪深、陈鲤庭、金山、陈波儿、白羽、舒绣文等,还有国泰大戏院的老板夏云瑚先生以及几家报社的总编、主笔,可以说囊括了陪都文化界的半壁江山。"被范稳罗列在这里的作家艺术家,除了白羿一人属于虚构者之外,其他均为历史上真实的历史人物。更进一步,范稳还特别写到了作为个案存在的老舍先生在当时的话剧创作情况:"老舍先生道:'去去去,你真是个催命鬼。我们先把邓老弟的戏磨出来。我这厢呢,已经有一个构思。抗战打到第四个年头了,我想写一出四幕剧,每一年写一幕,以表现出国人在抗战四年中逐步觉醒、战斗的历程。不过具体人物、情节还白板一张。待我慢慢来嘛。'"

其二,则是男主人公之一的邓子儒,在小说中曾经创作过一部以同样是男主人公之一的英雄飞行员刘云翔及其事迹为原型的四幕话剧《龙城飞将》。《龙城飞将》的故事梗概是:"端午节空战让刘云飞成为人人赞美的英雄,一个大学女生狂热地追求他,却遭到家人的极力反对,他们已经给她选好了一个婆家,那是一个有权有势的家庭,一桩门当户对的婚姻。他们被强行拆散了。第四幕,再一次空战后,刘云飞的飞机坠落在川东的深山老林里,人们认为他牺牲了。女大学生被家庭逼迫着与那个富家子弟成婚。新婚之夜,她在朋友的帮助下逃了出来,因为她不相信自己的恋人就这样死了,独自前往川东寻找自己的恋人……她在深山里被一群袍哥土匪绑架,送到土匪窝里,准备给他们的大舵爷当压寨夫人。但女大学生发现刘云飞竟然也在山上养伤,原来他的飞机迫降到了土匪的地盘上。愚昧的土匪们把刘云飞当作一个'大肥猪'(富家子弟),以为可以好好勒索一把。女大学生被强行跟土匪大舵爷拜堂成亲,在拜堂时,女大学生忽然拿出一把小刀来,以要自戕逼退了众土匪,然后她给众土匪讲抗战局势,申明民族大义,讲说刘云飞的英雄业绩,终于说动了土匪大舵爷,他带领自己的武装参加了抗日的队伍,还亲自带人送刘云飞归队。剧终时,有情人终成眷属,刘云飞重上蓝天。"只要将邓子儒的话剧与文本中刘云翔、蔺佩瑶以及邓子儒三个人之间的复杂情感纠葛对比一下,就不难发现,其中有很多巧合之处。应该说,除了土匪那一条线索纯属想象虚构之外,女大学生、刘云飞以及那个有权有势的家庭的艺术设定,实际上均有所指。这样一来,邓子儒话剧的写作与上演,也就构成了《重庆之眼》中一种与小说文本相互映射的"戏中戏"书写模式。严格地说虽然"戏中戏"是指在一部戏剧中又出现了戏剧的这样一种特别情形,但宽泛来说,类似于范稳《重庆之眼》中的这种状况,其实依然可以被理解为是一种"戏中戏"书写模式。借助于这种"戏中戏"模式,范稳的意图一方面固然是要深化人物的性格特质,另一方面也是要进一步凸显文化抗战的主题。尤其值得注意的是,很多年后菊香贞子与邓子儒之间关于话剧《龙城飞将》上演状况的一次对话。当菊香贞子想当然地认为日机的轰炸将会阻挡重庆人看话剧的巨大热情,因而《龙城飞将》只可能上演一场的时候,邓子儒的回答却是:"哪里哦,第二天,我们继续上演。"为什么呢?因为虽然"我们没有能力打下日本飞机,但我们还有力量继续呐喊。你被一个强盗打倒在地上了,你是爬起来抗争呢,还是躺在地上毫无血性地哀号、叫痛?"答案当然只能够是前者而不可能是后者。事实上,也正因为如此,所以菊香贞子才会坦承:"我明白你那次在东京地方法庭上说的那句话了,'侵略者尽可以野蛮,但我们不能不演话剧',这样的战争,日本是打不赢的。"究其根本,日本之所以打不赢,不是因为它的军事实力不够强大,而是因为这是一场早已注定了结局的文明与野蛮之间的战争。野蛮的力量或许在一时之间能够占据上风,但最终一定会是文明的力量取胜。

第二条结构线索，是刘云翔、蔺佩瑶以及邓子儒这三位小说中的主人公之间那终其一生的堪称盘根错节的情感缠绕与纠葛。尽管不知道范稳最初的构想如何，但就我个人的阅读感觉而言，假如说这段"三角恋"的确有现实原型的话，那这原型恐怕就只能是中国现代文化史上为公众耳熟能详的文学家林徽因、建筑学家梁思成与逻辑学家金岳霖之间的一段情感公案。林徽因与梁思成结为夫妻，金岳霖因过分喜欢林徽因而不仅终身未娶，而且一直相伴在林徽因的左右，始终不离不弃。虽然说在书写过程中，范稳已经做出了多处的修改，不仅修改了人物的具体社会身份，而且增加或者删减了诸多生活细节，但在阅读《重庆之眼》的过程中，面对着一女二男三位主人公之间的复杂情感缠绕，笔者脑海中挥之不去的一直都是当年的林徽因、梁思成以及金岳霖他们三位。此种情形，很大程度上能够让我们联想到《红楼梦》中"假作真时真亦假，无为有处有还无"的那样一种亦真亦幻的状况。他们三位情感纠结的复杂处在于，倘若从相识时间的早晚来说，稍后登场的邓子儒是第三者；倘若从现实婚姻的角度来说，则"死而复生"的刘云翔是第三者。事实上，无论他们哪一位是第三者，他们之间的情感缠绕与命运纠结，都无法摆脱战争阴影的影响。我们注意到，在写到那些嫁给了空军飞行员的姑娘的时候，叙述者曾经情不自禁地感叹道："那些嫁给了空军飞行员的姑娘，就像手里攥着一只漂亮的风筝人人羡慕的孩子，但谁也不会理解她们失去风筝后的悲凉。而那些脆弱的风筝，在战火纷飞的岁月里，太容易飘零了。"所谓"太容易飘零"，道出的其实是命运的无常，尤其是在那可谓瞬息万变的战争岁月里。质而言之，刘云翔、蔺佩瑶与邓子儒他们三位那古老的三角恋的整个过程及其结局，正是拜那场可恶的战争所赐。

刘云翔原名刘海，老家东北，东北沦陷后一路辗转流亡至大西南的重庆，投考后以优异的成绩进入了由张伯伦创办的南渝中学。也就是在这所学校里，刘海得以与出生于富贵家庭的蔺佩瑶相遇相识。蔺佩瑶对穷小子刘海的一见钟情，就与学校里组织的抗日宣传活动紧密相关。刘海的街头演讲，意外地遭受四川特有的袍哥帮会的骚扰与围攻。值此紧急时刻，蔺佩瑶利用父亲的身份帮助刘海摆脱了困境。这番特别的经历，顿时点燃了两个年轻人之间的爱火："两人的目光电光石火般碰撞，那是他们今生中第一次目光对视，就像星星与星星的对撞，太阳与月亮的辉映，相信他们一辈子都不会忘记……他的一腔热血点燃了蔺佩瑶情感深处爱的明灯，这盏灯照耀在十七岁的少女心中，从此一生不灭。"没想到的是，他们之间的纯真爱情却遭到了蔺佩瑶父亲蔺孝廉的百般阻挠。为了阻止这桩婚事，蔺孝廉真的可谓无所不用其极，假若不是张伯伦先生出面说情阻止，按照袍哥帮会的一贯做派，刘海恐怕早就被沉入嘉陵江水里淹死了。到最后，"刘海泪如雨下，三沉嘉陵江，让他如醍醐灌顶，洗心革面。战争年代，卑微出身，令他没有资格谈情说爱，所幸他还有一条位卑未敢忘忧国的生路"。在亲身经历了江上的沉船事故并侥幸脱险之后，重新以空军中尉的身份走上抗日战场的刘海，给自己改名为刘云翔。这一改名，很显然意味着刘云翔和过去的自己的诀别。其中，自然也包括其实早已在内心深深扎根的与蔺佩瑶之间的爱情。当刘海决定改名为刘云翔的时候，他显然已经抱定了为抗日牺牲自我的决心。但谁知造化弄人，刘云翔后来不仅成了赫赫有名的空战英雄，而且还与蔺佩瑶再度重逢，诚所谓"前度刘郎今又来"者是也。只不过，等到刘云翔和蔺佩瑶再度重逢的时候，情况已经发生了很大的变化，蔺佩瑶已经成了重庆富商邓子儒的爱妻。

既然再度重逢,三人相聚,那他们之间复杂情感纠葛的发生,就自是题中应有之义了。更何况,其中还穿插了子儒一度对于戏剧界明星白羿的移情别恋。从某种意义上说,正因为邓子儒的一度倾心于白羿,所以才给蔺佩瑶与刘云翔留下了鸳梦重温的可乘之机。说实在话,虽然范稳把他们三个人之间的情感纠葛设计得真正可谓跌宕起伏,但严格来说,也并未能够脱出古老三角恋的艺术窠臼。也因此,刘云翔、蔺佩瑶与邓子儒的"三人行"这条情感线索,从艺术表现上,才成为三条结构线索中相对偏弱的一条,多多少少带有一些爱情通俗剧的意味。

最后的一条结构线索,就是在时间进入 21 世纪之后,中日之间关于抗战期间"重庆大轰炸"索赔所发生的激烈争讼:"这一年,重庆的大轰炸受害者成立了对日索赔原告团,这是受到近些年来中国各地方兴未艾的对日战争索赔运动的影响而产生的一个民间组织,其成员都是大轰炸的直接受害者及其亲属。在这群来自社会各个阶层的大轰炸受害者中,邓子儒的学养最为深厚,加之阅历丰富,口才极佳,还曾经当过市政协委员,被推选为团长也是众望所归。这是一个中国人找回了自信的年代,邓子儒是第一个走上日本法庭的重庆大轰炸受害者,他将向日本法庭控诉日本飞机的轰炸是怎样残忍地让十八个葬礼替代了他的婚礼。那时他并不知道,这也是一场比当年的抗战还要漫长的抗争,是他终其一生也打不完的战斗。"实际的情形确也如此,一直到邓子儒不幸弃世,到他的遗孀蔺佩瑶手捧着邓子儒的遗像出现在日本东京的法庭上为止,这一场对日索赔的马拉松案件都没有能够取得最后的胜诉。事实上,"从一九九五年开始,二十来年了,共有二十七件中国民间对日诉讼,法院对于日方加害和中国受害的历史事实,大多予以了承认,有过胜诉记录的只有五件，其中四件发生在一审，一件发生在二审。但所有胜诉案件在随后的二审或最高法院审判中都败诉了。在十年前常德细菌战的索赔案中，东京地方法庭在原告和律师团队的大量举证中，不得不认定这是一种国家犯罪，日本政府负有责任，但在判决时仍然搬出20世纪初期明治宪法下的'国无答责'和个人无权状告国家等陈腐的法理，这就是他们遇到战争受害者索赔案的标准答案。"既然迄今无一例对日索赔案胜诉，既然日本明治宪法修改无望，那类似于范稳在《重庆之眼》中所描述的重庆大轰炸索赔案，几乎无胜诉的可能。正所谓"路漫漫其修远兮"，尽管败诉后可以说所有人都表示要再次上诉，"生命不息，索赔不止"，但如果从法理的意义上说，类似的对日战争索赔却永远都不可能胜诉。这样一来，"重庆大轰炸"的索赔案，很容易让我们联想到古希腊神话中那个永无休止地推石上山的西西弗斯。但也正是如此一种看似荒诞的行为，在以一种特别的方式见证着一个民族的精神尊严。

从小说的整体结构布局来看，当下时代的这第三条线索，其意义价值非常重要。因为正是在第三条线索不断延展铺叙的过程中，刘云翔、蔺佩瑶与邓子儒等当年重庆大轰炸的受害者，不断地陷入对于往事的回忆之中，并进一步牵扯出了另外两条结构线索。假若没有这一条当下时代的索赔诉讼线索，另外的两条结构线索自然也就无从谈起，其重要性由此可见一斑。但在这一部分，我最感兴趣的还是范稳关于几位先后以不同方式介入"重庆大轰炸"索赔案当中的日本人形象的艺术想象与塑造。其中的一位，就是当年曾经亲自驾机轰炸过陪都重庆的日本老兵老川崎。一方面，尽管内心饱受着犯罪感的煎熬，但晚年的老川崎曾经一度拒绝悔罪："我不会为你，更不会为中国人出庭做证,我不愿看到我们日本在法庭上成为中国人的被告。这也是我几次拒绝你造访的原因,请原谅。斋藤先生,战争是两个国家之间的事,我只是履行了一个日本国民应尽的义务。不要指望我向中国人当面赎罪。但我经历的战争故事,我也不想带进坟墓。我们都是一群有历史的人啊。""世事变化真是无常。当年为国征伐的英雄现在成了被告、罪犯!斋藤先生,你理解一个老兵的内心吗?那是一条被两面煎的鱼,一面是战火的烧烤,一面是良知的煎熬。所以,你可以把我说的当作你的证言,但请别让我出庭。拜托了。"另一方面,在经过了与斋藤律师等人频繁的碰撞与交流,尤其是在知道了也曾经踏上过中国战场的梅泽一郎父亲在中国的遭遇之后,老川崎的思想最终还是发生了难能可贵的转变,并在留下的遗嘱中表示出了明确的悔罪之意:"里面第四条写得很清楚,两千万日元,捐赠给你们的'中国战争受害者对日索赔律师联盟';第五条,川崎重太要替我去重庆,祭奠那些大轰炸的受害者,并向他们献花、敬香,这样他才能享受遗嘱第一至第三条权利。"让自己的后代代替自己去向重庆大轰炸的受害者致歉并祭奠,很显然可以看作老川崎彻底悔罪的表现。所以他才会特别强调:"我们砸了人家的门窗,踢翻了人家的饭桌,让中国人过节时都充满了哀号。去吧,让你的川崎老爹死后在那边也好受一点。"

老川崎之外,另外一个给我留下了深刻印象的日本人形象,就是那位被称为世界主义者的梅泽一郎律师。在听到中方律师赵铁特别强调爱国主义思想的重要性的时候,梅泽一郎的脸色一下子阴沉下来:"他先介绍说自己是一个彻底的世界主义者和和平主义者,前一个身份让他超越了民族、国家、文化和信仰,后一个身份则让他坚决反战,坚持和平理念。从中学时代他就参加过各种反战运动,从反对美国在日本驻军,到反对自卫队扩大化,一切跟军事、暴力有关的他都反对。"紧接着,梅泽一郎郑重其事地对赵铁说:"'爱国主义'这个词容易让人想起革命、战争,而现在是和平与发展的年代,你们要转换观念。当年日本军国主义者就是用这个漂亮的词来蛊惑日本人,导致日本最终走上了法西斯主义道路。国防教育也不应该提,难道还要搞军备竞赛吗?我们要倡导的是和平主义,是反对一切战争。"面对梅泽一郎彻底的反战思想立场,中方律师赵铁寸步不让地与他展开了一番言辞激烈的口头交锋。尽管我并不知道身为作家的范稳在反战问题上所持的究竟是怎样的一种思想立场,但我想,在已经发生过两次世界大战的当下时代从事文学创作,一种反军事、反暴力的反战思想,应该是作家最起码的一种思想底线。又或者,通过作家对梅泽一郎与赵铁围绕反战问题所发生的这一场唇枪舌剑不预设任何立场的描写,所透露出的,或许正是范稳自己的某种思想矛盾状态,也未可知。正因为战争观念对于一部战争题材的长篇小说来说非常重要,所以我们才会在这里对作家范稳的战争观念作一番特别的讨论。

不管怎么说,通过一种三线并置的艺术结构的精心营造,范稳的《重庆之眼》的确"让'重庆大轰炸'的历史,终于得到了后续震荡至今的全景式的充分书写"[②],唯其如此,《人民文学》杂志的编者才会不无激情地进一步写道:"是的,《重庆之眼》就是一部拥有了国民志气、国家底气、文化诚信和文化自信的作品。在刘云翔、蔺佩瑶、邓子儒这些人物那里,喜事与丧事、幸存与幸福、轰炸与呐喊、牺牲与珍惜、失去与复得、重庆方言与中华古诗、青春与老境、颜面与原则、爱国主义与世界主义……太多的命定混杂并置,但有的必须严正抉择。切肤掏心的笔触,令人感慨万端,让我们从中将最动人的密码一一读出:读出英雄气、儿女情,读出江湖义、山河恸,更读得出家国事、民族心。"③从荡气回肠的《重庆之眼》中走出后,我们无论如何都不能不承认编者对这部长篇小说理解与概括的准确到位。"人生自古谁无死,留取丹心照汗青",不管是从文化还是从文学的意义上,范稳的这部作品,都可以让我联想到文天祥这首脍炙人口的《过零丁洋》。在我看来,范稳用长篇小说的形式写出的,实际上也正是一部现代中国人的"正气歌"。

注释:

① 王安忆《雅致的结构》,见《雅致的结构》第 16—17 页,上海书店出版社 2011 年 1 月第 1 版。

②③ 编者《〈人民文学〉卷首》,载《人民文学》第 3 期。

陶纯《浪漫沧桑》:"借史托人"与生命的深度凝视

陶纯是近些年来很有代表性的一位军旅作家,继那部曾经登上过中国小说排行榜的长篇小说《一座营盘》之后,很快又推出了一部新的长篇力作《浪漫沧桑》(湖南文艺出版社2017年8月版)。倘若说《一座营盘》是一部旨在透视表现和平时期的军旅生活,聚焦反腐这样一个社会热点问题的长篇小说,那么,以1936年龙城余家的"双喜临门"或者"三喜临门"为叙事起点,以1948年底解放军对龙城的全面占领为叙事终结点的《浪漫沧桑》,毫无疑问是一部长篇历史小说。

单从取材的角度来看,陶纯的《浪漫沧桑》与在中国当代文学史上一度蔚为大观的革命历史小说基本相同。对于所谓革命历史小说,文学史家洪子诚曾经给出过这样的一种界定:"在20世纪50至70年代,说到现代中国的'历史',指的大致是'革命历史';而'革命',在大多数情况下是指中共领导的革命斗争。鉴于这种情形,20世纪80年代有的研究者提出了'革命历史小说'的概念,指出这一'文学史'命名所指称的作品,是'在既定的意识形态的规限内,讲述既定的历史题材,以达成既定的意识形态目的'。它主要讲述革命的起源的故事,讲述革命在经历了曲折的过程之后,如何最终走向胜利。"①说到底,"革命历史小说"的一大特点就是,在呈现革命历史的时候凸显出了一种相当突出的意识形态色彩。

之所以要在这里专门提出革命历史小说的问题,关键原因在于,作家陶纯不仅曾经广泛接触过这一类小说,而且他最初的文学教育也正是依托于这一类文学作品才得以完成的。"20世纪70年代,我在山东西部黄河岸边的一个村庄艰难地求学度日之时,有几本革命战争题材的小说在我心里播下了文学和军旅的种子,它们是《林海雪原》《铁道游击队》《红日》《苦菜花》《红旗谱》《敌后武工队》等。在这些作品的影响下,1980年高考中榜后,我果断地选择进入军校学习,从此成为一名职业军人,一直到现在;正是由于那颗文学的种子发了芽,我后来成长为一名军旅作家,一直在文学的森林里栉风沐雨,缓缓成长。"②既然陶纯最初的文学教育来自革命历史小说,那么,这一批小说作品对他产生了根深蒂固的影响,就是毫无疑问的事实。就此而言,陶纯之所以会对此类题材的小说创作产生浓烈的兴趣,实际上与他早年接受过的文学教育脱不开干系:"三十多年前,我在乡下求学的少年时代,因为读了开头所述的那几部作品,可以说改变了我的人生。三十多年来,我时常想,何时我也写一部那样的作品?"③关键问题在于,当陶纯准备开始《浪漫沧桑》创作的时候,他所处的已经是一种迥异于"十七年"的21世纪的现实文化语境。在新的历史条件下,如何展开对那一段革命历史的书写,就是横亘在陶纯面前的一个重要问题。因为陶纯对此有着格外清醒的认识,所以他才会在创作谈中强调:"社会发展到今天,当代作家再回头去深入历史,重新反思历史、战争和人性,用新的创作方法拿出适合当代人阅读的作品,写出它的当代性、丰富感,早该是时候了。"④这里,陶纯所谓"前辈作家受当时政治风云的影响,摆脱不了政情世风的桎梏,拿出的作品有意无意贴上了所谓'左'的标签"的说法,与我们关于革命历史小说的根本缺陷在于"未能够突破意识形态目的的规限而对自己所表现的那一段历史生活进行一种尽可能逼近历史本相的真实表达"的论断,完全不谋而合。"其实,革命历史是个多棱镜,它具有无限的丰富性。我想,在正统的党史和军史之外,正是文学起飞的地方。掀起被遮蔽的历史一角,降低视角(避免再写高大全的形象),变换一下视角(获得艺术新意),秉笔直书,就可以收获一部与众不同的战争小说。"[⑤]但正所谓说起来容易做起来难,问题的关键是,在已经明确意识到革命历史小说存在思想艺术缺陷的前提下,陶纯到底应该采取怎样的写作方式,才能够在有效地规避开这些缺陷的同时,形成自己的思想艺术个性?为了更好地回答这个问题,我们首先须得从长篇历史小说三种不同样式的存在说起。

我们注意到,同样是长篇历史小说,因为作家关注重心的不同,又会形成不同的思想艺术面貌。约略计来,大约有三种样式。其一,在"历史"与活跃于其中的"生命"或"人性"之间更多地倾向于"历史"维度,以对"历史"的沉思为其突出特质。其二,面对着"历史"与"生命"或"人性",作家双管齐下,力求在沉思"历史"的同时,也对"生命存在"作深度的勘探表现。其三,在"历史"与"生命"或"人性"之间更多地倾向于"生命"或"人性",以对"生命存在"的谛视和"人性世界"的探索为其突出特质。相比较而言,陶纯的这部《浪漫沧桑》很显然属于最后一类。作为长篇历史小说,《浪漫沧桑》中自然少不了诸如"西安事变"、抗日战争、解放战争等相关历史因素的铺陈与展示,但无论如何都不能不引起我们高度注意的一点是,这些历史因素的铺陈与展示,并没有占据文本的中心地位,它们存在的意义和价值,主要在于为作家进一步透视生命存在与勘探人性奥秘提供必要的舞台。本文标题中的"借史托人"云云,所表达的也就是这个意思。事实上,将关注的目光更多地聚焦到那些活跃于历史空间中的人物身上,也正是作家陶纯的一种自觉的艺术追求:"《浪漫沧桑》主要通过女主人公李兰贞与汪默涵、申之剑、罗金堂、龚黑柱这四个男人的关系展开,这是错综复杂的一条主线,另一条线是把她一家在战乱时代的兴衰浮沉、巨大变迁紧密地交织在一起。正面写战争,往往吃力不讨好,所以在本书中,我有意虚写战争,实写爱情,力求通过李兰贞复杂的情爱与命运展示波澜壮阔的历史进程,写出她的希望、忧伤、追求、痛楚和悲怆。"⑥非常明显,陶纯这里所一力强调的"虚写战争,实写爱情",很大程度上也正暗合我所谓的"借史托人"的观点。他这里的战争,正是那一段历史最突出的构成要素。他所谓的爱情,在我看来,则多多少少显得有点狭隘。依照我的理解,与其说陶纯在"实写爱情",不如说他在谛视历史进程中复杂的生命存在,勘探人性世界的深邃幽微。假若我们充分考虑到现实文化语境的复杂性,那么,陶纯看似有意规避"历史"沉思的"虚写战争,实写爱情"的书写策略,一方面固然凸显着作家试图在革命历史题材上有所突破的艺术野心,另一方面却也隐含有某种难言的苦衷,尽管说在一部长篇历史小说中,无论作者怎样自觉地规避,实际上也都不可能完全摆脱掉历史观悄然无声的渗透与表达。

然而,尽管陶纯已经有了非常自觉的突破意识,但在实际的书写过程中要想真正地实现这种突破,并不是很容易的一件事情。比如,在主要人物关系的设置上,虽然陶纯已经竭尽所能地试图有所突破,但在一些方面还是难以避免地落入了此类小说作品的艺术窠臼之中。具体来说,八路军方面的江山、汪默涵、罗金堂与冷长水(后改名为冷锋)的各自性格以及彼此之间关系的设定,就明显地给人以似曾相识之感。江山的决断虽然难免有失误但大方向上的永远正确,汪默涵的儒雅、机智、软弱以及无论如何都挥之不去的书生气,罗金堂的其貌不扬、勇猛善战、粗中有细以及最后的大意失荆州,冷长水的阴郁奸诈与狡计百出,在同类作品中,都并不鲜见。然而,尽管存在着类似的问题,但这并不能遮蔽陶纯在《浪漫沧桑》这部长篇小说中所做出的那些超越性努力。以我愚见,陶纯的这些努力,集中体现在若干人物形象的深度塑造以及潜隐于这些人物形象背后的历史观上。

正如同陶纯自己在创作谈中已经坦承的,《浪漫沧桑》是由两条时有交叉的结构线索交织而成的。一条是女主人公李兰贞与汪默涵、申之剑、罗金堂、龚黑柱这四个男人之间情感上的纠葛缠绕。另一条则是李兰贞一家人在那个战乱时代简直就是无以自控的命运浮沉。两条结构线索合而观之,所实际构成的又是女主人公李兰贞的一部生命成长史。从这个角度来看,《浪漫沧桑》既可以被看作历史小说,也可以被看作战争小说,但同时可以被看作是一部成长小说。如果仅仅着眼于女性的成长这一点,《浪漫沧桑》很容易就可以让我们联想到杨沫的长篇小说《青春之歌》。倘若说二者的同构处在于,都是以一位成长中的女性为主人公,而且这位主人公在成长的过程中也都先后经历了几位不同的男性,那么,二者的不同处就在于,林道静最终从一位资产阶级或小资产阶级知识分子成长为一名信念坚定的无产阶级战士,用洪子诚的话来说就是:"通过林道静的'成长'来指认知识分子唯一的出路:在无产阶级政党的引领下,经历艰苦的思想改造,从个人主义到集体主义,从个人英雄式的幻想到参加集体斗争,也即个体生命只有融合、投入以工农大众为主体的革命事业中去,他的生命的价值才可能得到真正实现。"⑦而李兰贞在经历了革命熔炉血与火的锻铸之后,却最终走向了对革命的疏离。

  李兰贞,原名余立贞,是一位出生于国民党官员家庭的阔小姐。她投身革命,并不是因为自己有着多高的政治觉悟或多么坚定的政治信仰,而只是因为她义无反顾地爱上了自己的中学老师汪默涵(从事地下工作时化名为汪然)。当汪默涵告诉她自己是共产党,并以为此举一定会吓她一大跳的时候,李兰贞的表现却是无动于衷:"他以为她会惊恐。哪想她轻轻笑了笑,笑靥如花。她收住笑,说:'你又不是青面獠牙的,有啥好怕?我才不管这党那党的,政治与我无关,真的!'"天真幼稚的李兰贞根本想不到,汪默涵之所以最终答应把她带到大阳山游击区,不仅与爱情无关,而且还带有不可告人的报复动机:"他一时杀不了苏小淘,更杀不了余乃谦——你杀光我的人,我虽杀不了你,但我也绝不想让你过好日子!他把余立贞带出来,就是想把她培养成最坚强的革命战士,使她成为余家的掘墓人!他能想象到,当那封他模仿余立贞的笔迹投出的信送达余乃谦手中时,余家一定会乱作一团!那封信就仿佛一把锋利的匕首,狠狠刺向那个大刽子手的心脏……"李兰贞(也即余立贞)来到大阳山游击区之后,虽然一直未能搞明白何为革命,以及自己究竟为什么要革命,但她用实际行动给大阳山游击区做出了两项突出贡献。其一,当她了解到江山他们的队伍严重缺乏武器装备的时候,她主动向江山请缨,以给父亲写信的方式为游击队索要来一批枪炮子弹。其二,更重要的一点在于,在申之剑对大阳山的偷袭眼看着就要大获成功,眼看着江山所部就要全军覆没的关键时刻,正是李兰贞挺身而出,竟然不惜背负投降的骂名而走向了申之剑的身边,并迫使申之剑下令停止进攻,最终保全了大阳山游击区三十六个人的生命,为革命事业的继续进行保留了必要的革命火种。经历了这一切之后,李兰贞的心绪一时间陷入莫衷一是的混乱状态:"对于申之剑,她说不出是什么感受——该恨他,还是应该感激他?为了她,他都负了伤,差点就要了命;可他为了她,竟然杀了那么多的人,她亲眼看着战友们一个个倒下,尸体躺满了山谷……也许她更该恨自己,毕竟因为她,他才那么干的。可是,自己跟汪先生出走,又是自觉自愿的,她不后悔,永远都不后悔……"爱恨情仇的剪不断理还乱,在这个时候可以说得到了很好的体现。为了救出李兰贞,申之剑不仅杀人无数,而且自己还身负重伤。为了追随汪默涵,李兰贞不仅来到生活条件极其艰苦的大阳山游击区,而且为了救出被困战友的生命,自己不惜承担叛徒的骂名。但相比较而言,李兰贞如此一种选择背后,其实存在着一种恐怕连她自己都未必能够搞明白的难能可贵的人道主义悲悯情怀。事实上,在李兰贞的心目中,根本就不会考虑到是否应该为后续的革命事业保留火种的问题,她只是在目睹了一个个鲜活的生命瞬间死亡的残酷场景之后,出乎本能地愿意用自己的牺牲(被视为叛徒,当然是一种牺牲),去换取三十六条鲜活生命的生存权利。尽管说一向娇生惯养、年龄尚且幼小的李兰贞,在当时肯定不会明白究竟何为人道主义,但她那样一种出乎本能的"我不下地狱谁下地狱"的自我牺牲精神,从根本上体现出了一种朴素的人道主义思想。虽然我们并不清楚陶纯在设定这一细节时是否有着明确的人道主义意识,但最起码我们可以从中解读出一种隐然存在着的人道主义精神。

　　随着申之剑回到龙城父母身边的李兰贞,在家中只是待了很短暂的一段时间,就因为中日战争的全面爆发而重新返回了大阳山游击区。这个时候,由于国共形成了抗日统一战线,不仅共产党的各种活动由地下变成为地上,而且,曾经的大阳山游击区也变成了以罗庄镇为中心的大阳山抗日根据地:"根据省委指示,大阳山游击大队正式更名为八路军大阳山抗日挺进纵队,江山担任司令员兼政委,冷长水任副司令员,汪默涵任副政委,罗金堂担任了三大队的大队长。"但就在李兰贞重返大阳山根据地不久,申之剑就因为与鬼子力战不敌身负重伤而不幸落入了曾经不共戴天的仇敌大阳山抗日挺进纵队的手中。正所谓仇人相见分外眼红,因为此前申之剑为了救回李兰贞而有过血洗大槐树血洗大阳山游击队的过节儿,所以,一听到申之剑竟然落入了自己的手中,以冷长水为代表的一批人便强烈要求杀掉申之剑,为死难的战友们报仇。尽管由于汪默涵与江山的竭力阻拦,申之剑暂时保住了性命,但李兰贞深知什么叫作夜长梦多。她知道,只要申之剑在大阳山多耽搁一天,那他的生命就多一分危险。因此,她不仅自己积极努力,而且还想方设法策动了一贯善于打仗的三大队大队长罗金堂,和自己一起采取行动,最终把身负重伤的申之剑安全地送到了国民党军队的驻地。从表面上看,李兰贞此举带有鲜明的报恩色彩。既然申之剑曾经为了救出自己不仅连夜带兵突袭大阳山,而且还看在自己的面子上放过了被围困的三十六条生命,那么,李兰贞便无论如何都应该想方设法救出申之剑。但倘若更深一步地理解李兰贞的这一种举动,那么,其中一种人道主义精神的存在与充分彰显,自然也就是一种难以被否认的客观事实。然而,此处对申之剑的救出,对李兰贞来说,还仅仅是第一次。任谁都难以猜想到,在李兰贞与申之剑的命运交集过程中,竟然还会有李兰贞第二次救出申之剑。只不过,这个时候已经是1948年。这个时候,申之剑所在的国民党部队已经处于岌岌可危的颓败状态。在龙城被攻陷之后,很多国民党将士成为解放军的俘虏。从纷纷攘攘的俘虏群里,拥有一双锐利眼睛的李兰贞,一下子就发现了化装过的国军高级将领申之剑:"她骑马慢腾腾地踱过来,目光扫向俘虏群,竟然一眼就望见一张熟悉的面孔,尽管他胡子拉碴,脸上满是黑灰,一副炊事员打扮,两条胳膊上套着油腻腻的套袖,还扎着一条脏兮兮的围裙。"两个人彼此认出对方并进行过一番唇枪舌剑的口头交锋之后,申之剑递给了李兰贞一张保存多年的照片:"她接过,仔细一瞅,里面夹有她一张小小的旧照,是她十八岁那一年送他的,照片已泛黄变淡,恍如隔世,几乎认不出来是自己。她心乱如麻,说不清是感动还是怜悯。"肯定与这张意外出现的照片的深度触动有关,李兰贞面对着站在自己面前的败军之将申之剑,最终还是生出了怜悯之心,递给他一张路条,帮助他顺利地逃跑成功。到最后,因为私自放跑了战犯申之剑,李兰贞付出了相当惨重的代价:"由于私自放走战犯申之剑,李兰贞被撤销纵队政治部敌工科科长一职,并被开除党籍。1948年底,她转业到地方,组织上按副科级别给她安排了工作。"虽然李兰贞为革命做出过巨大的贡献,但因为她私自放走申之剑,终其一生都没有再被任用。我们前面所谓李兰贞积极投身革命的最终结果乃是对革命的一种自觉或不自觉的疏离,落实到文本中,其具体所指,也正是如此一种境况。倘若要追问李兰贞何以要疏离革命,答案恐怕也还是需要从深藏在她精神深处的人道主义悲悯情怀那里获得相应的解释。归根到底,如果不是有一种人道主义的悲悯情怀的强力支撑,那李兰贞无论如何都不可能做出阵前放跑申之剑的举动来。从这个意义上来说,李兰贞这些非同寻常的举动,自然能够让我们联想到法国作家维克多·雨果的长篇名著《九三年》来。她的一次救出大阳山游击队战士三十六条生命,她的两次不管不顾地救出申之剑,究其根本,完全可以与《九三年》中那位不顾个人安危从火中毅然救出三个孩子的朗德纳克侯爵相提并论。维克多·雨果说:"在绝对正确的革命之上,还有一个绝对正确的人道主义。"某种意义上,通过对李兰贞这一女性形象的深度塑造,陶纯的这部《浪漫沧桑》也当得起维克多·雨果的这样一种评价。

更何况,为了充分凸显李兰贞的人道主义悲悯情怀,临结尾处,陶纯还专门增加了她宽恕曾经出卖革命的叛徒李二丑的情节。在意外地辨认出早已改头换面的李二丑之后,一方面考虑到他当年只不过给国民党军带过一次路,另一方面也考虑到他这么多年来其实一直在以兢兢业业的工作方式悄然赎罪,李兰贞最终选择了宽恕李二丑。尽管两个小说文本中的情节设计不尽相同,但陶纯《浪漫沧桑》中的如此一种设定,却的确可以让我们联想到维克多·雨果的另外一部长篇小说《悲惨世界》中米里哀主教对冉阿让的宽恕之举。

女主人公李兰贞之外,与陶纯小说主旨紧密相关的另一个人物形象,是那位把李兰贞引领到革命道路上的知识分子汪默涵。汪默涵曾经就读于金陵大学,他的妻子冷眉(原名李雅岚,冷眉是她从事地下工作时的化名)就读的,则是同在南京的中央大学。汪默涵在秘密加入共产党地下组织后,利用二人之间的爱情关系,很快引领冷眉走上了革命道路。没想到的是,由于被捕后无法承受被轮奸和破相的威胁,冷眉变节成为无耻的叛徒。由于她的出卖,龙城的地下党组织系统遭到了根本性的破坏,只有汪默涵自己,因偶然外出而躲过了一劫。作为革命队伍中数量相对稀少的知识分子中的一员,汪默涵性格特征值得注意处有以下几点。其一,在革命与亲情爱情发生尖锐冲突的时候,他最终选择的是亲情和爱情。这一点,突出地表现在他对冷眉背叛革命事件的处理上。虽然事发当时汪默涵曾经信誓旦旦地发誓,一旦抓住叛徒,一定要给予严厉的惩处,以为那些被出卖的同志报仇,然而,等到被栽赃陷害的苏小淘费尽千辛万苦,终于证明汪默涵曾经的恋人与妻子冷眉才是真正的叛徒,并且引领着汪默涵找到冷眉现在的住所的时候,汪默涵最终还是犹豫了。在汪默涵这里,革命与亲情爱情发生冲突的最终结果,还是亲情和爱情占了上风。拥有生杀予夺大权的汪默涵,经过了一番激烈的内心冲突,到最后还是放了冷眉一条生路。其二,虽然说汪默涵也曾经有过不择手段的时候,但相比较而言,在革命队伍的领导层内,他还是属于原则与底线的坚持者。比如,当江山试图以李兰贞为筹码榨取余乃谦的油水的时候,反对者就是汪默涵。汪默涵不想与江山正面争论,他郑重提出,既然人家家里把东西送来了,咱们也得有个态度,不能让人——哪怕是敌人说共产党不守信用,将来她如果有了觉悟,愿意参加革命,她还可以再来。革命嘛,得靠自觉自愿。后面这几句话,是江山不久前说过的,他现在拿来堵江山的嘴。再比如,在申之剑落入大阳山抗日挺进纵队手中后,面对着冷长水等人要求杀掉申之剑的那样一种群情激愤,毅然挺身而出加以明确反对的,就是汪默涵:"申之剑和那个余乃谦一样,以前确实对我们共产党下手够狠,照说枪毙他一百次都应该,但是各位,你们想过没有?现在他是中央军,是友军,我们党要搞广泛的抗日民族统一战线,这时候公开处决他,是要违背政策和纪律的,我们不能这么干!"别的且不说,但只是以上两例,就足以充分说明汪默涵的知识分子本色。

但相比较来说,更重要的恐怕还是第三点,在已然提着脑袋革命数十年之后,汪默涵最终还是以出家的方式远离了革命。离开了部队后,汪默涵上了燕来峰,隐隐然遁入空门,成了燕来寺的住持。面对着不远千里来寻的故人李兰贞,他们二人之间曾经有过一场充满禅机的对话。面对一身出家人装扮的故人汪默涵,李兰贞倍觉痛心:"虽然早有心理准备,但这一刻她仍然是无限地惋惜,心头隐隐地痛楚——久违了,我曾经的爱人!你曾是坚定的革命者,你把我引领进革命队伍,从而改变了我的命运,而你自己却遁入空门,成为一名逃兵。难道你真的看破了所谓的红尘,要在这荒山野寺了此残生?"然而,汪默涵早已心如死灰,与故人的意外重逢,也没有能够激起他内心的丝毫波澜:"他微微睁开眼睛,认出了她。然而他沉静似深潭之水,不起一丝波澜,随即微闭眼睛,继续不紧不慢地敲击木鱼,嚅动嘴唇念念有词,就仿佛她不存在似的。"事实上,"他早就有了皈依佛门的执念——自从心爱的女人彻底离他而去之后,他开始厌倦人生,对政治和战争愈加排斥,总想逃到一个无人相识的地方,过清净的、无欲无念的生活。苦海茫茫,回头是岸,人是在希望中过活的,没希望了,还留恋红尘干什么"?面对李兰贞苦口婆心的耐心劝说,汪默涵给出的,是充满禅机的答复:"佛说:'我执,是痛苦的根源。'人们常常被一个'争'字所困扰,小到争衣食名利,大到争夺天下,争到最后,原本阔大邈远的世界,只剩下一颗自私的心。人生至境是不争,战争的原因是少慈悲心,好结怨。仇恨永远不能化解仇恨,只有慈悲才能化解仇恨,这是永恒的至理。"

由李兰贞对革命的疏离,到汪默涵对战争和革命的彻底决绝,我们其实已经能够整理出陶纯《浪漫沧桑》这部战争小说或者说革命历史小说最根本的思想艺术冲突。由此而引出的,自然就是被陶纯自己认定为《浪漫沧桑》

之"文眼"的这样一段叙事话语:"人生的磨难与毁灭,往往不是因为恨,而是因为爱,就仿佛汪默涵之于岚岚、申之剑之于贞贞、余立文之于李雅岚、她之于汪先生。爱情就像一把火,可以给人温暖,给人光明,也可以把人烧焦。爱是危险的,尽管如此,还是有那么多的人不顾生死,飞蛾扑火一般,把自己置于绝境。爱与恨,有时只在一念间,天堂与地狱,就像左手与右手,每天都不离你左右……"陶纯自己,无疑是非常认可并喜欢这一段叙事话语的,否则,你就难以解释他为什么要把这段话专门印在小说的封底。爱是什么?究其根本,拥有自然是人间最珍贵的亲情伦理无疑。但在陶纯《浪漫沧桑》这部长篇小说所表现的这一历史时段中,这种珍贵的亲情伦理却往往会因为战争或者革命而遭到残酷的打击与破坏。爱情与革命,都有某种"浪漫"的性质,然而,这两种事物一旦发生碰撞,却往往会生成一种悲剧性的结局,此所谓"沧桑者是也"。赋到沧桑句便工,我想,对于陶纯《浪漫沧桑》的思想艺术主旨,我们也不妨作如是解。

注释:

①⑦洪子诚《中国当代文学史》,第 106、119 页,北京大学出版社 1999 年版。

②③④⑤⑥陶纯《我为什么写军旅小说〈浪漫沧桑〉》,载《作家通讯》2017 年第 6 期。

陈仓《后土寺》：自我生存经验支撑下的城乡冲突书写

在一篇探讨中国城市化进程与城市文学发展的文章中，笔者曾经写过这样的一段话："'文革'结束后，曾经一度紧紧关闭的国门再度向世界敞开，中国开始进入了一个史称'思想解放''改革开放'的历史时期。到了这一历史时期，国家的工作重心第一次真正地落到了经济的层面，开始步入了一个务实的发展时期。到了这个时期，虽然也还偶有周折，但就总体状态而言，曾经停滞很长一段时间的城市化进程被再度提到议事日程之上，获得了较之于此前相对理想的一个社会发展空间。尤其是进入 20 世纪 90 年代乃至于新世纪以来，伴随着社会主义市场经济的到来，中国彻底进入一个经济时代，步入了经济飞速迅猛发展的快车道。经济的飞速迅猛发展，所带来的自然也就是城市化的步伐的日渐加快。某种意义上，我们完全可以说，城市化的疾速发展本身，乃可以被看作经济时代真正形成的一个突出表征所在。晚近一个时期以来，标志着中国城市化进程突飞猛进的一个重要事件，就是由中国社会科学院社会学研究所在 2011 年 12 月 19 日正式发布的 2012 年社会蓝皮书《2012 年中国社会形势分析与预测》中称，2011 年是中国城市化发展史上具有里程碑意义的一年，城镇人口占总人口的比重将首次超过 50%。这一数据的发布,就意味着中国的城市人口事实上已经超过了农村人口。"①在并不算很长的时间内,中国的城市人口之所以能够很快地超过农村人口,所说明的不过是一个简单的事实,那就是大量农村青壮年人口向城市迅速位移。自市场经济时代到来开始,由于城市人力资源市场需求逐渐增加,大量的农民告别土地进城承担各种名目繁多的劳务工种。从社会语言演变生成的角度来考察,这一过程中,一个必须引起高度关注的现象,就是"农民工"这一词语的生成。

一般来说,社会生活所酝酿发生的重大变迁,都会在文学创作尤其是以关注表现外部广大世界为根本旨归的小说创作中留下深刻的印迹。换言之,作为时代传感器的文学尤其是小说创作,它的一种无可推卸的重要责任,就是以艺术的方式把社会变迁,以及由社会变迁所引发的人们精神世界的变化忠实地记录下来。因此,大约从20世纪90年代中后期开始,便有越来越多的作家把自己的关注视野投射向了可谓波澜壮阔的中国城市化进程,尤其是其中农村人口向现代化城市的大迁徙,更是引起了众多作家的聚焦与思考。由此,甚至也催生出了诸如打工文学这样的文学新概念。这期间,自然也生成了很多聚焦农民进城现象的文学作品,其他体裁领域且不说,单就小说领域,诸如贾平凹的《高兴》、王十月的《无碑》、东西的《篡改的命》、孙惠芬的《吉宽的马车》、尤凤伟的《泥鳅》、许春樵的《麦子熟了》等作品,就都曾产生过不小的影响。即使是我们这里即将主要讨论的作家陈仓,自20世纪初期以来,不仅已经发表了《父亲进城》《女儿进城》《上海不是滩》等聚焦农村人口进城后命运遭遇的中篇小说,而且还引起了社会的高度关注。这一次,在此前系列小说创作的基础之上,陈仓历经数年悉心整合创作的长篇小说《后土寺》(作家出版社2017年9月版),更可以被看作是作家在透视表现进城农民生存际遇方面的一部集大成之作,理应引起我们的高度关注。

陈仓本是陕西省丹凤县人,目前在上海定居从业。尽管说关于陈仓如何从陕西丹凤走出来,并且一直走到上海定居从业的具体过程我们一无所知,但从包括《后土寺》这部长篇小说在内的小说创作的基本情况来判断,由于作家艺术关注的焦点自始至终都集中在乡下人进城而引发的城乡冲突的书写与表达上,所以我们便由此而断定陈仓内心世界中某种难以自我超拔的精神情结的存在。根据我个人的阅读体验来判断,陈仓的这种精神情结,其实可以被概括为那些进城的乡下人所必然遭受的来自城市的生存压力。因为这种生命体验刻骨铭心,所以陈仓才会在自己的小说作品中对其进行多角度多侧面的反复书写。其中,毫无疑问地表现着陈仓自己从偏远的乡村经过个人不懈的努力进入上海这样的国际化大都市整个过程的真切感受。也因此,与其他大多数作家带有突出旁观者色彩的城乡冲突书写有所不同,陈仓的小说创作的一个非常鲜明的特点,就是自我生存经验的强有力支撑。从这个角度来看,我们甚至可以说,陈仓的城乡冲突书写带有相当明显的自传性色彩。这一点,在这部具有集大成意味的长篇小说《后土寺》中的表现尤为突出。

从叙事方式的角度来看,陈仓的《后土寺》或可被看作一部有着探索实验性质的长篇小说。与一般的长篇小说自始至终都会采用一种统一的叙事方式有所不同,《后土寺》先后采用了三种不同的叙事方式。第一种是在第二回《浮云》中,陈仓别出心裁地模拟采用了陈元女儿麦子的第一人称叙事方式。第二种是在第八回《回光》中,陈元干脆直接出面以第一人称的方式面对女儿麦子进行叙事。除此之外的其他七回,虽然均采用了全知全能的第三人称叙事方式,但细察这七回的文本构成状况,我们不难发现其中陈元观察视角的隐然存在。而这,很显然就意味着,陈元既是活跃于文本中的一位主要人物,同时也更是城乡冲突的一位悉心观察与思考者。其中,最不容忽视的一点,无疑是陈元身上那样一种自传性色彩的突出存在。关于陈元命名的由来,文本中曾经做出过这样的明确交代:"陈元是'元'字辈的,'元'既是辈分,又是名字。父亲陈先土告诉陈元,他妈生他的时候,在乌漆抹黑的晚上,家里穷得点不起灯,又没有一颗星星和月亮,更没有听到鸡鸣狗叫,大家什么也没有看见,什么动静也没有,所以省省心,直接叫了陈元。至于小名为何叫喜娃子,是因为陈元一落地就把父亲的衣服尿湿了。小孩子把尿撒在大人身上,按照塔尔坪的说法,表示会有喜事降临。"而在实际生活中,陈仓自己的原名,就叫陈元喜。两相对照,倘若按照原名来说,既有"陈元",也有"喜"。文本中的陈元,与现实生活中的陈仓也即陈元喜之间的对应关系,是显而易见的事情。众所周知,小说这一文学文体最根本的一种特征,就是虚构性权利的具备。具而言之,这虚构性权利的体现之一,就是人物命名的绝对自由。在拥有了人物命名的绝对权利之后,陈仓依然执意要把《后土寺》中的主要人物之一不仅命名为"陈元",而且还特别强调他的小名就叫"喜娃子",就绝对不能被看作无意间的巧合。质言之,作家做如此一种暗示性极其鲜明的艺术设定,就是要告诉读者,陈元这一人物形象身上自传性色彩的存在。更何况,小说中陈元这一人物的一些其他特征,也都明显地与陈仓自己的若干特征高度一致。现实生活中的陈仓,不仅有过诗歌写作的经历,而且长期担任着《青年报》《新青年》周刊的编辑工作。小说中的陈元,不仅同样时不时地会用诗歌的形式来表达自己的情感,而且在上海的一家报社当记者。把以上这些特征整合在一起来考察,陈元这一人物形象身上自传性色彩的存在,自然也就是一种确凿无疑的客观事实。

既然陈元是一个自传性色彩如此鲜明的人物形象,那么,陈仓在他身上高度凝结表现自我由乡村而进入城市的生活体验,就是顺理成章的艺术选择。"陈元糊里糊涂地考上了一所职业学校,学的竟然是工程监理,当时整个丹凤县没有一家建筑公司,也不明白监理到底是干什么的,所以根本没有他的用武之地,毕业之后干脆离开了丹凤县,跑到广州、上海各大城市打工去了。"等到小说开始的时候,陈元已经是上海一家报社的记者。不知道是否同样与陈仓的个人生存经验有关,小说中这位已经在上海生活多年、在故乡人的口口相传中一直被看作成功人士的陈元,现实生存处境其实非常尴尬。从婚姻状态来说,一方面,他虽然已经与故乡的妻子离异,却有一个女儿麦子必须牵挂和照顾;另一方面,他尽管在四处碰壁后终于遇到了小青这样一位比较善解人意的城市女性,却又无论如何都不敢向小青坦承女儿麦子的存在。除了女儿需要牵挂与关爱之外,因为家里人的渐次离去,只剩下老父亲一个人在故乡塔尔坪孤苦伶仃地生活,也同样需要得到陈元的照顾与呵护。尤其不容忽视的一点是,身负如此沉重的生活包袱的陈元自己在上海的处境,也并不乐观。对此,陈元自己有着极为真切的感受:"最为残酷的是,他整天跟上紧的发条一样,不敢有丝毫松懈。他稍微歇口气,比如说失业了,下顿饭就没有着落了。那座生活的大厦就坍塌了,一切都随之化为泡影了。而且这样的日子让他看不到尽头,不晓得哪儿可以让他歇一歇,哪个人可以让他靠一靠,什么时候可以到达终点。陈元总是无奈地想,最舒服的地方或许就在坟墓里,就是死的时候。即便死了,如果死在城市里,为了一块价格不低的墓地，也无法死得轻轻松松。"在这里，陈仓所传达出的，既是自己对城市生活的一种真切感受，更是所有进城者的一种共同的生存体验。这些为生活所迫或者为追求人生理想而背井离乡进入现代城市的进城者，很容易就可以让我们联想到古希腊神话中那位被罚苦役永无休止地被迫推石上山的西西弗斯，他们的生命只要存在一天，生存的苦役便不可能终结。

虽然陈元在上海打拼生活多年，已经成了一家报社的记者，但实际上，只有他自己内心里最清楚，属于他的这一份见习记者工作，带有明显的朝不保夕性质。只要在日常工作中稍有不慎，就极有可能沦入失业者的行列之中："好久以前他把'成立'写成了'独立'，按照上边的处理意见是要被开除的。陈元做好了被开除的计划，与一家建筑公司关系不错，准备回到建筑公司上班，但是长头发主编贾怀章看他有些才气，又能吃苦，把他不明不白地留了下来。"关于陈元由乡村进入城市后的具体经历，叙述者尽管没有做出明确的交代，但从叙事话语所不经意间留下的缝隙，比如"准备回到建筑公司上班"这一句，我们不难判断，或许与他曾经在职业学校学过工程监理专业有关，在成为报社记者之前，陈元最起码有过在建筑公司工作的经历。作为一位进城的乡下人，陈元能够从建筑公司的工人而打拼成为报社的见习记者，实际上意味着从"蓝领"阶层而变身为"白领"阶层，其间所需要付出的代价可想而知。但尽管如此，由于陈元所具有的只是见习记者的身份，所以他便随时面临着被开除的可能。需要注意的一点是，在陈仓所描述的这一细节中，那一家报社已经不再仅仅只是一家普通的报社，从象征的层面上说，这家只有在城市才会出现的报社，完全可以被理解为现代城市的某种隐喻。也因此，陈元在这家报社的经历，都是一种考验和压力。在这一过程中，陈元所得到的，恐怕也就只能是被侮辱与被伤害后的屈辱感受。我们注意到，在父亲进城后，陈元曾经借父亲的感受表达过一种生存的悬浮感："父亲是对的，海之所以是海，就因为它用自己的漂浮之力撑起了船。船和人不一样，船是漂浮着的，而人是悬浮着的。漂浮是在地上，有力气是使得上的，而悬浮是在空中，有再大的力气是使不上的。"实际上，陈仓在文本中曾经数次描述表达过这种生存的悬浮感。在我看来，作家一再渲染传达的这种感受，所充分说明的，其实正是陈元虽然已经进入城市打拼生活多年，但他在精神上一直未能真正地融入城市生活之中的，那样一种上不着天下不着地简直就是无根漂泊的生存状态。

由此，一个无法回避的问题显然是，既然陈元在城市的生存如此糟糕，既然他内心深处对塔尔坪有着一种根深蒂固的眷念，那他为什么还一定要离开故乡塔尔坪到上海来生活打拼呢？答案其实是非常明确的，那就是故乡塔尔坪的生活状况较之于城市生活只可能更加糟糕。事实上，小说的第一回《时光》，借助于陈元回老家为后妈奔丧过程的描写，陈仓已经格外真实地展示出了故乡的衰落与凋敝状况。塔尔坪的衰败，单从曾经热闹一时的铁匠铺的彻底沉寂这一细节上，就得到了非常形象的表现。"几十年前整个塔尔坪的老老少少都是依靠几亩地生活。菜刀、锅铲、锥子、剪刀、门环、门插、锄头、镰刀、弯刀、锤子、斧子、钯钉、锛子、刨子、推子，挖药用的黄鹂啄，犁地用的犁铧，都是在马铁匠家打的。马铁匠把自己家的堂屋专门腾出来给大家打铁，那时候他家真是热火朝天。"请注意，陈仓在这里所细致罗列出的都属于农业社会不可或缺的生产用具。当这些农业社会的必要用具都差不多退出历史舞台的时候，乡村世界的凋敝与衰落，自然也就可想而知了。唯其如此，马铁匠才会充满一种无可奈何的失落感："马铁匠一边嗑瓜子一边说，你们一窝蜂地跑到外边打工去了，除了我们几个老头子老太太闲得慌，种种麦子挖挖洋芋来打发日子，如今还有几个人种庄稼呀？"后妈去世了，一个人孤苦伶仃的老父亲却不愿意跟陈元去上海生活，陈元只好想方设法安顿好父亲在塔尔坪的生活。其中最核心的一个问题，就是父亲晚年的精神世界究竟应该用什么来充实："后妈去世之后，陈元一直担心的，就是这样一个农民他靠什么打发时光呢？靠什么安度晚年、享受活着的乐趣呢？"为了达到有效排遣父亲晚年精神世界孤独寂寞的目的，陈元曾经先后想出唱老戏、听说书、买电视机（其主要用途还是为了让父亲看戏曲频道，没想到由于地处偏远，塔尔坪根本就收不到戏曲频道）、打麻将等办法，但到头来一一被证明根本就无济于事。尤其令陈元觉得意外的是，到最后，为了上山开荒弄几块地来种，父亲竟然无意间成了一名纵火犯，竟然一下子烧了几座山。若非陈元得到消息后及时赶回多方奔走，年迈的父亲或许还要因此而进局子吃几天牢饭的。就这样，借助于陈元在后妈死后安置老父亲的这一系列描写，陈仓所呈现给读者的正是乡村世界从物质到精神的整体凋敝与衰败状况。

既然如同塔尔坪这样的乡村世界已然潦倒凋敝如此，那么，众多的青壮年农民之舍弃土地奔赴城市打工，自然也就是题中应有之义。问题在于，青壮年农民纷纷进城之后，他们的孩子又该怎么办呢？在《后土寺》中，借助于陈元女儿麦子的第一人称自述，作家在巧妙写出留守少年艰难生存处境的同时，也真切地写出了这些孩子对城市生活的向往与追求。留守少年的生存艰难，主要通过麦子来了初潮而不自知这一细节集中表现出来。"事实是过了五天我就生病了。我生的病十分简单，没有任何其他症状，仅仅是不停地流血。""在那段混沌不清的日子里,好像与上次相差两个月时间,我的肚子又开始胀痛了起来,身上又无缘无故地流血了,有一大摊鲜红的血水流了下来,散发出血腥的味道。"明明是成长过程中必要的一个生理发育,但由于父亲陈元远在千里之遥的上海,由于与生母关系的隔绝,年幼的麦子根本就不知道自己竟然是来了例假。仅此一个细节,如同麦子这样的留守儿童那样一种艰难生存境况,就已经溢于言表了。然而,与麦子的来例假而不自知相比较,陈仓的令人叫绝处更在于,他仅仅通过两个中学生跑步的细节,就既写出了他们对城市生活的由衷向往,也写出了他们内在的一种精神痛楚。麦子问堂兄陈正方为什么一定要跑步,陈正方给出的回答是,自己正在通过跑步的方式去北京:"陈正方问我,我每天围着操场绕十圈,每圈是四百米,那么我每天可以跑多少米?我说,可以跑四千米。他说,如果一千三百千米的话,需要多少天?我说,我又不是一年级小学生。他说,需要三百二十五天!一年是多少天?是三百六十五天!照这样跑下去,用不了一年时间,我就能去北京一次了。陈正方两眼放光地问我,你晓得北京吧?他似乎问的不是首都北京。他说,北京有一条长安街,有一个天安门,天安门上挂着毛主席像,毛主席下巴上有颗痣,我爸爸就在毛主席旁边的一家公司当保安!"原来,陈正方之所以要以跑步的方式去北京,是因为自己的父亲在北京做保安。既然无法在现实生活中去北京见到朝思暮想的父亲,那陈正方也就只能够在想象的世界中以跑步的方式抵达父亲所在的城市。受到陈正方的影响,麦子也开始了自己的跑步计划:"我多么想与陈正方一样,围着操场每天绕十圈,这样每年就能见你一次了。但是一个丫头,一个十三岁的丫头,我无论怎么努力只能坚持八圈。每天八圈,三千二百米,这样算下去的话,我需要四百零六天,才能跑完一千三百千米。"就这样,"我学着陈正方的样子跑了几圈,顿时觉得自己一点点地离开了,在一步步地靠近爸爸你了"。两个思亲情切的中学生,无法在现实中见到亲人,只能以跑步的方式在想象中无限接近自己的亲人。通过如此一种别出心裁的艺术设置,作家陈仓所真切凸显出的,其实正是陈正方与麦子这样的留守少年内心深处那样一种难以抚平的精神创伤。

既然乡村世界已然凋敝与衰落,那么,进城打工也就成了众多青壮年农民的唯一选择。很大程度上,陈元的遭遇,可以被看作这些进城农民命运遭际的一种缩影。但与我们通常意义上所看到的那些直接描写农民工故事的小说作品有所不同,陈仓这部《后土寺》的出奇制胜处在于,在描写表现陈元城市际遇的同时,更是剑走偏锋地把最主要的笔触集中到了对父亲和麦子他们两人进城状况的描写表现上。无论是父亲的进城,还是麦子的进城,都不是通常意义上的进城打工。他们之所以会相继进城,从很遥远的陕西乡下塔尔坪来到千里之遥的大城市上海,只是因为陈元身在上海。借助于这一老一少来到大上海之后的遭遇,巧妙地表现当下时代一种必然的城乡冲突,乃可以被视为陈仓这部《后土寺》的根本思想艺术价值所在。那么,父亲和麦子相继进城后的际遇究竟如何呢?

首先是父亲。借助于父亲的进城,陈仓所主要表现的乃是乡村与城市存在着的巨大差异。比如乘电梯。"前几次都是陈元按好电梯,再把父亲拉进去拉下来。发现每次乘电梯的时候,父亲都紧张得合不拢嘴,仰着头看着天花板。问他怎么了,他说晕乎乎的。每次电梯打开了,他都要先把头伸出去,紧张地瞄一瞄。一个丫头从一楼进去再从四楼出来,真像进了时光隧道似的,一下子就变成了一个老太太。父亲被那些奇怪的情景吓得不轻,生怕一下电梯把自己也变成了老太太。"对于终其一生都偏居于塔尔坪一隅的父亲来说,要想接受如同电梯这样可以迅即上下楼的现代文明成果,的确是一件相当困难的事情。乘电梯之外,在其他诸如洗澡、上厕所、乘公交等日常事务的处理过程中,城乡之间的文化差异,在父亲身上的体现同样非常突出。但与城乡之间的文明差异相比较,父亲进城感受更为真切的,恐怕是来自城市的精神伤害。这一点,在父亲第二次进城的过程中表现得更为鲜明。父亲的这一次进城,一个重要的使命,就是要当面为儿子陈元向未婚妻小青的母亲提亲,没想到,刚到上海,一进小青家门,就遭到了小青母亲的拒绝与冷遇:"果不出所料,父亲到上海的那天,刚进门,脚还没有落在地板上,就被她妈给推了出去。她妈什么都没有说,扔了一双拖鞋在外边。父亲进门之后便打招呼,说你是喜娃子的老外母吧?她妈不明白'老外母'是什么意思。陈元解释,老外母就是丈母娘。她妈发现又来了一个乱喊乱叫的,更加不高兴了,但是对父亲不好发作,强装着笑脸说,不会说上海话吧?那以后我们说普通话。父亲说,什么是普通话?父亲确实不明白普通话,但是她妈以为父亲在和她抬杠,生气地钻进自己房间看电视去了。"尽管在父亲与小青母亲的冲突中,也同样潜藏着城乡之间的文明差异,在这个过程中,父亲因为无端被歧视所遭受的精神伤害,却是毋庸置疑的一种客观事实。相比较来说,父亲所遭受的精神戕害与他在上海养猪的那段特殊经历紧密相关。在城市养猪,本就是陈仓一种多少带有一点荒诞意味的情节设定。然而,借助于如此一种不无荒诞色彩的情节设定,作家所真切透视表现出的,却是父亲在这一过程中所遭受的精神伤害。由于自己在单位评定职称受挫,小青莫名其妙地把一股无名火撒在了这头无辜的宠物猪老赖身上:"小青面对的,恐怕不是一头小猪。小猪看似野性十足,其实有苦说不出,有力使不上。它只是一个道具,一个替身。小青把对小妖精的怨恨,全部转移到它的身上来了。这恐怕就是宠物存在的本质吧?而对于一头小猪,它永远不会明白,它们世世代代也不会明白,为何会遭受到这样的厄运。是因为自己的宿命就是被杀吗,还是因为自己进城了?"面对着小青对小猪老赖施以的各种酷刑折磨,心里一直把小猪视作自己生命化身的父亲看在眼里,疼在心里:"父亲依然坐在阳台上狠命地抽烟,一根接一根地抽烟。小猪身上发生的事儿,他看也没看一眼,而是两眼迷茫地盯着窗外。他两眼盯着窗外的时候,总会莫名其妙地潮湿起来。"明明是城市人自己的生存出现了问题,但这问题被毫无来由地转嫁到了无辜的小猪老赖身上,宠物猪老赖莫名其妙地成为城市人的泄愤对象。虽然陈仓在这里的艺术处理非常节制,简直节制到了不动声色的地步,但小青的所作所为对父亲内心世界所造成的精神戕害无论如何都不容轻易忽视。

同样的精神伤害,也还体现在自己一个人两次偷偷进城的麦子身上。由于唯恐麦子的出现影响到自己与小青的感情生活,对于麦子的存在,陈元的态度一贯是躲躲闪闪、闪烁其词。因此,麦子虽然曾经两次因思父心切而私自跑到上海,但陈元一直不敢光明正大地将麦子引见介绍给小青。城市对陈元与麦子这样的外来者那样一种隐隐的敌意,集中通过动物园这一情节设置表现出来。既然麦子千里迢迢地从塔尔坪跑到上海来寻父,那陈元就无论如何都应该想方设法带麦子去动物园看一看。没承想,由于陈元单位不景气一时囊中羞涩,也由于动物园的工作人员根本就不买他临时记者证的账,所以他根本无法实现带麦子进动物园游玩一番的愿望。这样的过程中,陈元强烈地感受到了一种严重被伤害的屈辱感:"麦子到上海仅仅两天的时间,陈元已经与这个城市产生了两次摩擦。这座城市没有给陈元增加光环,反而给他的脸上抹了一层灰暗。麦子像一根银器,在食物里探一探就测出了毒素。通过两次测试,陈元感觉自己对于这座城市而言,不是什么琼浆玉液,是一滴水处于一桶油之中,无论怎么晃荡都是融不进去的。"万般无奈之下,陈元只好和麦子一起熬到晚上才偷偷翻越大门,最终实现了带麦子参观动物园的卑微愿望。那次动物园夜游,令陈元倍感内疚,事后麦子却"不时地把那些动物挂在嘴边。她说斑马身上的毛很光滑,它们呼出来的气息十分温暖;她说大象的鼻子很长,可以稳稳地坐在上边睡觉。而且她还根据陈元的描述,仔细地重复着老虎的爪子、狼的牙齿、狐狸的尾巴与长颈鹿的脖子"。在这里,麦子想象中的虚拟描述越细腻生动,她那被现代城市隐然拒绝的遭遇就越令人感到心酸不已。动物园尚且不说,更要命的是,即使在自己的工作单位,携带着麦子的陈元也遭到了同样的冷遇。由于没有随身携带临时采访证和身份证,无法在新来的保安面前证明自己身份的陈元,在自己每天供职的报社大楼,也被拒绝乘电梯进入工作单位。虽然保安的更换属于意外情况,但这看似意外的闭门羹所充分显示出的,是城市那样一种拒人于千里之外的冷冰冰的本质。究其根本,麦子进城后的各种受挫,她所遭遇的各种不如意,所折射表现出的其实都是陈元城市人生的不成功。也正因此,麦子的第一次上海之行,才会带给陈元这样一种强烈感受:"上海再次成为一座空城。而且经过几天时间,被麦子掏得更空了,空得连一丝空气都没有。"上海之所以会被麦子掏得更空,一个根本的原因在于,正是麦子到来后的数天经历,再一次地证明城市对于陈元这样的外来者依然是冷冰冰的。对于这一点,恐怕还是父亲的感受最为深刻:"父亲是认真的。第二次到上海,基本生活看似懂了,其实一切照样是陌生的。不光楼房是陌生的,人也是陌生的,虽然认识儿子和他的女朋友小青,但是儿子已经不是塔尔坪的儿子,儿子与小青过的也不是塔尔坪的生活。脚下的土地更是陌生的。这里的土地只有高楼大厦,却看不到一棵庄稼;到处都是花草树木,却看不到一个果子。连小草也不是塔尔坪的小草。塔尔坪的小草是随意生长的,但是这里的小草长得整整齐齐的,关键是竟然无法喂猪。城里人根本不是奔着庄稼去的,也不是奔着果子去的,到底奔着什么去的,谁也说不清楚。似乎这个世界不需要土地,完全可以运转下去一样。"同样是土地,在塔尔坪与上海的功用却表现出了明显的差异。尽管在父亲朴素的感受中,他根本说不清上海那些土地究竟会派上什么用场,但其与塔尔坪的不同是显而易见的一个事实。正因为意识到了这一点,所以城市带给父亲的,就始终是一种无法理解无法进入的陌生感。

我们注意到,在《后土寺》中,作家陈仓曾经试图探求表现乡村与城市的一种和解之道。这一点,集中表现在"回光"中。这一回所集中记述的,是父亲第三次即最后一次来上海的经历。父亲这一次的上海之行,虽然仍然带有不情愿的色彩,但又是无可奈何的,因为这个时候的父亲已经是一个癌细胞朝着其他部位转移的肝癌患者。不知道是否与父亲的患病有关,这一次,上海对父亲释放表现出了足够的善意。出门打了一辆法兰红出租车,"我"也即陈元主动要求司机先四处绕一绕,然后再去东方明珠。没想到,"我"的请求却遭到了司机师傅的拒绝。直到搞明白父亲是一位肝癌患者的情况下,法兰红方才不仅满足了"我"的全部愿望,而且竟然拒绝收钱:"到达东方明珠的时候,我发现法兰红的计价器并没有打开。法兰红说,老人病得这么厉害,就让我免费拉你们一趟吧。我说,这怎么好意思呀?两个人相互推让了一会儿,法兰红最后象征性地收了一个起步价。"紧接着,就是第一次正常购买了三张全价票后登上东方明珠。也只有在这次购票登塔之后,"我"方才生成了一种真切的自我反省:"我突然意识到,自己确确实实地被歧视过被排挤过,但是那些歧视难道就没有一点自身的因素吗?多年以来我利用记者的身份,干了多少不本分不守规矩的事儿呢?"和解从来就不是单方面的。当"我"意识到自身过错的时候,才可能更宽容理性地对待曾经异己的城市。与此同时,城市里的各色人等,似乎也一下子就改变了对"我"对父亲的态度。报社主编贾怀章出人预料地主动借车给"我":"贾怀章掏出钥匙扔在我的手中,说你把我的车子开去用几天吧……我还想推辞,贾怀章已经拉开车门,把你爹扶了进去。"小青她妈,也竟然专门从苏北赶回来帮忙照看父亲。曾经对父亲拒之于千里之外的小青她妈,这一次一反常态地变得非常热情:"小青她妈把几间房子的门都打开了,问老头子是想躺着还是想坐在阳台上晒晒太阳。""小青她妈说,小木屋那边风大,还是躺在家里吧。她妈把自己的卧室打开,在床上铺上了自己平时用着的一条紫红色床单,又拿出一条淡蓝色的被子。"通过以上这些林林总总的罗列,你就不难发现,父亲的第三次上海之行,那座现代化的大城市的确在方方面面向来自塔尔坪的父亲释放足够的善意。在这样的一种描写背后,所充分显示出的,其实是作家陈仓试图超越所谓的城乡冲突,以一种理性平和的姿态理解看待城市的积极努力。唯其如此,作家才会借助于陈元的第一人称口吻做这样的一种表白:"我一直与一道疤一样,觉得这个社会真是不可理喻的,但是不明白为什么自己的想法突然改变了。我不是用宽容的方法安慰你,给你一个美好的假象,而是在你这个走向终点的坐标系中,我发现了原本一直存在着的美,有的是无奈的美,有的是反差的美,有的是冷静的美,有的是火热的美,有的是高贵的美,有的是朴素的美,只不过因为目光的原因,没有被我发现和珍惜,甚至被我曲解。"如此一段叙事话语,所强烈传达出的正是男主人公陈元试图与城市和解的一种愿望与意图。

然而,尽管在《后土寺》中,陈仓试图对我们寻常所惯见的城乡冲突的叙事景观有所突破,试图以一种更加理性宽容的姿态理解看待现代城市,但从文本实际来考察,除了陈元的自我反省之外,其他相关描写的可信度都有明显的可疑之处。比如贾怀章与小青她妈,他们那样一种近乎一百八十度的大转弯的理由,作家并没有给出合理的交代,因而显得格外突兀。相比较而言,文本留给读者最深刻的印象,恐怕还是作家关于城乡冲突主题的那些部分。唯其如此,我们才更愿意把陈仓的这部《后土寺》看作一部自我生存经验支撑下城乡冲突书写的长篇力作。

注释:

① 王春林《城市化进程中的精神症候》,见裴亚红主编《民治·新城市文学》理论集(8),第157页,花城出版社2017年8月版。

张新科《苍茫大地》：当精神信仰遭遇日常生活

紫金山文学奖长篇小说奖得主张新科的《苍茫大地》（江苏凤凰文艺出版社2017年1月版），毫无疑问是一部充分彰显为中华人民共和国的建立而浴血奋战的一代英豪不朽精神的长篇历史小说。长篇历史小说实际上却存在着两种不同的情形。其中一种，大约可以被归为纯然虚构的小说作品。强调纯然虚构，并不是说这一类小说就没有现实生活的依据，而是说这一类小说所描写的人与事没有固定的现实生活原型。另一种，则可以说是一种带有明显纪实性色彩的小说作品。所谓带有明显的纪实性色彩，意指此类小说所描写的人与事，在现实生活中有着可谓确凿无疑的原型存在。张新科的《苍茫大地》，当然属于后一种。小说所集中叙述展示的早期中国共产党人，曾经担任过江苏省委书记的许子鹤充满牺牲色彩的跌宕人生。相比较而言，由于存在着现实原型的规约与限制，后一种历史小说的写作难度自然要大一些。拥有十足挑战勇气的张新科，所选择的，正是这一种多多少少带有一点"戴着镣铐跳舞"意味的历史小说类型。别的且不说，单只是张新科的如此一种写作勇气，就应该得到我们高度的肯定。

许子鹤的原型，是出生于广东澄海的许包野。现实生活中的许包野，出生于1900年,被害于1935年。他英勇牺牲时,年仅35岁。从事革命活动期间,曾经先后担任过江苏省与河南省的省委书记。作为一种不仅允许虚构而且以虚构为本质规定性的文学文体,张新科在《苍茫大地》中当然不可能简单地如实复制许包野的人生。我们注意到,在充分尊重基本历史事实真实性的前提下,张新科对许包野为真实原型的许子鹤也进行过适度的艺术虚构。比如,本来被害于1935年的许子鹤的牺牲时间被向后延长了整整十一年,一直到1946年,许子鹤才被国民党政府杀害于南京雨花台。之所以要如此处理,主要原因恐怕在于,作家试图借此更加充分地凸显许子鹤和他一生的挚友与死敌王全道之间的矛盾冲突。许子鹤与王全道不仅曾经是德国知名学府哥廷根大学的中国留学生,而且还结下了很深的同学情谊。这方面,一个不容忽视的细节就是,许子鹤曾经对王全道有过救命之恩。没想到,情同手足的他们在结束留学生活相继回国之后,却由于政治信仰的不同而最终分道扬镳。许子鹤成为一名坚定的共产党员,而王全道则成为国民党蒋介石手下的一员得力干将。就这样,当小说篇幅进行到差不多一半的时候,许子鹤与王全道开始形成了一种你死我活的对手关系。他们之间的针锋相对与龙争虎斗遂成为小说后半段最核心的故事情节。正因为让许子鹤过早牺牲不足以充分地展开他们俩之间的矛盾冲突,所以张新科才运用小说这种文体赋予自己的虚构权力,把许子鹤的生命合乎艺术逻辑地延长了整整十一年。事实上,在现实原型的基础上进行适度合理虚构的人物形象,在《苍茫大地》中,绝不仅仅只是主人公许子鹤一人。最起码,对许子鹤走上革命道路产生过重要影响的两个中共早期高级领导人恽代君与邓翰生身上,就非常明显地晃动着恽代英与邓中夏这两位真实历史人物的影子。在我看来,面对着诸如恽代英与邓中夏这样真实的历史人物,张新科之所以没有像面对朱德那样直接把历史人物的名字写进自己的小说作品中,根本原因恐怕与虚构成分的存在与否紧密相关。因为事关朱德时无丝毫虚构,所以张新科便无所顾忌地径呼其名。同样的道理,因为在写到恽代英与邓中夏的时候存在若干虚构成分,所以张新科便只能够煞费苦心地给他们重新命名。但尽管如此,熟悉中共党史的明眼人依然可以一下子就明白,张新科实际上是在借恽代君与邓翰生写恽代英与邓中夏。

虽然从故事表层来看,整部小说尤其是后半段贯穿始终的一种矛盾冲突,似乎是许子鹤与王全道这两位曾经情同手足的兄弟之间的争斗与相残,但再认真地想一想,你就会发现,其实张新科的这部《苍茫大地》是通过许子鹤的跌宕人生故事,强有力地思考表现着精神信仰与日常生活之间的尖锐矛盾冲突。通观许子鹤的四十六年短暂人生,基本上由两大板块组成。一个板块是他义无反顾的革命人生。从他最早受到恽代君、邓翰生的影响接触革命,到他的德国与苏联的留学生涯,到他回国后以实际行动积极投身革命,再到他与王全道之间长达二十年之久的政治斗法,一直到他不幸被捕后在南京雨花台为革命洒尽最后一滴血。这一条毫无疑问是《苍茫大地》中最主要的故事线索。另一个板块是他那充满感情色彩的日常人生。与这一条感情线索紧密相连的,是包括叶瑛、大娘、克劳迪娅以及许子鹤的亲生父母与兄弟在内的一众人物形象。这里,既有亲生父母与大娘他们年长一辈人对他的亲情牵挂,也有叶瑛与克劳迪娅这两位女性对他的痴情爱恋。正如同张新科所真切表现出的,在许子鹤义无反顾地投身于革命生涯的过程中,最割舍不下的其实就是来自家庭的亲情以及男女之间的真诚爱情。也因此,真正构成了

《苍茫大地》内在艺术冲突的,实际上是许子鹤坚定不移的精神信仰与他那儿女情长的日常生活之间一种不可调和的尖锐矛盾。阅读《苍茫大地》,我们总是会不时地读到紧张激烈的革命斗争之余,许子鹤对一家三口幸福生活的遐想与憧憬。比如第四十章中的这样一部分:"在梦中,他一手拉着妻子叶瑛,一手拉着许晓羽。一家三口亲亲密密并排走在冠陇村弯弯曲曲的小道上,走在韩江平坦宽阔的堤岸边,走在上海城隍庙比肩接踵的人海里,走在南京鸟语花香的莫愁湖畔……曾多少次,他还梦到一家人去了德国哥廷根、法国的诺苏米和苏联的莫斯科。""梦醒之后,许子鹤常常泪湿枕巾。"毫无疑问,类似于这样的梦境描写,所充分凸显出的,正是主人公许子鹤意识深处对温馨和谐的日常家居生活的由衷向往。但在不无残酷的现实生活中,精神信仰与日常生活对于许子鹤来说,的确是"鱼与熊掌不可兼得"。在那样一种血雨腥风的岁月里,要想真正地忠实于自己择定的政治精神信仰,就不能不舍弃温馨和谐的日常生活。但某种意义上,具有突出反讽意味的一个细节是,尽管许子鹤为中共的革命事业鞠躬尽瘁,可以说流尽了最后一滴血,但在他不幸被害后漫长的历史时间里,他处于长期被遮蔽的状态之中。倘若不是他的未亡妻子叶瑛不管不顾地坚持要在漫长的历史长河中打捞丈夫许金海(许子鹤),那么,他便很可能继续被湮灭在残酷无情的历史长河中。且不要说许子鹤他们这些革命者当年关于革命成功后的那些美好许诺,即使是许子鹤自己,恐怕也无论如何都想象不到自己竟然会处于长期被湮灭的状态之中。许子鹤当年对革命这一政治精神信仰的义无反顾,与他身后长期被回避的状态,在文本中事实上已经成了鲜明不过的对照。深长思之,一种悲剧的审美况味,自然也就油然而生了。然而,在充分强调精神信仰与日常生活之间一种悲剧性冲突重要性的同时，我们也不能不遗憾地指出，或许是囿于传统与意识形态观念局限，张新科对这一悲剧性冲突的思考与表现实际上远未达到自觉的程度。就文本的实际情况来观察，这一方面还留有大量的空间可供挖掘填充。比如，亲情与爱情的这一条感情线索还可以大大扩充。再比如，许子鹤内心深处，精神信仰与日常生活的碰撞与冲突完全还可以更激烈一些。甚至于，许子鹤也不妨因为情感的炽烈而一时动摇过自己的政治精神信仰。这样一种描写，不仅无损于许子鹤的英雄形象，而且还会提高人物的真实可信度，使其人性深度更加开阔，也更加具有纵深度。

作为一部旨在描写展示一代革命英豪许子鹤英雄事迹的长篇小说，张新科的《苍茫大地》不可避免地借用了一种成长叙事的叙事模式。关于成长小说，曾有论者做出过精辟的理论概括与分析："这类小说的主题是主人公思想和性格的发展，叙述主人公从幼年开始所经历的各种遭遇。主人公通常要经历一场精神上的危机，然后长大成人并认识到自己在人世间的位置和作用。"[①]与论者关于成长小说的理论界定相比较，张新科的《苍茫大地》肯定不是典型的成长小说。这里的关键在于，主人公许子鹤并没有如同艾布拉姆斯所言，在成长过程中经历过一场严重的精神危机。然而，许子鹤虽然没有经历严重的精神危机，他却实实在在地经历了一场由现代知识分子而变身为革命者的思想转型过程。作为一名曾经在西方长期留学的现代知识分子，构成许子鹤精神底色的，其实是个体的自由与民主理念。因此，当他由现代知识分子向革命者转型的时候，无论如何都必须解决的一个问题，就是怎么样才能够把这样一种个体自由与民主理念成功地缝合进一个植入马克思主义的观念体系中。这一方面，许子鹤在莫斯科东方大学时与马克思学说研究专家伊万诺夫之间的一席对话特别重要。许子鹤问道:"现在德国不少政治学家和哲学家大肆诋毁排斥马克思的学说,说马克思只关注'阶级''暴力'和'革命',而忽略了'人'自身,是非人性、非人道的理论,他们的这种观点已经传到中国,影响很坏,令人担忧!如何批驳他们的这种言论呢?"伊万诺夫的回答:"马克思主义的主题不但没有忽略人,并且始终以人为出发点,以人为中心,以人为最高目标。人的解放、人的自由、人的自主活动及由此实现的一切人的自由发展,是贯穿马克思全部理论的主题,是马克思主义确立的、共产主义者为之奋斗的目标。"关于"人的集体"与"人的个体"的问题,伊万诺夫特别强调:"马克思同样关注个人,或者说,比其他学者更加关注个人!在《共产党宣言》中,他以这样一段话回答了'什么是共产主义'这一基本问题的同时,对'个人利益'给予了充分的、必要的、无以复加的体现和重视:代替那存在着阶级和阶级对立的资产阶级旧社会,将是这样的一个联合体,在那里,每个人的自由发展是一切人的自由发展的条件。"对于已经在德国哥廷根大学取得数学博士学位的高级知识分子许子鹤来说,他的理性其实已经足够强大。说实在话,要想让这样的一位现代知识分子从内心接受并服膺于某种理念或者学说,其实是非常不容易的一件事情。但正所谓"听君一席话,胜读十年书",伊万诺夫的这一番言论,对于许子鹤来说,简直无异于醍醐灌顶,令他茅塞顿开。身为衣食无虞的富人家子弟,许子鹤的投身革命,与他急迫地想要改变自身的命运无关。一种能够令人信服的革命理念,对他来说无疑有着特别重要的意义。依据我的猜测,怎么样才能够积极有效地解决这个问题,事实上也正构成了张新科的写作难点之一。为了克服这一难题,张新科祭出的活宝,便只能是伊万诺夫与许子鹤之间的这一场对话。对于作家张新科来说，借助于马克思研究专家伊万诺夫的一席谈话，成功解决许子鹤政治、精神、信仰方面的疑问，虽然已经颇为煞费苦心，但从读者的角度来看，作家的这种努力所取得的艺术效果未必就能够尽如人意。从成长叙事的角度来说，许子鹤的由一名现代知识分子转型为意志坚定的革命者，这是一个特别重要的环节。一方面，我们固然承认张新科不仅已经认识到这一问题的重要性，而且还努力地有所克服；但在另一方面，就艺术说服力而言，恐怕还是未能达到一种理想的叙事效果。更进一步地说，之所以会出现这种情况，固然与张新科个人的艺术能力紧密相关，但更重要的一点，恐怕还在于当下时代政治意识形态对于张新科所形成的强制性规约。

虽然说《苍茫大地》是一部旨在彰显中共早期领导人英雄事迹的优秀长篇小说，就题材归类，大约属于所谓革命历史小说的范畴之内，或者也可以把它看作一部"新"的革命历史小说，但在具体的艺术表现形式上，又有着对中国传统侠义小说艺术传统的自觉转化与传承。这一点，在所谓"许（许子鹤）王（王全道）斗法"的过程中表现得非常突出。作为国共两党智慧与能力均超群的两大高手，许子鹤与王全道由于政治精神信仰不同，在1927年"四一二"事变彻底分道扬镳之后，就开始了各为其主的彼此斗争过程。我们说《苍茫大地》是一部故事情节特别紧张激烈、跌宕起伏的长篇小说，其具体所指实际上也正落脚在"许王斗法"的过程之中。无论是"道高一尺，魔高一丈"，抑或是"魔高一尺，道高一丈"，这两位曾经的好兄弟就如同少林与武当的两大高手一样，你来一拳，我还一掌，二人拳打脚踢，斗智斗勇，你来我往，煞是好看。无论是狱中机智救人，还是路途上智炸运送档案的汽车，抑或巧妙斩杀许凤山，都充分地显示出了数学博士许子鹤的智高一筹。这一方面，作家张新科对于中国侠义小说艺术传统的转化运用是显而易见的。遗憾处在于，或许同样是处于政治意识形态拘囿的缘故，在"许王斗法"的过程中，作家的天平过分地倾向到了许子鹤这一边。倘若作家真的能够做到二者平分秋色，平均使用力量，那么，《苍茫大地》很可能会比现在的文本状况还要精彩许多。

但在结束本文之前，小说文本个别细节上存在的瑕疵，也需要特别提出来与作家张新科商榷。其一是第279页，写到"四一二"事变之后，许子鹤默默潜伏至南京，与罗琳、董义堂他们两位一起重建江苏省委，出现过这样一个细节："许子鹤情不自禁地鼓起掌来，董义堂和罗琳也激动地跟着鼓掌。"其二是第347页，写到许子鹤诚恳地接受中央的批评之后，"吟诵完李光润从茅山奔赴河南途中写下的一首诗，许子鹤提议大家静默三分钟，向把热血洒在河南开封的烈士三鞠躬。然后带领全体人员举起右手，齐声背诵在开封大败金军的河南民族英雄岳飞的《满江红》的下半阕：'靖康耻，犹未雪；臣子恨，何时灭？驾长车踏破贺兰山缺！壮志饥餐胡虏肉，笑谈渴饮匈奴血。待从头，收拾旧山河，朝天阙！'"然后，"壮怀激烈的声音回荡在小小布鞋店里。"在那个血雨腥风的战争岁月里，许子鹤们所从事的是一种再典型不过的地下工作。面对着时时刻刻存在的危险，地下工作的纪律要求他们必须提高足够的警惕。依照常理，高度警觉的他们既不可能激动地鼓掌，更不可能齐声朗诵岳飞的《满江红》。这一点特别提出来，不知道张新科兄以为然否。

注释：

①艾布拉姆斯《欧美文学术语词典》，第218页，北京大学出版社1990年11月版。

徐兆寿《鸠摩罗什》：
如何以艺术想象的方式直面精神信仰

在一篇关于历史小说创作的文章中，我曾经写下过这样的一段话："历史小说会有两种面对历史的不同方式。一种方式是，尽管在内容上是对某段历史真实的描写和表现，但所有的人物、所有的故事全都是虚构出来的，比如像莫言的《生死疲劳》《丰乳肥臀》、贾平凹的《老生》、王安忆的《天香》，包括我们在前面罗列出的绝大部分作品，这些长篇小说虽然关注表现着真实的历史生活，但他们笔下的那些人物和故事是虚构出来的，属于一种拥有'天马行空'式的想象自由的小说创作；另外一种历史小说，除了要面对真实的历史史实，还要面对一群真实的历史人物和历史事件，要更进一步地在这个基础上进行相应的艺术加工、虚构和想象，二月河曾经名噪一时的《雍正皇帝》《乾隆皇帝》《康熙大帝》、唐浩明的《张之洞》《曾国藩》《杨度》，李骏虎一部表现红军东征的《共赴国难》的实际情形，都是如此。这一类历史小说，与前面提到的莫言、贾平凹他们那一类历史小说，从写作方式，包括基本的艺术思维方式，其实也都大不相同。毫无疑问，后一类历史小说有着更大的写作难度。某种意义上，我们完全可以用闻一多关于现代格律诗创作的那句'戴着镣铐跳舞'来看待评价这一类型的历史小说创作。这里，能够充分考验作家艺术功力的一点是,作品意欲表现的那段历史故事与历史人物都是大家耳熟能详的,所以,想要在充分尊重历史史实的前提下使自己的小说写得精彩,便是很困难的一件事情。"①按照我们的区分方式,徐兆寿的长篇小说《鸠摩罗什》(作家出版社2017年9月版),毫无疑问属于后一类——写作难度更大的历史小说。

但就在阅读这部长篇小说的过程中,我们注意到了叙事方式上一个破绽的存在。这就是,整部小说自始至终一直采用第三人称的全知叙事模式,唯独在第四卷"草堂译经"的"皇帝向罗什请教"这一部分,却不仅相当突兀地穿插进五六页的第一人称"我"的叙事,而且联系这本书所附录的"卷外卷"部分来判断,这个第一人称的叙述者"我",很显然就是作者徐兆寿自己。在这一部分,叙述者"我",首先介绍了自己在三十六岁与四十岁时与女儿的两次对话。第一次对话时,女儿只有三岁。三岁的女儿,一方面追问中国神话与西方古希腊神话的区别;另一方面也在追问中国神话为什么会与西方的古希腊神话不一样:"为什么大人不给我们讲中国的神话呢?"第二次对话的时候,七岁的女儿提出的问题是:"既然上帝最早也只是多神中的一个神,后来才成为一个神教中的上帝,那么,世界还是他创造出来的吗?"由女儿两次的对话,牵扯出的是"我"与朋友张志高之间的一次对话。事实上,也正是这几次对话的先后发生,促使"我"对自己的人生道路进行深入的自我反思:"四十岁之前,我几乎是西方文化的信徒。因为读书的时代正好是二十世纪八十年代西方文化在中国大爆炸的时候,而写作的时代也恰恰是西方文学对中国作家影响最大的先锋文学时期,我了解西方文化远比中国文化要多得多,读的小说也常常是西方的小说,我对中国文化传统常常只是顺便一瞥,已经失去了兴趣。"究其根本,是女儿的这两次提问,在召唤起"我"对孔子对东方文化强烈兴趣的同时,也唤醒了"我"对鸠摩罗什这一真实历史人物的探究欲望:"它(指鸠摩罗什舌舍利塔)在凉州已经矗立了一千五百多年,唐代敬德将军重新修建过一次,明代又重修过一次。为什么人们一次又一次地将它重修起来呢?鸠摩罗什到底是一个什么样的人?他对中国人和我故乡的人们到底产生了什么样的影响?"正是在如此一种强烈愿望的促进下,"我"对鸠摩罗什产生了格外浓厚的兴趣:"2013年的春天,我开始翻开《高僧传·鸠摩罗什传》,由这本书开始,我翻开了无数的史书、佛经、地方志。我突然发现,我进入了一个浩瀚的信仰世界。我又一次感到了自己的无知与浅薄。"然而,这里交代的只是"我"(即徐兆寿)对鸠摩罗什这一真实历史人物产生兴趣的缘起,至于为什么要以一部长篇历史小说的形式来呈现鸠摩罗什的人生故事,作家在自序《一切都有缘起》中已经表达得非常清楚:"最早的时候,我是把这本书作为一本学术传记来写的,只是给少数人看的,但与杜姐交流完的那天夜里,我睡不着,便翻看《妙法莲华经》,第二天清晨六点左右,我放下那部佛经时,做了一个大胆的决定,我要重新去写,要让大多数人能读懂。这才是方便法门。""如果说我过去写的很多小说、诗歌、散文都是给少数人看的,那么,这本书一定要走向民间。写作的人物也决定了它必须走向普罗大众。"说实在话,能够积极地尝试着以一部长篇小说的方式让鸠摩罗什的思想与事迹让更多的普罗大众有所了解,徐兆寿的如此一种愿望诚然难能可贵,但由此而引发出的一个问题是,既然徐兆寿完全可以在自序以及后面附录的"卷外卷"部分将自己创作《鸠摩罗什》的相关缘起交代清楚,那他也就没有必要在一直采用第三人称叙事方式的这部长篇小说中不无突兀地穿插进第一人称这个部分。这一毫无必要的穿插,从艺术的角度看,其实构成了对叙事完整性某种不应有的伤害。

事实上,要想以长篇小说的方式把鸠摩罗什这一真实的历史人物写好,徐兆寿需要克服诸多的难题。首先,鸠摩罗什是世界上重要的思想家、佛学家、哲学家与翻译家,是佛教史上无论如何都绕不过去的重要人物。他佛学造诣了得,精通小乘与大乘。要想写他,作家自己必须对小乘与大乘的佛学思想精髓有相对深入的理解与把握。唯其很好地做到了这一点,所以,我们在徐兆寿的这部《鸠摩罗什》中才能够在很多地方都感受到小乘与大乘思想的光辉。其中的小乘思想,集中在苏摩王子出现之前。比如,鸠摩罗什与师父槃头达多之间的一段对话。鸠摩罗什问生命是什么,师父的回答:"当然是灵魂了。""那灵魂是怎么产生的呢?""从来就有,不生不灭,不增不减。""那灵魂成佛后,生命不就不轮回了吗?灵魂不就减少了吗?""罗什,有我之境,是个体,是我执,是个体灵魂的轮回,一旦进入无我之境,就无个体之分,无我执,灵魂还会减少吗?"师徒二人这段充满禅机的对话的底色,毫无疑问正是小乘思想。然而,一旦接触到苏摩王子,鸠摩罗什便很快意识到了小乘思想的局限性,开始认同并接受更具真理性的大乘思想。按照苏摩王子的说法,大乘佛教思想其实也一样源自佛教的创始人佛陀。只不过因为灭度后,佛教内部发生了分裂。分裂的直接结果便导致了大乘思想的暂时湮灭。大乘思想既然不存,那充满"我执"色彩的小乘思想的普遍流行,就变成了一种无奈的现实。只有依凭着龙树菩萨的努力,曾经处于湮灭状态的大乘思想方才重新浮出水面。也因此,早已接受了大乘思想影响的苏摩王子才有这样的一番论述:"其实,这些'我执'恰恰已经偏离了佛教的正义。这个时候就出现了一种佛教派别,名大乘佛教。把之前六七百年的佛教统称为小乘佛教,而把新的佛教称为大乘佛教。大的意思是否定小,要改变过去小乘佛教偏执实有、悲观厌世、自私自利的小境界,从而开拓相法皆空、积极向善、利人利已的大境界。"唯其龙树菩萨在佛教发展过程中曾经发挥过重要的"去蔽"转型作用,所以,很快就被大乘思想征服了的鸠摩罗什,才会对同样信奉佛教的母亲讲出这样一番话:"并非龙树菩萨新创立了佛教,而是他把蒙在佛法上的灰尘拭去了,让我们看到了真正的佛法而已。"

其次,鸠摩罗什在佛教史上的重要性,突出体现为他在更大范围内传播了佛教思想。正是通过鸠摩罗什的积极努力,源起于天竺国的佛教方才得以穿越时空的障碍,在遥远的中土世界也即我们现在所说的中国生根发芽,并在与中国本土思想融会贯通后进一步发展成为与儒、道并称的中华三大文化流脉。也因此,相对于佛教思想的研究与探讨,徐兆寿在写作过程中把最主要的篇幅都留给了这一部分内容的描写与展示。小说开头的第一句话,就是母亲耆婆对年仅十二岁的儿子鸠摩罗什做出的预言:"你将来要去中土世界传扬佛法。"其实,这个预言的始作俑者并非耆婆,而是迦毕试国北山上一座寺里的一位修行僧:"修行僧转过身对耆婆说:女弟子,昨夜我观小弟子,非凡品。他骨骼奇特,言语不俗,心里俗尘不染,我从未见过他这样的修行者。你要看好这个孩子,如果他在三十五岁前不破童子身,必将成为阿育王门师优波掘多第二,一定能大兴佛法,度人无数,若是戒律不全,就不会有太大的作为,也就是做个才明俊义的法师而已。"正是在聆听了修行僧的这番话之后,耆婆才眼神庄重地对鸠摩罗什说:"你将来要去太阳升起的地方传播佛法,并且一定会有大成。"很大程度上,徐兆寿的这部长篇小说乃可以被看作是对耆婆这句预言的进一步演绎与展开。小说共由四卷组成,除了第一卷"佛国奇遇"主要描写鸠摩罗什在西域诸国如何游历以及在游历过程中学习研讨佛学问题之外,另外的三卷,实际上全都是在描写鸠摩罗什离开母国龟兹之后在中土世界(即秦地)以译经讲法的方式传播佛法的过程。为了能够实现到中土世界去传播弘扬佛法的根本目标,鸠摩罗什甚至忍受了破戒与表姐阿揭耶末帝成婚的巨大痛苦。面对着吕光的步步紧逼,罗什终于无法忍受了,他低沉着声音道:"将军,我的确也有心去中土传法,所以,我怀着巨大的忍耐在忍受着你的种种欺凌,没想到将军步步紧逼,一定要让我等破戒不成。"眼看着鸠摩罗什与吕光就要因为是否破戒成婚一事发生尖锐激烈的冲突,阿揭耶末帝与墨姑赶忙起身好言相劝。阿揭耶末帝说:"罗什,看来今天成了以身护法的时候了,但是,你的愿望未了,我知道你为了这样的愿望等待了很多年,也忍受了巨大的煎熬。你还记得姑姑临走之前你对她说过的话吗?你说,大乘之法,在于舍身利彼,即使粉身碎骨也在所不惜。"而墨姑给出的说法则是:"是啊,法师,还记得昨晚你对我讲过的地藏菩萨的故事吗?你能那样让我省悟,难道你又迷失了自己?"事实上,也正是在这两位女性及时的提醒之下,鸠摩罗什方才充分意识到身负使命的重要,方才下定决心为了达到前往中土世界传扬佛法的根本目标而做出自我牺牲:"他闭上了眼睛,对着虚空中默念道,佛祖啊,非我自愿,为了大法得以在中土传播,弟子只好一只脚踏入地狱了。"对于如同鸠摩罗什这样满心虔诚地信奉佛教的得道高僧来说,严格地持守戒律,乃是非常重要的一件事情。然而,为了能够达到前往中土世界传扬佛法的目标,鸠摩罗什竟然被迫破戒。其在更大范围内传播佛教思想使命的神圣与重要,由此可见一斑。

然而，我们无论如何都不能轻易忽略的一点是，徐兆寿的《鸠摩罗什》，既不是历史著作，也不是纪实的非虚构文学，而是一部长篇小说。从这个角度来说，徐兆寿写作这部长篇历史小说所面临的第三个难题，便是采取怎样的艺术表现方式，才能够使得鸠摩罗什这一历史人物的故事充分地小说化。与前面已经提及的两点相比较，这一点毫无疑问是最重要的。但讨论这一问题前提是究竟做到了怎样的一种程度方才算得上真正做到了历史人物的小说化，或者说，小说化的具体标准究竟是什么。虽然说迄今为止都缺少一种举世公认的小说定义，但在我的理解中，一篇优秀的小说，恐怕无论如何都少不了对人性世界的深度挖掘和探究。具体到徐兆寿的这部《鸠摩罗什》，尽管历史上的鸠摩罗什乃是一位在佛教的传播与弘扬方面做出了巨大贡献的得道高僧，但作家不可推卸的一种重要艺术责任，就是如何把鸠摩罗什内在精神世界中的人性冲突艺术地勘探并呈现出来。但令人遗憾的恰恰就是在这一方面，徐兆寿的表现多少显得有一点不那么尽如人意。

为了更好地说明这一点，我们有必要把徐兆寿的这部长篇小说若干细节的处理，与现代文学史上"新感觉派"著名作家施蛰存的同名短篇小说做一简单的比较。但在展开我们的比较之前，首先应该注意到的一点却是，同样一个历史人物，两位作家采取的是不同的小说文体形式。徐兆寿是长达数十万字的长篇小说，而施蛰存却只是一篇字数只有一万六千字左右的短篇小说。如果说徐兆寿所采取的长篇小说体式允许他从容不迫地展开鸠摩罗什不无传奇色彩的一生，那么，短篇小说的文体形式却绝不允许施蛰存铺叙鸠摩罗什的全部人生。也因此，施蛰存只能采用横截面式的艺术方式截取鸠摩罗什的人生片段来凸显自己意欲表现的作品思想主旨。具体来说，施蛰存所截取的主要是鸠摩罗什的凉州破戒、前往长安前的夫妻离别以及抵达长安后夜宿妓女这样几个人生片段。整篇小说最核心的一种矛盾冲突，正发生在鸠摩罗什的必须持戒律与无法克制的爱欲心理之间："这是十几年来时常苦闷着的，罗什的心里蓄着两种相反的企念，一种是如从前剃度的时候一样严肃地想把自己修成正果，一种是想如凡人似的爱他的妻子。他相信自己是一个虔诚的佛教徒，一切经典的妙谛他已经都参透了，但同时感觉到未能放怀的是对于妻的爱心。"需要特别说明的是，在徐兆寿那里，鸠摩罗什的破戒对象阿揭耶末帝是鸠摩罗什的表姐，而到了施蛰存这里，她变成了鸠摩罗什的表妹。另一处区别是，在徐兆寿笔下，鸠摩罗什前往长安时，阿揭耶末帝拒绝同行，一个人返回到了北天竺，但在施蛰存这里，她的结局却是在鸠摩罗什前往长安的路上死在了鸠摩罗什怀里。相比较而言，徐兆寿与施蛰存更重要的区别，却表现在对鸠摩罗什内在精神世界的理解与挖掘上。

在徐兆寿那里，鸠摩罗什与阿揭耶末帝他们两位均是虔诚的严格遵守戒律的佛教徒，也因此，他们的破戒成婚，就只是被吕光一味逼迫的结果。他们的破戒之举，只是为了能够确保鸠摩罗什在有生之年完成前往中土世界传扬佛教思想的神圣使命。但到了施蛰存这里，他们的破戒成婚，一方面固然有被吕光逼迫的成分，另一方面却也有着私下相互恋慕的成分。对此，作家在叙事过程中有过数次明确的揭示。首先是身为王女的阿揭耶末帝："她尊敬着她的有崇高的功德的表兄，她也听得懂他每次在坛上讲说的教义是何等光明的大道。她并未想恶意地破坏他的潜修，但她确已不自禁地爱了他，她要占有他，这是在她以为是唯一的光辉。她微笑着，凝视着在虔诚地祷告的她的表兄。"然后是鸠摩罗什自己："在鸠摩罗什，他是很懂得她的心曾怎样想，他自己以为不幸的是,对于因她之故而被毁坏了戒行这回事虽然自己愤恨着,但对于她的热情,倒也如家人似的接受着,享用着,这是他自己也意料不到的。照他这样的戒行看来,一切的色、声、香、味、触,都可以坚定地受得住,正不必远远地避居到沙漠的团瓢里去,刻意地离绝感官的诱惑。但他的大危险是对于妻子的爱恋。"唯其内心世界无法克制对妻子的强烈爱欲,所以,虽然妻子早在前往长安的途中就已病逝,但鸠摩罗什在抵达长安之后的宣扬佛事活动中,仍然无法忘怀自己的妻子,以至于被一个酷似妻子的妓女所迷惑:"第一眼他看见的是如昨日一样地在前排坐着的几个宫女,而在那个妓女所曾坐过的座位上,他所看见的是什么?这是使他立刻又闭上了两眼的。……他的妻的幻象又浮了上来,在他眼前行动着,对他笑着,头上的玉蝉在风中颤动,她渐渐地从坛下走近来,走上了讲坛,坐在他怀里,做着放浪的姿态。并且还搂抱了他,将他的舌头吮在嘴里,如同临终的时候一样。"到最后,鸠摩罗什终于还是无可奈何地成了此种爱欲心理的俘虏,终于还是开始夜宿妓女了。面对着鸠摩罗什内心世界那实在无法克制的精神纠结与焦虑,施蛰存在小说结尾处给出的是一种具有强烈反讽意味的描写。面对着效法自己宿妓的僧人发出的疑问,鸠摩罗什试图以空口吞针的方式来证明自己的非同寻常,有着特别的功德:"罗什取回针来,抓起一把针,吞下腹去。再抓了一把,又吞下腹去。看的人全都惊吓了,一时堂前肃静,大家屏着气息。罗什刚吞到最后一把中间的最后一支针的时候,他一瞥眼一见旁边正立着那个孟娇娘,看见了她立刻又浮上了妻的幻象,于是觉得一阵欲念升了上来,那支针便刺着在舌头上再也吞不下去。他身上冒着冷汗,趁人不见的当儿,将这一支针吐了出来,夹在手指缝中。"原本设想着借助于吞针的方式证明自己的非常功德,没想到最后一根针却因为爱欲幻象突现的缘故而无论如何都吞不下去了。从这个意义上说,那根无论如何都吞不下去的针所造成的舌头的疼痛,事实上更多地象征隐喻着鸠摩罗什难以解脱的爱欲之痛。因为有了以上诸方面的细节描写,施蛰存就相当深入透辟地写出了鸠摩罗什一方面必须持戒律,另一方面却又无法彻底摆脱爱欲诱惑的矛盾心理。只要是熟悉中国现代文学史的朋友,就都知道,作为"新感觉派"一员的施蛰存,在小说写作上一直是弗洛伊德精神分析学说的服膺者。从这前提出发,他在短篇小说《鸠摩罗什》中意欲真切揭示的,就是身为得道高僧的鸠摩罗什潜意识中无法克制的情欲。究其根本,也正是依凭着施蛰存对于始终辗转挣扎于戒律与爱欲之间的鸠摩罗什内心矛盾的真切书写,这一人物方才成为一位具有相当人性深度的人物形象。

不能不注意到,同样是吞针说法的相关历史传说,到了徐兆寿笔下,却变成了一个能够充分证明鸠摩罗什特别功德存在的写实性细节:"罗什说,现在,你们和我一起把这些饭菜吃了,要连同铁针一起吃了。我告诉你们,如果我吃了并相安无事,说明我的法力要远比你们高得多,也就说明我能承受这一切的罪恶,而你们呢,如果吃不了这些铁针,或者说吃了后就死了的人,说明你们还没有什么法力能承受这些,那么,你们就不要学我的样子,你们就好好地遵守寺院的戒律。""说完,罗什拿起碗筷,从容不迫地将一碗铁针吞了下去,就像吃土豆丝一样可口。"施蛰存的笔下,鸠摩罗什有一根针无论如何都吞不下去,所以,他是一个内心世界有着激烈冲突的活生生的人。到了徐兆寿笔下,鸠摩罗什却可以从容不迫地把那一碗铁针全都吞下去,因此,他到了也都一直是一位负有前往中土世界传扬佛法的得道高僧,而没有能够变成有血有肉的拥有激烈内心冲突的人物形象。通过以上的比较,我们所得出的结论,自然也就是,相对于充分小说化了的施蛰存的短篇小说《鸠摩罗什》,徐兆寿的长篇小说《鸠摩罗什》在小说化方面所做出的努力,的确是不怎么尽如人意的。由于存在着这样的一种艺术遗憾,所以我们得出的结论便是,徐兆寿关于鸠摩罗什的艺术想象,较之于施蛰存的艺术想象,其意义和价值恐怕更多地体现在文化内涵的发掘与表现层面上。

注释:

①王春林《历史小说:历史真实与历史想象》,载 2017 年 11 月 22 日《人民日报》(海外版)。

向岛《伴狂》：社会现实批判与乌托邦想象

毫无疑问，向岛的长篇小说《伴狂》（载《中国作家》2016年第12期）也是一部与新闻事件存在着紧密关系的长篇小说。无论是常宁市市委书记元兴国的因贪腐而上吊身亡，还是女副市长鄢静之的因贪腐被抓，其新闻色彩都鲜明无比。尤其是网上关于鄢静之的那个查处结果："经查，鄢静之在担任某县县长、某县县委书记、常宁市副市长及常委期间，利用职务便利，为他人谋取利益，非法索取、收受他人财物，且数额巨大，情节严重；收受礼金；与他人通奸。其上述行为已构成严重违纪，其中受贿问题涉嫌犯罪。依据有关规定，经省纪委审议并报省委批准，决定给予鄢静之开除党籍、开除公职处分；其涉嫌犯罪问题移送司法机关依法处理。"活脱脱俨然一副新闻报道的口吻。实际上，晚近一个时期以来，中国小说界一个比较引人注目的热点问题，就是如何艺术地处理新闻事件与小说创作之间的关系问题。换言之，也即新闻事件究竟该如何融入小说文本的问题。这一问题之所以特别引人注目，主要原因是文坛集中出现了一批与新闻焦点现象密切相关的小说作品。长篇小说领域内，贾平凹的《老生》、盛可以的《野蛮生长》、余华的《第七天》、东西的《篡改的命》，以及王十月的中篇小说《人罪》等，均属于这一方面有代表性的作品。围绕新闻事件进入小说文本,文学界曾经一度出现过不同的争议声音,大力肯定者有之,有所怀疑否定者也同样有之。依我愚见,问题的关键并不在于作品与新闻事件有关,而在于作品过于贴近现实。作品贴近现实并没有错,关键在于作家究竟持何种写作心态,以何种艺术方式去关注、表现现实。一句话,能否成功地把新闻事件化解后有机地融入整合到小说文本之中,乃是衡量此类小说作品的关键因素。依照这样的标准来看,向岛的这部《佯狂》,无论如何都应该归属于那类可以成功地化解新闻事件,让这些新闻事件有机地服务于作品思想艺术表达的优秀小说文本。

阅读向岛《佯狂》,首先一个无法回避的问题是,一部直击当下时代中国社会现实乱象的长篇小说,为什么要被命名为《佯狂》?查阅《现代汉语词典》,说"佯狂"的意思就是"假装疯癫"。细细思索,将这一词语对应于向岛的《佯狂》文本,这"佯狂"一词大约又可以被分解出两种不同的含义来。其实并不是"佯狂",而是实实在在的一种疯癫状态。这一点,既有作品中叙述者的若干叙述话语为证,更有诸多人物的所作所为为证。比如,第四章中,叙述者曾经借那位礼帽大叔的口说:"瞌睡多是福气啊,一天三饱一倒,比当神仙还好。如今这时代,咱遇上英明领袖了,那些坏人恶人,凭着有权有势有钱,胡佯狂哩,常话说人狂没好事,狗狂挨砖头,这不眼看着一个一个佯狂出事儿来,气数尽了?他们有人睡不着觉呢。要说啊,还是咱们这些本本分分的老实人日子安稳。"礼帽大叔嘴里的所谓"佯狂",其实并不是假装疯癫,而是一种切实的疯癫状态,亦即真正的张狂不已。到了第十二章,叙述者借人物贾宝民之口,再次明确提到了"佯狂"一词:"但仔细想想,她一路走下来,也是确实不容易,比一个普通女人,不容易多少倍。我俩在一起后,我也是把握不住自己,没少胡佯狂,给她添了不少事。如今事已经到了这地步,比她官大的都死了,还说啥呢?"在这里,贾宝民也同样把"佯狂"一词与"胡"字连用。连用之后,佯狂的意思,自然也就变成了毫无自知之明的张狂。虽然并没有与向岛兄进行过直接的交流,但在我的理解中,他之所以要使用"佯狂"作为小说的标题,很显然与所摘引的叙述话语片段中人物反复提及的"佯狂"一词的语义紧密相关。

  关键问题在于,不仅小说中的若干人物会时不时地在话语中提及"佯狂"一词,而且小说中的大多数人物也都处于不同程度的"佯狂"状态之中。然而,在具体讨论众多人物的"佯狂"状态之前,我们却首先需要对小说那样一种借助于外围人物来烘托表现主要人物的艺术表现技巧予以必要的关注。在这里,一个问题是,究竟谁才真正算得上是《佯狂》这部长篇小说的主人公呢?与此相关联的另一个问题是,主人公之外的众多人物中,又有哪些人物可以称得上是主要人物形象?忠实于我的一种真切的阅读感觉,《佯狂》的主人公,应该是那位虽然曾经有过官场履历,后来却回到乡下谋求自我发展的高尔升。因为后面要拿出专门的篇幅重点讨论这一人物的设计以及设计背后所潜隐着的思想资源,故而此处暂且按下不表。高尔升之外,究竟哪些人物在文本中所占有的位置更重要,恐怕就会出现各种见仁见智的不同答案。同样从我自己的阅读感受出发,我认为,元兴国、鄢静之以及那位长龙大厦的老板庞志坚等几位活跃于官场与商界的风云人物,应该被看作是高尔升这一主人公之外最重要的几个人物形象。如此一种判断很可能会遭到一些朋友的反驳。他们反驳我的理由其实也很简单,那就是,我在这里所具体提及的这几位人物形象,从一种严格的意义上说,根本就没有出场。依照他们的逻辑，坚持把几位根本没有出场的人物形象认定为主要的人物形象，毫无疑问是一种非常荒谬的结论。问题的要害在于我们到底应该如何理解把握《伴狂》这部长篇小说的思想题旨。倘若把"伴狂"这一词语看作是理解把握作品思想题旨的一个关键词，那么，这"伴狂"二字就很显然意味着作家向岛对于当下这个时代某种直观洞察的结果，意味着他把这个时代径直判定成了一个"伴狂"的时代。当然，需要强调的一点是，这里的所谓"伴狂"，正是前面所摘引叙述话语中的那种"胡伴狂"，即精神意志过于"张狂"的意思。官场也罢，商界也罢，都是当下时代非常重要的社会构成层面，倘若离开了它们，那所谓的现实社会其实也就不成其为现实社会了。既然官场与商界的地位如此重要，那向岛要想相对立体、全面地概括表现这个时代的精神状况，自然也就少不了对官场与商界的关注与凝视。也正因为如此，我才坚持把元兴国、鄢静之以及庞志坚这样几位貌似没有出场的人物形象看作是重要性仅次于主人公高尔升的人物形象。因为只有这样，才能够更好地理解把握当下时代的某种"伴狂"本质。一旦把元兴国、鄢静之与庞志坚他们视为主要人物形象，随之而来的，自然也就是小说创造性地采用的那种借助于次要或者外围人物的口吻来刻画塑造主要人物形象的艺术表现技巧了。

  我们注意到，《伴狂》中的很多地方，都采用了借助于人物口吻表现主要人物形象的艺术表现技巧。比如，第二章中，关于鄢静之这一人物形象，就主要是借助于第五剑的口吻娓娓道出的："第五剑说，那姓鄢的，前面男人原先是纺织厂跑采购的，女人后来当官了，就把他调到市上的运管单位，工人变成干部不说，那单位油水大、闲钱多，竟然还吸上了毒。也许是跑采购时就染上了，谁知道呢，眼看着毒瘾越来越大，女人想离婚却离不了……女人好面子不愿声张,男人就抓住她的这个软处。女人回城来大概也不愿意在家待,经常就到茶秀要个小包间,泡一壶她自带的高档茶,一坐半天。"就这样,一来二去地,鄢静之就结识了贾宝民。在贾宝民想方设法帮着鄢静之离婚,成功摆脱了那个毒瘾男人之后,两个萍水相逢的男女也就顺理成章地结成了夫妻。再比如,第一章中,关于元兴国,作家是借助于《常宁日报》社文艺部主任耿亚红的口吻有所谈论介绍的:"(白小白)就靠着这样的资本,跟常宁市领导联系,毛遂自荐,要回到家乡为文化事业做贡献。元那时候还是市长,一句话就作为特殊人才引进了,一回来先是当你们文创室主任,元后来这一当书记,又给挂了一个文联副主席,正儿八经副处了。"假若联系后来元兴国的因贪腐问题而上吊身亡,那么,耿亚红这里的讨论介绍,其潜台词也就非常丰富了。身为市长或者书记的元兴国,为什么会提拔任用白小白,其后是否存在着权钱或者权色交易,实际上是一目了然的事情。事实上,无论是第五剑关于鄢静之的谈论,还是耿亚红关于元兴国的介绍,抑或诸如礼帽大叔这样的无名群众对于社会、时代、官员、商人的街谈巷议,都很容易让我们联想到曹雪芹的那部旷世巨著《红楼梦》,联想到其中第二回的回目:《贾夫人仙逝扬州城,冷子兴演说荣国府》。曹雪芹的高妙之处在于,在《红楼梦》的故事正式开始之前,先借助于冷子兴这样一位局外人的眼睛,以一种相对客观的叙述口吻,将贾府即荣国府里的主要人物都介绍给了读者。二者的区别在于,《红楼梦》中,冷子兴演说完毕之后,其演说中先后提及的那些人物一个个都粉墨登场了,而到了向岛的《佯狂》中,被第五剑或者耿亚红他们所提及的这些官场或者商界中人,却自始至终都没有正式登场亮相。或者,也可以说,他们的不断被谈论介绍本身,就是他们的一种与众不同的登场亮相方式。究其根本，能够自始至终地坚持通过外围或者次要人物谈论的方式来完成对若干主要人物的刻画塑造，正是向岛这部《佯狂》非常突出的一种艺术特色。

正如同贾宝民事后所一再自我忏悔的那样，在绞尽脑汁地与女官员鄢静之离婚后，他自己实际上长期处于一种无法自控的"胡佯狂"状态之中。在我的理解中，贾宝民的"胡佯狂"有着非常明显的暗示意味，它所强烈暗示出的，正是身为副市长的鄢静之自己的"胡佯狂"状态。毋庸讳言，正是因为在现实生活中过于"胡佯狂"，过于不可一世，所以如同元兴国、鄢静之以及庞志坚这些官场与商界的所谓精英人物，才会最终落得个凄惨无比的悲剧性结局，进而为他们各自的"胡佯狂"行为付出相应的沉重代价。问题在于，当下这个充满浮躁气息的"佯狂"时代，"佯狂"者并没有局限于官场与商界，现实社会的其他领域，也都一样处于迷失了方向的"胡佯狂"或者"张狂"状态之中。向岛《佯狂》所集中描写展示的文化界的情形，就同样如此。这一方面的一个突出例证，就是那位身为常宁市文联副主席的所谓"作家"白小白。关于白小白的人生来历，叙述者曾经借助于耿亚红之口，做出过明确的交代："耿亚红说，人家现在动不动跟人说她在深圳一家文化公司当老总如何如何，五马长缰绳地吹。我咋就听人说，她在那边先是当坐台小姐呢，你不要问我听谁说的，反正不是我编造的，后来才认识了一个福建籍老板，傍上了，给那老板写传记，老板掏钱出版并且大肆宣传，在媒体很是热闹过一阵。这样就成了文化人了，老板后来给她专门注册了一个文化公司，她当然就是总经理了。"后来，白小白不知道通过什么途径结识了元兴国，于是就混成了常宁市文联的副主席。身为文联副主席的白小白，利用自己的身份与权力，成天创作着一种非驴非马的骡子文体。用耿亚红的话来说，就是："马老师你是写作人,你说那些东西新闻不是新闻,小说不是小说,非虚构不是非虚构,算个啥吗?"毫无疑问,如同白小白这样以文化的名义四处招摇撞骗的行为,正是文化界的"胡佯狂"现象之一种。更有甚者,白小白自己处于"佯狂"状态不自知不说,她居然还试图将自己年幼的女儿也拉下水,也让她处于同样可怕的"佯狂"状态:"耿亚红说,你主任女儿跟我女儿在一个班,叫尤一白,现在也以少年作家自居,省作协都加入了,这不初三马上中考了么,人家根本不当回事儿,成天描眉抹唇穿名牌的,隔三岔五就请所谓创作假,跟一帮人外出采风,功课一塌糊涂的,说是将来不用参加高考就能上名牌大学文学系的。"从白小白过分纵容孩子的这种教育方式上,我们不难看出她试图在尤一白身上复制自我所谓成功经验的明确意向。所幸,尤一白的父亲老尤算是个明白人。若非他在苦口婆心地耐心改变尤一白已经有所扭曲的不正常心理的同时,及时出手整治住了那个以导演身份四处招摇撞骗的巨也天,那么,尤一白的人生遭际恐怕真的不容乐观不堪收拾。

白小白之外,所谓的书法家、常宁市书法家学会的主席顾若虚,其精神状况一样处于"胡佯狂"的状态之中。这顾若虚,虽然年已七十,却总是身着"牛仔裤红衬衫",显得一副"精神旺盛"的样子。小说中,顾若虚的精神"佯狂",主要表现在社会活动与私人生活这两个方面。首先,是社会活动。作为常宁市大名鼎鼎的社会活动家,顾若虚最热衷于组织活动,就是纠集一批所谓的书画家,到各家企业与商会举行各种名目的义务书画活动。名为义务书画活动,但实质上少不了金钱交易。以小说中所细致描述过的一次前往川渝商会举行的义务书画活动为例,商会暗中付给顾若虚的活动费用一共是六万元,而顾若虚先后付出的费用,则无论如何都不可能超过四万元。就这样一里一外,顾若虚一次义务书画活动搞下来,最起码净赚两万元有余。其次,是私人生活。顾若虚的私人生活,主要体现在他与书协工作人员霞子之间的不正当男女关系上:"霞子是书协工作人员,都知道她实际上是顾若虚的秘书,也有四十岁了吧,今儿穿一身黑色连衣裙,白脖子挂条细细铂金项链,底下却是够大的金佛吊坠儿甩在领口外面,长发飘飘,坐在书画家们中间。"一番肖像描摹下来,这霞子果然是一个天生尤物,怪不得能够弄得顾若虚五迷三道,迷途而不知返呢。没承想,到最后,顾若虚在他个人的人生算盘上却落了个满盘皆输的可悲结局。书画活动方面,顾若虚一生的死对头秦关,终于想方设法越过他,搞到了省书协副主席的重要位置,并使他在常宁市书法界的地位一落千丈,被严重边缘化。私人生活方面,霞子那位吸毒的丈夫,从戒毒所里出来之后,对两人大打出手,不仅彻底拆散了这对野鸳鸯,而且还使得顾若虚罹患了严重的肠道疾病状。就这样,"老夫聊发少年狂"地"佯狂"一场下来,顾若虚反倒落得个"凄凄惨惨戚戚"的可悲下场。

与顾若虚的状况多少有点类似的,是小说中那位看似大名鼎鼎的中医杜茂生教授。医生杜茂生,虽然不属于文化界,却总归可以被看作是一位知识分子。这位在社会上名声很响的教授,虽然年已八十,但看上去还是那么一副红光满面、精神矍铄的样子。用他自己的话说,就是"连我这八十岁人,每天早晚走五千步,雷打不动,小党她有时想耍狗熊也不行,说是给我当助手呢,倒是我成了她的助手"。问题在于,这杜茂生,虽然年事已高,但是个色中饿鬼。长期不明不白地霸占着助手小党不说,还总是利用给别人看病的机会把色眯眯的目光对准那些秀色可餐的女性,比如白小白那个还在上中学的漂亮女儿尤一白。尤一白只是被白小白带着来看过一次病,杜茂生就牢牢地记住了她。一直到很久之后再见到白小白,他还总是对尤一白念念不忘。他的助手小党,尽管非常清楚这位老爷子的毛病,却能够坚持待在他的身边,很显然是金钱这个"阿堵物"作祟的缘故:"白小白说,不过人家这个小党倒是蛮忠诚的,杜老头八十岁人,凭啥把个三十来岁的女人哄得团团转?秦伊力说,凭啥?凭钱呗。"此后发生的事实充分证明,仅仅依靠金钱的力量维系的感情,的确存在问题。一旦杜茂生身体出现状况,不再能够"佯狂",他那些平时对自己的父亲不管不顾的子女,便真相毕露地"图穷匕首见",悍然出手将服侍杜茂生多年的小党驱赶出门。

经由以上的分析,从叙述话语片段中对"佯狂"的谈论,到元兴国、鄢静之以及庞志坚等官场与商界精英,再到白小白、顾若虚等一众文化人,以及杜茂生这样的知识分子,我们不难看出,当下社会存在的某种极度"佯狂"的不正常状态。能够敏感地发现社会的病症,并形象生动地将之概括为"佯狂",首先说明作家向岛不仅有着敏锐的艺术洞察力,而且也有着极强烈的社会现实批判意识。第十七章,叙述者借耿亚红之口,明确表达过"世界疯了"这样一个意思:"耿亚红说,人平常老觉得一天一天重复着,啥都不变,过十年再看,啥都变了。这世界人都疯了,都要表演,都要佯狂,为名为利,连个道观的几尺净土都不给留,争来争去的,最后全让时间给抹掉了。"紧接着,就在这一章的结尾处,当白小白获悉杜茂生已经神志不清的消息之后,她也喟然叹曰:"唉,人都病了,如今给人看病的人也病了,看来,谁的病还得谁扛着。"能够把这一点鲜明有力地揭示表现出来,向岛的《佯狂》就毫无疑问可以被看作是一部批判现实主义力作。然而,向岛难能可贵的一点在于,他对当下的关注思考并没有仅仅停留在社会现实批判的层面上,而是更进一步地探寻这个普遍"佯狂"时代的有效解毒剂究竟何在。说到现实社会的解毒剂,就无论如何不能忽略小说中对降云观以及那位康平道长的特别描写。第三章中,写贾宝民因为"裂石"事件而心神不安地返回到降云观,再度求教于康平道长。康平道长给出的答案是老子《道德经》中的一段话:"名与身孰亲?身与货孰多?得与亡孰病?甚爱必大费,多藏必厚亡。故知足不辱,知止不殆,可以长久。"这段话,翻译成现代汉语就是:"名分与身体,哪个更亲近呢?身体与财物,哪个更贵重呢?得到与失去,哪个更痛苦呢?私欲太多必然耗费自身,物质太多最终损失惨重。所以,知道满足就不会受到羞辱,知道罢休就不会出现危险,总归一句话,就是'知止'二字。"所谓"知止",就是该停止的时候一定要停止。老子这段话的意思很显然是在告诫世人,一定不要贪得无厌,不能"胡佯狂",一定要懂得收敛,懂得当止即止。将康平道长所引用的老子这段话,对应于《佯狂》中的诸多人物形象,你就不难发现,这些人物人生悲剧的最终酿成,一个很重要的原因,就在于不懂得"知止"的道理,因而过分"佯狂"。如果我们将康平道长所引用的这段话与整个《佯狂》文本联系起来加以考察,那么,毫无疑问的一点就是,康平道长的这段话,恰好构成了当下"佯狂"病症的最好解毒剂。

但向岛关于救世之志的思索与表达并未到此为止。更进一步地,他还设定了专门的人物形象来实实在在地践行老子的"知止"观。这个人物形象,不是别人,正是小说的主人公高尔升。前面在讨论到向岛所特别使用的"佯狂"这一词语的语义内涵的时候,我们曾经强调这一词语其实有两种含义。一种就是"胡佯狂",亦即一种实实在在的精神疯癫迷狂状态。另一种,则是真正意义上的"佯狂",亦即假装疯癫。既然是假疯癫,那实际上也就是真清醒,或谓举世皆醉我独醒者是也。倘若我们承认"佯狂"这一词语的确可以作如此解,那么,康平道长与我们即将展开分析的高尔升,就毫无疑问都属于这样的一类"佯狂"者形象。我们都知道,唐代诗人郑谷有名句云:"潸然四顾难消遣,只有佯狂泥酒杯。"郑谷诗中的"佯狂"一词,不管怎么说都应该作"假疯癫,真清醒"解。然而,一旦我们认定高尔升是《佯狂》的主人公,那么,随之而来的一个问题就是,这个主人公,一直到第四章方才正式粉墨登场。整部长篇小说,一共十九章,主人公却姗姗来迟,一直到四分之一篇幅结束的时候才正式出场,自然应该引起我们的必要关注。细细推想,如此一种人物出场方式,或许也正是作家向岛的某种特别的叙事策略。从艺术表达效果来说,让那些"胡佯狂"者率先粉墨亮相,将各种"佯狂"丑态活灵活现地呈现出来,然后再安排主人公出场,就可以对主人公的形象起到很好的映衬烘托作用。对于向岛安排高尔升一直到第五章才出场,我个人显然愿意作如是解。

原来,这高尔升也曾经有过一段从政的履历。只有在元兴国因贪腐问题被查上吊身亡之后,我们方才从高尔升的自述中了解到当年的一些情况。当马川问高尔升,听说他们俩当年曾经共过事的时候,"高尔升笑道,岂止是共过事,当年我汉稷区区长他副书记,把我弄下来以后他顶的区长,接着当区的书记、市委副书记、市长、市委书记,一路就上去了"。而且,按照马川的说法,媒体曾经戏称元兴国为"搭档杀手":"说是弄了多少多少钱,还用了个'搭档杀手'的说法,历数他以反腐手段搞下去的同僚,有六七个,也提到了你的名字。"具体来说,高尔升之所以能够被元兴国以反腐手段搞下去,就是因为他十三年前在位时,恰逢母亲去世,收受了一点礼金。为此,高尔升也曾经一度因为想不明白而一蹶不振。但很快他就从颓废的状态中走出来了:"十三年前我从汉稷区区长的位子下来,本来降个虚职拿一份折旧费,苟且偷生活着也可以,为啥要辞职了到这民办院校当个老师?就是为了远离,咱不配在那个队伍待着,就找个适合自己的地方嘛。"在寻常人的视野里,高尔升离职后到民办院校任教,已经称得上是一种石破天惊的选择。但高尔升的"石破天惊",却很显然并未到此为止,在获悉了元兴国因贪腐问题上吊身亡的消息之后,高尔升更是做出了一种令人震惊的返乡创业决定:"高尔升笑道,大唐学院教书这工作,其实也不是个公职,没有就没有了,我想着问题不大,农村生活成本还是低得多,咱就是养个鸡养个羊,也不至于饿着,哈哈,实在不行,就给咱那大外甥东峰打工去也可以嘛。"按照常理推断,高尔升的这些举动,皆与他被迫去官后的满腹不平怨气紧密相关,在实际上,却是他很长时间深思熟虑后的一种理性选择。这一点,高尔升在自述中说得很明白:"高尔升说,必须走。我是早就打定主意要走的,似乎只是在等一个时机,究竟等什么时机其实我也不知道,元的结果一出来才恍然明白,我等的就是这个。如果说高林他们出去了不再为买房熬煎只是让我头轻了,元的这个结局,却是让我心灵深处真正松弛了。咱们也没有挑明说,其实我心里很清楚,你们一帮同学借着为家父行礼,实际上也是在同情和怜悯我,这越发让我不安,怎么能老是我在这里?这下,就让我好好活一下自己,说不定还能干出点事情。"毫无疑问,在当下这样一个现代城市文明已然崛起、传统的乡村文明面临着强劲冲击的时代,高尔升告别城市回到农村去创业的人生选择,的确是在"冒天下之大不韪",的确让很多人难以理解。第五剑,很显然就是其中的一个代表:"第五剑说,如今农村那种样子,尽是剩下些老汉老婆碎娃,我就不知他回去能干个啥,难道是在山梁上接着栽树?"不要说第五剑,即使是一直在农村创业的高尔升的大外甥东峰,在听到大舅要回乡创业的消息之后,也都不理解地猛地一下跳了起来。

面对着众多置疑的目光,胸有成竹的高尔升娓娓道出了自己的理想目标:"高尔升说,初级目标的话,南西坡那里,你爷不是栽了那么多松树吗?进一批青脚鸡的幼鸡放养进去,青脚鸡就是老早那种土鸡,我小时候你婆养的那种。""咱也不说赚钱,靠鸡和鸡蛋,最低限度养活我和你妗子俩人,应该没有问题吧?""如果情况再好些,就可以考虑中级目标,把水库承包接过来,养殖生态鱼,综合发展。""如果情况更好些,那就可以实施高级目标,把葫芦沟那里打造成生态养殖基地,优品农牧业集散地,咱离旅游专线那么近,每天人流量那么大,也就可以把旅游观光和餐饮带动起来。"关键问题在于,高尔升不仅如是说,而且马上就身体力行地如是做。按照小说的描写,计划设定之后,高尔升立即付诸实施,他联手那位左手略有残疾的王选民,立竿见影地在南西坡的那片松树林子里先期投放了一万只青脚鸡。一方面有王选民的尽心尽责,另一方面,也有专业性兽医站傅秀云医生和她女儿傅丽叶所提供的防疫措施,这一万只青脚鸡长势良好。养殖过程中,虽然也曾经一度遭遇过瘟疫的袭击,但由于傅秀云医生采取了及时有效的应对措施,也很快就化险为夷了。总归一句话,在高尔升按照自己的人生计划毅然决然地从城市重返乡村世界之后,真的称得上是顺风顺水,而且未来的前景眼看着就是一片灿烂辉煌。

但是,且慢,关于高尔升回到农村以后出乎预料的成功,有两个相关因素必须考虑在内。其一,是高尔升曾经的从政背景。"高尔升说,咱县上方旭副县长不是分管农业吗,前一阵去北山参观养鸡,就是他带我去的,说是马上就搞。一听说我打算回来,就表示他可以督促着再加快些。""县里那边,方旭副县长的想法是让我把这一摊整个管起来,我说我管可以,必须以股份制原则来经营,比如说以合作社的方式,这样共同约束,对双方都好。以官方名义让我来管,我肯定是不干。"方旭副县长之所以要尽心竭力地从各方面帮助高尔升,乃因为高尔升是他的老领导。因此,虽然高尔升口口声声要甩脱官方,以民间的方式在农村实现自我发展,但明眼人一眼即可看出,他返乡之后所经营的个人创业之所以顺风顺水,与其背景之间有着内在关联。其二,是高尔升的资金背景。尽管说高尔升肯定不是如同元兴国或者鄢静之那样令人厌恶的贪官,但毫无疑问地,他回到乡村世界之后的自我发展与大老板杨柱的投资紧密相关。如果没有来自杨柱的投资,那高尔升的所谓自我发展同样是如同肥皂泡一般的泡影。那么,身在深圳的大老板杨柱,好端端地又为什么要给高尔升提供资金支持呢?原来,这杨柱本是高尔升父亲高老师的学生。当年,家庭状况异常糟糕的杨柱,曾经多次得到过高老师的倾力相助。现在已经发展成为大老板的杨柱,之所以愿意为高尔升的乡村事业投资,很显然是出于一种报恩的心理。假若缺少了杨柱的大力投资,那高尔升返乡后的人生计划也无疑会化成泡影。

虽然并没有与作家向岛进行过直接的交流,但就我个人的一种阅读理解,向岛在他的这部《佯狂》中,很显然是把高尔升作为一个新时代的"新人"形象加以刻画塑造的。在这一人物形象身上,一种理想主义质素的存在,是显而易见的一个事实。依照我的猜想,从一开始,向岛就是把高尔升作为元兴国、鄢静之他们的对立面进行艺术设定的。通过这一具有理想主义质素的人物形象的塑造,向岛的艺术意图之一,很显然就是要对如同元兴国、鄢静之这样的"胡伴狂"者进行强有力的批判与否定。然而,关于高尔升这一人物形象,以及潜隐在这一形象背后的思想文化资源,最起码有两点需要提出来与作家向岛有所商榷。首先,向岛关于高尔升重返乡村世界自我发展的情节设定,既可以让我们联想到毛泽东当年曾经提出并践行过的知识青年上山下乡运动,也可以让我们联想到现代哲学家梁漱溟的乡村改造与建设思想,更能够让我们将其与现代化思潮中的一种"反现代性"思想倾向联系在一起。如果是后两个方面发生了作用,那当然无可厚非。假若是第一个方面发生了作用,那很显然就意味着向岛自身思想的严重"左倾"化倾向,需要引起高度的警惕。其次,正如同我们前面已经探讨过的,重新返回乡村世界之后,如同高尔升这样的具体个案或许可以获得空前的成功,然而,一旦将高尔升置换为一个毫无官方与资金背景的普通人,那么他断无成功的可能。不仅不可能成功,而且现实的情形很可能是他在农村根本就没有立足之地。也因此,从当下中国的乡村现实情况来考量,向岛关于高尔升返乡创业的相关描写,实际上是一种"乌托邦想象"的结果,美好固然非常美好,只可惜难以变成真正的现实。此外,还有一点值得特别提出加以讨论,就是《伴狂》中关于高尔升与傅秀云之间的那一夜。由于妻子已经去国外很长一段时间,所以,高尔升绝对称得上是一位旷夫。而傅秀云则很早就遭到了无情丈夫的遗弃。如此一对旷夫怨妇,意外地碰撞到一起之后,马上就无以自控地效鱼水之欢。他们之间的这种性行为,是否也同样可以被看作是"通奸"呢?如果说贪官鄢静之的"通奸"是为人不齿的,那么,为什么高尔升与傅秀云之间同样的行为却会被作家宽容并加以肯定认同呢?既然读出了这一点,那就如鲠在喉,不吐不快,干脆直截了当地写在这里,希望引起作家向岛的高度注意。

周荣池《李光荣下乡记》:地域风情与人性善的书写

最近若干年来,一个被称为"里下河作家群"的文学现象,在文学界日渐产生着越来越广泛的影响。"尽管地处江北,但里下河地区却因地势低平而水网稠密、湖荡相连,具备着典型不过的水乡地貌特征。更何况,这里还是一片文学的沃土,历史上曾经出现过诸如施耐庵、刘熙载、郑板桥等一众文学名家。进入当代之后,里下河地区最具影响力的一位杰出作家,就是以一系列精致短篇而名世的汪曾祺。从根本上说,里下河作家群的集结成形,与汪曾祺示范性的影响存在着不容剥离的内在关联。'里下河文学流派是一个正在成长中的流派,里下河地区的众多作家在创作上表现出同一审美属性或倾向,虽然没有自觉地提出文学主张,也没有刊物,但是却有代表性的作家,从文学的多样性来讲,里下河文学无论作为流派,还是作为作家群,作为创作整体现象,其文学意义与文学史价值同样重要。'虽然并非严格意义上的文学流派,但其思想艺术风格大致相同的这一批作家,被理解为一个流派雏形的作家群,却显然是毫无疑义的一件事情"。[①]然而,或许与当下这个时代乃是一个长篇小说的时代有关,尽管被奉为祖师爷的汪曾祺一生从未涉足过长篇小说写作,但里下河作家群中的不少中青年作家,在近些年来却不约而同地把主要创作精力转向了长篇小说的写作。毕飞宇的《平原》、刘仁前的"香河"三部曲、刘春龙的《垛上》等,堪称有一定影响的代表作。其中,汪曾祺的高邮乡党周荣池创作完成不久的长篇小说《李光荣下乡记》(江苏凤凰文艺出版社 2017 年 5 月版),毫无疑问应该被看作是这一作家群在长篇小说写作领域的一个新收获。

但相比较而言,周荣池这部长篇小说的一个显著特色,在于纪实性色彩的具备。这一点,作家自己在《后记·自辩》中,曾经做出过明确的说明:"准确地说,在踏上菱塘采访之前,我在纸上的规划是写一部纪实文学,或者说是一部非虚构的作品。此前因为工作关系,我接触到了很多菱塘好人和地方历史文化的资料,这种遇见让我萌发了写菱塘的念头。菱塘这个乡的独特之处不仅仅在于她是一个省唯一的民族乡,更在于她不胜枚举的独特魅力,即便是书写完了我也还觉得没有读完这本大书。待我到了菱塘之后,这种感触更加深刻,我采访到的人以及他们的故事,远比我想象的要精彩,所以正式写作的时候,我还是把这个题材作为小说来写。因为我觉得小说能够让这些故事更加丰赡和神奇。"[②]与一般的小说总是会虚构一个地名不同,周荣池直言自己的小说故事就发生在菱塘这个江苏省唯一的回民乡。不仅如此,文本中所提及的高邮湖、神居山等,也都是现实生活中实实在在的地名。所有这些,再加上周荣池原本打算写一部纪实文学或者非虚构作品的初衷,就充分说明,《李光荣下乡记》中固然也会有想象虚构的成分存在,但其纪实性色彩的突出,无论如何都不容轻易忽视。

也因此,在视点性人物李光荣身上,非常明显地晃动着作家自己的影子。出现在周荣池笔端的李光荣,可谓身兼二任,既是一位基层干部,也是一位小有名气的作家。作为基层干部,李光荣戴着一顶"副科级"的小官帽。作为一名作家,他曾经根据自身的经历创作过一部村官题材的作品。小说虽然谈不上有多么出色,但李光荣因此而"歪打正着"地成了一名作家:"后来这部小说被组织部门资助出版,他也因此加入了省作协,成了一名'村官作家'。"事实上,只要是对周荣池稍有了解的朋友,就都知道,在《李光荣下乡记》之前,他就曾经写作过一部名为《李光荣当村官》的长篇小说。明明是周荣池的作品,到了《李光荣下乡记》当中,却被叙述者硬生生地强加到了李光荣的身上。由此,周荣池作为李光荣人物原型存在的事实,自然也就不证自明了。与此同时,假若说《李光荣当村官》可以被看作《李光荣下乡记》的前史,那么,《李光荣下乡记》,自然也就可以被理解为《李光荣当村官》的后传。二者之间某种内在关联的存在,是显而易见的事情。

　　李光荣,既然一方面是"副科级"干部,另一方面又是一名"村官作家",那么,到了后来上边要求搞"走转改"活动,省里准备资助一部分作家定点深入生活的时候,李光荣便"申报了本地一个民族乡清真村第一书记的小说题材给省里作家协会"。想不到,这一申报竟然被批准了。恰好市里要派驻第一书记下乡到村去进行扶贫服务,合二为一,李光荣遂被安排到这个民族乡的清真村去担任了第一书记。事实上,也正如小说里所描写的,李光荣虽然身为第一书记,但实际并未承担起第一书记的责任来。与他的"村官作家"身份相匹配,上级领导交给他的任务,其实只是"文化扶贫":"你们民族乡的清真村不需要经济上扶贫,但是挖掘地方文化方面还要加强,这位第一书记去为你们挖掘地方历史文化,正是中央提出来的'精准扶贫'的生动实践,他要做的就是'文化扶贫'。"就这样,身为"村官作家"的"副科级"干部李光荣,开始了自己长达一年之久的以"文化扶贫"为要义的下乡过程。如此一种艺术设定,在明确规定小说的主体叙事时间为一年的同时,也告诉读者,所谓《李光荣下乡记》,所描写记述的就是李光荣在"文化扶贫"的下乡过程中的所见所闻。整部小说,连同开头的楔子在内,共计八章。楔子尽管带有突出的交代故事起因的序幕意味,但实际上在这一部分作家就已经开始正式记述下乡的所见所闻了,也因此,我更愿意把楔子理解为小说的第一章。如果把楔子也理解为一个章节,每一章集中写一个人物,那么,整部小说描绘展示给读者的,也就是生活在这个民族乡里的七八位人物。由于每一章所聚焦的人物都会有所变化,各章之间的内在关联与黏合度其实并不紧密。从结构的角度来看,这些章节都是由于视点性人物李光荣的所谓"文化扶贫"活动而被串联在一起的。也因此,对这部小说的文体,事实上可以做出两种不同的判断。一种判断,是把每一章都看作是单篇独立的短篇小说,这样,《李光荣下乡记》自然也就是一部短篇小说集。另一种判断,由于所表达思想主题的相对集中,由于串联性人物李光荣的存在,《李光荣下乡记》就可以被理解为一部结构相对松散的长篇小说。

虽然从文体上可以有两种不同的理解,但最起码于周荣池自己,却毫无疑问是把《李光荣下乡记》当作长篇小说看待的:"这部长篇小说一共七章,它们之间有没有逻辑性可言? 它们的章节内部有没有故事性存在? 主人公有没有完成文本和自身文学命运表述的任务呢? 我觉得这几个问题非常显然,那就是这些任务都完成了,这部长篇小说在形式上是长篇小说是没有问题的。"[3]实际上,周荣池之所以一定要在后记中以"自辩"的形式强调《李光荣下乡记》在文体上说是一部不折不扣的长篇小说,很大程度上正是因为他自己多多少少已经意识到文本在这一方面确然有所欠缺。唯其如此,他才会"在初稿完成之后又花了两个多月的时间来思考这个问题,我想到的办法是在主人公李光荣感情线和事业线这两个线索上进行加强,这种努力究竟有没有效果我不知道,但是我想说的是,自己真的是尽力了。李光荣与薛小仙以及杨树叶的感情纠葛虽然没有波澜壮阔,但却也生动曲折,毕竟一个第一书记能有的曲折情感也是有限度的"。④毫无疑问,周荣池之所以要千方百计地加强李光荣的感情线和事业线,正是为了增加李光荣的戏份,使之成为一位充分介入文本现实的有机人物。但尽管如此,从艺术的角度上来看,李光荣也不能被看作是这部长篇小说的主人公。这,恐怕正是我与作家周荣池的一个根本分歧所在。依我所见,《李光荣下乡记》乃是一部人物群像式的长篇小说,与其说李光荣是主人公,莫如说是包括薛元中、钱白平、二歪子等在内的民族乡七八位人物共同构成了这部长篇小说的主人公。

《李光荣下乡记》这部结构松散型的长篇小说,在很大程度上可以被理解为采用了类似于西方"流浪汉小说"的结构模式。关于"流浪汉小说",曾有西方学者做出过专门的界定与分析:"小说的最初一个模式是兴起于十六世纪的西班牙的流浪汉叙事文。不过,流浪汉叙事文最受欢迎的作品却是法国人勒萨日写的《吉尔·布拉斯》。Picaro 是西班牙语,意思是'流氓'。典型的流浪汉叙事文的主题是一个放荡不羁的流氓的所作所为。这个流氓靠自己的机智度日,他的性格在漫长的冒险生涯中几乎毫无改变。流浪汉叙事文的手法是写实的,结构是插曲式的(与单线持续发展的'情节'不同),往往还带有嘲讽的目的。这类叙事文在许多近代小说里依然可以见到。"⑤实际的情况也恰如论者所言,源起于西班牙的流浪汉小说,一般都会采用自传体的形式,往往以主人公的流浪为线索,将故事情节串联整合为一个艺术整体。其突出特点是,人物性格比较突出,主人公的生活经历和广阔的社会环境描写交织在一起,已初具近代小说的规模。但反过来说,主人公的性格缺乏必要的演变发展,情节和情节之间缺乏有机的联系,乃是此类小说明显的艺术弊端所在。两相比较,我们即可以发现,尽管说周荣池很明显地借鉴了西方"流浪汉小说"的结构方式,却并未完全袭用。二者之间最大区别在于,其一,李光荣是一位以"文化扶贫"为己任的下乡干部。其二,尽管作品标题为《李光荣下乡记》,但在实际上,李光荣却无论如何都不能被看作小说的主人公。九九归一,他只不过是一个在小说结构上特别重要的视点性人物而已。

通过对西方"流浪汉小说"结构模式的借鉴运用,周荣池意欲达到的艺术目标乃是对当下欣欣向荣的新农村建设进行细致、充分、独富抒情意味的描写与展示。其中最引人注目的两个方面,分别是地域风情的精细描摹与人性善的充分书写。首先是地域风情的精细描摹。作品所集中描写的菱塘这个地方,既然是江苏省唯一的民族乡,是一个典型不过的回汉混居地带,那么,一种回、汉杂糅共存的地域风情的形成,就是显而易见的事情。我们注意到,举凡清真美食节、开斋节、古尔邦节、张墩寺的烧香、高邮湖的跑鲜,等等,以上这些富有地域风情的事物都在周荣池的笔端得到了生动形象的艺术描写。说到地域风情的展示,具体来说又有两种不同的情形。一种是纯粹意义上的地域风情描写,另一种则是将地域风情不仅有机地融入了故事情节的发展演变过程之中,而且还很好地与人物形象的刻画结合在一起。具体到周荣池的这部长篇小说,其中的大多数地域风情描写,毫无疑问属于后一种。比如,关于清真美食节的描写,就与小和子这一人物形象的刻画,水乳交融在一起。在菱塘,美食节的举办,是一件影响颇大的盛事:"原来,这清真的美食可谓是名扬四方,这美食节上每年都要举办比赛,赛的是美食技艺,主要是以盐水鹅、牛羊肉为主的技艺比拼。"尤其是到了当下这样一个市场经济时代,美食技艺的比拼,已经不单单是技艺高低的比拼问题,而且还实实在在地关系到各个饭店的生意是否兴隆。肩负"文化扶贫"任务下乡的第一书记李光荣,一到菱塘,所遭遇的第一件棘手事情,就是清真美食节的举办。

一个无法回避的关键问题是,既然清真美食节年年都会举办,早已轻车熟路,又怎么会令人感到棘手呢?原来,这里牵涉了小和子是否参加美食技艺比赛的问题。更进一步说,小和子的参赛之所以成为一个问题,却又与她当年的一桩偷学厨艺的公案有关。因为家庭比较贫困,小和子曾经在一家名叫"回菱阁"的回民饭店做过打杂跑堂的帮工。小和子是一个眼明手快的有心人,一边打杂跑堂,一边留心后厨大师傅的手艺。"回菱阁"的大师傅名叫杨元清,手下还带了两个本家徒弟,一个叫杨德善,一个叫杨德良。时间一长,对于小和子不经意间的"偷艺"行径,年龄更长一些的师兄杨德善便表示出了强烈的不满,时不时地故意找茬。有一次,杨德善借故大发脾气,不仅摔下炒菜的勺子就冲出了厨房,而且还刻意强调:"你本事大这菜我做不了了,你自己来做,谁也不准帮她,做不好就给我滚蛋。"没想到,小和子竟然当仁不让,一声不吭,拿起勺子就认真地做起菜来。让杨德善大丢面子的是,没过了一会儿,客人就主动反馈回来,说小和子第一次上手做的这一道羊肉烧咸菜味道特别好,要求厨师再做一份,要打包带回去给他的老娘去尝一尝。事发之后,杨元清一时恼羞成怒,大发雷霆,将对徒弟的全部不满一股脑地发泄到了小和子身上。一肚子委屈的小和子,自然受不了这种窝囊气,一气之下离开了"回菱阁"。就这样,本乡本土的大师兄杨德善算是与小和子结下了"梁子"。一方面,由于与杨德善的过节;另一方面,也因为小和子后来经营饭店时曾经遭受过一家单位的赖账,所以,对于政府"心有余悸"的小和子便断然拒绝参加这一次清真美食节的美食技艺比赛。那么,怎么样才能够让心有情结的小和子参加美食技艺比赛呢?到最后,还是二歪子的激将法发挥了作用。二歪子明确提醒小和子乡里美食节的水很深,力劝她不要去蹚这个浑水:"你要是去参加了这个美食节,我保证你最后一名也拿不到!"面对着二歪子的"恶意挑衅",一贯不服输的小和子果然激动起来,你们越是不让我参加,我却偏偏就是要参加。最后,不出意料获得业余民间组第一名的,就是身怀绝技的这个小和子。就这样,在充分描写展示清真美食节民俗风情的同时,小和子这样一位聪颖能干、生性倔强、拥有强烈自尊心的乡村女性形象,也就随之而跃然纸上了。对于《李光荣下乡记》中地域风情描写方面的这一特点,我想,我们完全可以用艾布拉姆斯的这样一段话来加以评价:"地方小说强调背景、人物对话和某一特定地区的社会结构和习俗,不仅得有'地方色彩',而且是影响人物的气质,他们的思维方式、感情和相互作用的重要条件。譬如,哈代小说里的'威塞克斯'和福克纳小说里密西西比州的'约克纳帕塔法县'。"⑥

其次,是对于人性善的充分书写。大凡优秀的文学作品,都少不了与人性世界发生密切的关系。极而言之,离开了对人性世界的深入勘探与挖掘,也就没有了文学世界的存在。说到人性世界的构成,自然就与所谓的善恶发生了关系。一方面是人性有善有恶;另一方面,以人性世界为勘探对象的文学世界,也同样有善有恶。或许与作家不同的天性有关。有的作家,特别擅长于对人性中恶的一面的挖掘与批判,比如鲁迅与陀思妥耶夫斯基;而另一些作家,则比较擅长于发现展示人性中善的一面,比如孙犁与屠格涅夫。相比较来说,周荣池更接近于后一类作家,相对擅长于对人性善的体会与书写。这一点,在这部《李光荣下乡记》中同样有着突出的表现。举凡捐资助学的儒商谢生林、商海拼搏的企业家陈佑欣、把一生都献给伊斯兰教的薛元中、一生培育桃李无数的乡村教师钱白平,甚至连同本来很可能斗成乌鸡眼的处于三角恋爱状态中的李光荣与薛小仙、杨树叶两位女性,全都以其善良无害的人性美给读者留下了鲜活难忘的印象。相对来说,其中最具代表性的,恐怕是薛元中与钱白平两位。

先让我们来看那个一心传教的薛元中。薛元中,是菱塘清真寺里影响最大的一位阿訇。阿訇,是波斯语的音译,意思大约相当于"教师"或"学者":"阿訇通熟《古兰经》与圣训,精通伊斯兰的种种法律与法规,并具备《古兰经》与圣训的真精神——做人的完美品德,以身作则,为人师表,劝善惩恶,品德高尚的穆斯林。"薛元中自己,毫无疑问正是如此一位切合阿訇要求的格外虔诚的穆斯林。然而,天生就身材特别矮小的薛元中,之所以能够成为一位令人格外尊重的阿訇,实际上还是颇费了一番周折的。薛元中出生于1947年,这个时候,这一支回民已经在菱塘生活了几百年。由于家境贫寒,他的父亲被迫入赘到一个姓崔的地主家,他自己因此而一度随母姓崔。1949年后,薛元中一家不仅搬回到回民湾,而且把姓也重新改为薛,但似乎一直没有被自己的同胞所接受。用叙述者的话来说,就是:"可是当他们回来的时候,他们似乎又回不来了。"然而,生性耿直的薛元中,面对生活的磨难却无论如何都不肯退缩。虽然只是读到初中便被迫辍学,他却仍然义无反顾地选择了"先读经后成为阿訇"这样一条艰难的人生道路。问题在于,尽管薛元中学成归来后如愿入寺,却仍然不怎么受待见。事实上,由不怎么受待见到最后终于成为一位受人敬重的阿訇,薛元中付出过常人难以想象的代价。一次,村民杨文敏家的母牛难产,兽医薛中银虽然及时赶到了杨文敏家,但因来得急没有带齐兽药。值此紧要关头,冒着急风暴雨主动前往畜牧站取药的,就是薛元中。到最后,由于及时取到了兽药,杨文敏家的牲畜保住了,薛元中却为此而付出了脚骨骨折的惨痛代价。就这样,在经过了这个事件之后,周围的人们很快改变了对他的看法:"对他而言,能不能做大家敬重的阿訇,并不是说要取得什么资质,比如说宗教部门的证书之类的。关键在于教民们能够认同他,认同他是一位德行合格的神职人员。人心的认可才能让这位一心认主独一的苦心人成为受人尊重的人,否则再纯正的血统,再高深的学养,自己心里总是过不了这一关的。"既然是德高望重的阿訇,那薛元中毋庸置疑是人性善的体现者。但必须强调的一点是,强调薛元中的人性之善,并不就意味着他人性深度的匮乏。只要我们认真地了解一下薛元中究竟是如何成为一位德高望重的阿訇的全过程,我想,我们就会知道人性善绝不意味着人性深度的匮乏与欠缺。

接下来,让我们来看那位真正可谓遍地桃李的乡村教师钱白平。钱白平的出场,与菱塘乡诗词之乡的建设活动紧密相关。由于李光荣被安排负责诗词之乡的建设这一方面的工作,所以自然而然地拥有了与钱白平接触的机会:"他去做这个诗词之乡创建工作的第一件事情不是去看什么古诗词,而是想着去拜访他们说的那位老人。那位叫钱白平的老先生,这名字一听就知道有世外高人的平淡与高深。"虽然说钱白平在早年曾经历经沧桑,饱经苦难,但所有这一切并未能摧毁他那"执着于善"的人生理念。说到人性的善,在钱白平老先生身上主要有三方面的具体表现。其一,钱白平虽然并不想成为一位诗人,他实际上一生都在执着于诗歌的写作:"他一辈子写诗大概也没有做诗人的目的,可是他的每一段经历都是一首天然去雕饰的诗。""和农民的生活秩序一样,只不过他在土地上播种的是另一种生命力顽强的种子,在这个古老国度生长了几千年的一颗风雅的诗歌种子。"其二,是"文革"中,面对着造反派强势威逼,钱白平以坚决的态度拒绝下跪:"但他的脾气仍然倔强,批斗的时候让他跪下,他觉得自己的膝盖跪国家跪父母,坚决不随便下跪。"正是他这坚决的"不跪",充分彰显出了一位乡村知识分子在那个非常时期的高贵人格。其三,是当拒绝拆迁的"钉子户"。钱白平所住的房子,是当地的第一间楼房。这一间楼房,铭记着钱白平人生中无数美好的记忆。但似乎就在突然间,就有人来说要拆掉他的楼房,以建设更新更高的高楼大厦。面对如此一种简直就是毫无道理的野蛮拆迁方式,钱白平老先生自然无法接受:"他并不是糊涂,也不是为了钱,可就是舍不得这田园风光的住处。他觉得自己这一辈子教了这么多的学生,这镇政府里的领导不少都是当年眼里的小孩子,总没有道理来拆老师的房子。于是,他就坚决不表态,就这样,这教了一辈子书的老先生一不小心成了'钉子户'。"三个细节,在充分表现出钱白平老先生精神风骨同时,也表现出了他的人性之善。对此,薛元中阿訇有着很是到位的理解:"薛阿訇讲这些,是自己切身的感受。他自己受钱先生的教益颇多,虽然自己所崇之教乃是伊斯兰教,与钱先生所奉传统其实也都是归于一个'善'字。一千年前回民来到这湖边定居下来,回汉和谐共处千百年,异乡人早就认此为故乡地,只因为和善的生活早就融入骨血之中,哪有什么他人外姓的偏见呢?"尽管说,薛元中阿訇所具体谈论的,是钱白平老先生内心世界中的"善",但倘若联系整部长篇小说细细想一想,这段话又未尝不可以被理解为是整部长篇小说《李光荣下乡记》的点睛之笔。

虽然说有了对于"流浪汉小说"结构模式的有效借鉴,有了地域风情的描摹展示,有了人性善的充分书写,周荣池的《李光荣下乡记》已经是一部相对优秀的长篇小说,但是,只要是熟知汪曾祺先生小说创作的朋友,就都知道,仅仅一个人性的善,实际上并不足以概括汪曾祺的小说创作。在充分书写人性善的同时,汪曾祺其实也写到了人性之恶。关于这一点,只要我们想一想汪曾祺杰出短篇小说《陈小手》结尾处那射向陈小手的枪声,就可以有一目了然地体会与理解。也因此,对于作家周荣池来说,仅仅有对人性善的书写,恐怕也还是不够的。我们真诚期待着,在今后的小说写作过程中,作家能够在人性恶的书写与透视方面有所突破。

注释:

①王春林《里下河作家群长篇小说创作略论》,载《小说评论》2015年第5期。

②③④周荣池《后记·自辩》,《李光荣下乡记》,第275页,江苏凤凰文艺出版社2017年5月版。

⑤⑥艾布拉姆斯《欧美文学术语词典》,第215、221页,北京大学出版社1990年11月版。

修白《金川河》：时间的河流与生命痛感记忆书写

迄今为止，我与作家修白只是偶然的一个机会打过一次照面。但仅仅只是这一次照面，修白就给我留下了极其难忘的印象。尽管关于修白的介绍一般都会特别强调她的小说家身份以及她在小说创作上所取得的成绩，但我的直觉告诉我这是一位骨子里充满着诗性的现代女性。关键在于，我的这种直觉如何才能够得到切实的证明。好在借助于百度，我终于找到了"江苏作家网"上《"诗歌大学"的王者气魄——2012年南京理工大学五月诗会全景记录》这一篇文章。文章中，白纸黑字地写着"从灵魂深处挚爱诗歌的女作家修白"这样一句话。如此一种真切的记述，从根本上证实了我直觉的准确性。依照我的阅读经验，如同修白这样骨子里充满诗性的女作家，假若要从事小说创作，她的小说文本所呈现的面貌，也会与那些寻常意义上的小说家有所不同。断片式，跳跃性，诗意盎然，主体印象式，篇幅相对短小，修白的小说从文体形式的层面上说，一定只可能与以上所罗列的这些修饰语发生紧密的内在关联。你既很难想象，竟然可以在修白这样的作家笔下读到完整且跌宕起伏的故事情节，你也很难想象，居然能够在修白这里读到卷帙浩繁如长江大河般一泻千里的鸿篇巨制。这一次，对长篇小说《金川河》（九州出版社

2017年5月版)的阅读,强有力地证明了我对修白直觉判断的准确到位。

虽然只有十五万字的篇幅,但修白《金川河》的叙事时间跨度长达数十年之久,从1937年抗战的全面爆发,一直写到了20世纪70年代的"文革"后期。如此一种篇幅,与这样的一种叙事时间跨度,二者相结合所导致的艺术结果,就必然是叙事速度的相对迅疾与跳跃。某种意义上说,修白的这部《金川河》确确实实地遵循了"有话则长,无话则短"的叙事原则。整部小说一共七章内容,其中,最简短的一章,即第六章《逃亡滇西》,所占的文本篇幅,不过只有十个页码。最长的一章,即最后的第七章《静默如哑巴的人》,篇幅也不过只有五十八页而已。无论篇幅长短,占据了文本中心地位的,事实上都是充满着主观色彩的人生片段与印象。与此同时,也正如我所预感到的,在叙事方式上,《金川河》采用了限制性的第一人称叙事方式。虽然我对修白的一无所知,但同样依据一种强烈的直感,我认为,在身兼第一人称叙述者功能的女主人公颉柏身上,非常明显地晃动着修白自己的影子,有着不容轻易否认的自传性。然而,一方面,由于第一人称叙事方式本身的限制性;另一方面,由于"我"(即颉柏)年龄幼小,所知有限,对于自己未曾经历过的往事无法展开叙述,所以,修白在第一个第一人称叙述者"我"(即颉柏)之外,又特别设定了第二个多少带有一些隐形意味的第一人称叙述者,这就是"我"也即颉柏的父亲。"当父亲越来越苍老,他的双膝已经不能支撑他高大的躯体自由行动的时候,他一个人枯坐在金川河岸边的老屋里。他不再具有一个年轻男人在一个家庭里的独裁和威望,当我们细小的声音挑战他权威的话筒时,他的暴戾已经化作老年人本能的温和。他每天能做的唯一有意义的事物便是书写那么一点点残存的记忆,一些片段。""我在收拾父亲那些落有尘埃的稿纸的时候,看到他熟悉的笔迹,他在二十世纪的笔迹是深蓝色英雄牌钢笔水留下的。他的尖细的圆头圆脑的蓝色水迹刚伸出爪子,就像乌龟的脑袋又突然缩了回去,像钩子一样蜷缩在硬壳下面,唯恐哪一只胳膊伸出去就退不回来。笔触之间透露出的信息,仿佛是苏联大清洗的时候,那些身居要职的官员临去上班的时候和家人缠绵而悲怆的告别。"借助于这样的叙事话语,在巧妙交代父亲也属于小说一位潜在叙述者的同时,也透露出了如下两方面的信息。其一,说父亲提供的记忆只是"一些片段",其实也是在暗示读者,自己的《金川河》这部长篇小说所采用的,是一种片段式呈示的艺术方式。其二,父亲那样一种刚刚伸出爪子却又马上像乌龟一样缩了回去的书写方式,所折射出的,毫无疑问,正是那个不正常的政治年代,给父亲的精神世界所造成的,那样一种唯唯诺诺、欲言又止的巨大精神创伤。从这个角度来说,修白用苏联时期的高官那样一种战战兢兢的状态来比拟说明父亲的精神状态,实际上还是非常准确到位的。当然,从小说叙事的完整性角度来说,因为有了父亲这样一位潜在叙述者的存在,就在很大程度上打破了"我"(即颉柏)叙事视野的局限,并使得整体意义上的《金川河》小说叙事最终成为可能。

尽管《金川河》的叙事时间跨度长达数十年之久,但修白所实际叙述的,也只是漫长历史记忆中的若干痛点而已。只不过,与那些事无巨细的历史叙述有所不同,修白的全部书写自始至终都在围绕着"暴力与反抗"这一隐秘的主题行进着。虽然说这种暴力从根本上来说乃是拜时代与社会所赐的结果,但它的具体呈现方式,是通过一个家庭内部围绕亲情生发出恩怨纠葛的书写方才得以充分实现的。比如,父亲对他自己二姑的辜负与"背叛"。谈论这一事件的前提,是抗战期间他曾经在二姑家有过不短的避难时间。那个时候,"二姑对他甚是娇宠,怕他再出远门遇上鬼子,丢了性命。便吩咐自己的儿子陪他玩,不让他走远"。仅一个细节,就写出了二姑对本家侄儿一片殷殷关切的拳拳之心。然而,问题在于,过了一些年之后,到了20世纪60年代初,身在云南的父亲突然收到了表哥寄来的一封信。"信中恳请他寄一斤粮票给他,因为二姑快撑不住,表哥不敢多要,只要一斤。"但就是这样一个可谓人命关天的要求,父亲竟然都没有能够满足,并且在事后对此追悔不已:"父亲一再跟我解释,他没有给表哥寄粮票的悔意。他说他真的是没有一斤粮票,他连表哥的信都没有回复。这是他终身遗憾的事情,这种遗憾伴随着后来的消息越发使他追悔莫及。"一方面,因为没有收到父亲的粮票,不仅气息奄奄的二姑很快就撑不住,就连逃亡到东北的表哥也未能寻觅到生路,"最终上吊自杀";但另一方面的一个事实是,叙述者"我"后来曾经一个偶然的机会在父母的旧影集里发现过半斤全国粮票。那么,事情的真相,到底是父亲实在找不出一斤粮票,还是他本来可以找得出一斤粮票却不愿意寄给二姑呢?答案其实是非常明确的,非不能也,实不为也。关键在于,父亲明明有能力给二姑他们寄一斤全国粮票,但为什么就是不作为呢?这个就必须联系父亲当时的具体处境做出解释了。"到了我对那段历史有了更深刻的解读的时候。我原谅并理解了父亲。一个在暴风中驶着一叶扁舟的人是没有能力救助他人的。人只有在自己开着机帆船的时候,才有能力拯救他人。像他那种身世复杂的人,想独善其身,只有躲进小楼成一统。"正因为唯恐一不小心就露出自己复杂身世的马脚,影响到自己的现实生存,所以父亲最后才彻底放弃了给二姑寄粮票的打算:"我忽然明白父亲当时没有给表哥回信的根源。他是怕故乡的牵连引导出他灰暗的身世,他竭尽所能地在这个世界上把自己清扫得没有根须和羁绊。稍有风吹草动,便噤若寒蝉。一路谨小慎微,方留得惊涛中一叶扁舟。"为了自保而没有给二姑寄粮票,不管这一斤粮票最后到底能不能起到救命的作用,反正在父亲这里,他是把这笔账记在了自己头上,并成为终生无法自我开脱的心结。就这样,仅仅只是借助于寄粮票这一细节,修白既把批判矛头尖锐地指向了隐身于父亲背后的那个畸形政治时代,更把这矛头对准了父亲自身,不无犀利地挖掘出了潜藏于父亲内心深处精神的软弱与怯懦。

在"我"的家族里,尽管与一向唯唯诺诺以求明哲保身的父亲形成鲜明对照,但同样承受着时代与社会所赐予的伤痛者,是"我"的大姑妈和二姑妈这两位女性。大姑妈人生悲剧命运的酿成与她不幸嫁了一位身为国军军官的丈夫紧密相关。在那个不正常的政治畸形时代,有一位已经远走台湾的国军军官丈夫,大姑妈自然在劫难逃。如同男人一样为生计曾经在码头上扛大包不说,"文命"时代被关牛棚,也无疑是她一种必然的命运遭际。但即使命运如此不堪,这位瘦弱的女性却还是凭借紧强的意志硬挺了下来:"大姑妈在一群男人堆里为什么没有死?她告诉我,她心里想着年幼的女儿,想着海那一边的男人。他说过,要我等他,为此,我什么苦都吃过,实指望今生还能相见,没有想到,这一等就是一生。"就这样,只是为了当年的一句承诺,大姑妈就硬生生地以自己充满苦难的生命守望了丈夫数十年之久,直到把自己彻底守望成为一座名副其实的"望夫石"。大姑妈悲剧的一生中,唯有大女儿幼时的意外夭折一事,令她终其一生都不肯原谅自己弟弟的冷酷无情。大女儿的意外夭折,缘于她高烧不退。政府好不容易给了大姑妈一份免费的青霉素针剂,未曾想到,这一份格外难能可贵的针剂,却因为卫生站一对青年男女的谈恋爱调情而玩忽职守,不慎全部撒到了地面。针剂撒了,高烧不退的孩子最终不幸地亡故在了大姑妈的怀抱里:"但是,这个我从未见过的大表姐没有被大姑妈的怀抱融化并变软过来。她就一直那么坚硬地挺在母亲的怀抱里。一任大姑妈讲什么动听的故事,什么狐仙生出一对美丽的翅膀飞到云彩上做客的故事,她也不肯张开眼睛,不肯再微笑一下。她像平时在睡梦中那样恬静、安详,与她年龄极不吻合地安详。"在那个缺医少药医疗条件有限的时代,一个无辜的幼小生命,就这样因为医务人员的玩忽职守而不幸离开了母亲。但相比较来说,更令人倍感痛心的,是惨剧发生后大姑妈的弟弟,也即"我"的父亲的异常反应。大姑妈本以为能够从最亲密的弟弟这里得到相应的心理安慰,但"意外的是,父亲没有安慰自己的姐姐。更没有带她去山林走走,让她独自洒一会儿伤心的泪水,让她祭奠一下这个无辜的孩子。父亲不屑地说,不就是一个丫头片子吗?一个丫头丢掉算了。父亲永远不知道他的这句话,伤了大姑妈一辈子的心。"为此,大姑妈长期对"我"的父亲耿耿于怀,一直到99岁高龄辞世的时候,她都不肯原谅父亲。如果说拒绝给自己的二姑寄粮票的行为尚且可以从畸形时代那里找到相关理由,那么,对于早夭外甥女的过于漠然,我们却无论如何都无法替父亲找到相应的遁词了。除了从中国传统的重男轻女思想那里可以寻找到令父亲如此冷漠的一点原因之外,他的行为恐怕在任何人那里都无法求得理解和原谅。在惊叹于一种重男轻女的旧传统竟然可以让一个人变得如此冷、漠淡然的同时,我们更惊叹于修白通过这一细节对父亲这一人物内心世界某种可怕的心灵黑洞的强有力揭示。

较之于大姑妈的不幸命运更为悲惨的,是二姑妈和她的女儿伊表姐的充满悲剧命运。二姑妈一家的悲剧命运,同样与她所出嫁的那个婆家脱不开干系。虽然说对于盐业老板家这个没有文化的粗鄙儿子,祖父祖母未必满意,但他们根本不可能预料到,正是这门匆匆忙忙定下来的婚事,在后来漫长的岁月里竟然给自己的女儿一家带来了无穷的耻辱。先是在1949年之前的土地改革时期:"土地改革的时候,我的二姑妈和她的婆家人无一遗漏地被农会分子们揿了出来,揭发,轮番批斗。""二姑妈和她的婆婆被五花大绑地出现在戏台上。一些人簇拥着她们,在围观这些平时足不出户的小脚女人。村民们好奇这些女人的样子,批斗她们的人换了一批又一批,二姑妈的脸色死灰一般,她从来没有见过这么多人,更不会以这样的方式抛头露面。"与二姑妈她们一同受到折磨的,是她的女儿、当时尚且年幼的伊表姐:"伊表姐蜷缩在人群后面的秸秆里,她恐惧地看着台上的母亲和祖母,她还小,闹不明白她们在演什么戏,她只是看见母亲和祖母不断地挨打,挨骂,被踢,被踩。"虽然说伊表姐只是在台下观看着母亲与祖母她们被批斗,但毫无疑问的是,这样一种惨烈的场景,将会在她幼小的心灵世界打下难以消除的负面悸影与烙印。若非"我"的祖母及时地想方设法把二姑妈和伊表姐她们母女俩冒险抢救出来,她们很可能早就命丧他乡了。然而,历史总会有惊人相似的一面再次出现,任谁都不可能预料到,二姑妈她们的人生劫难却并未到此了结,很多年之后的"文革"期间,差不多相同的遭遇竟然会再一次不幸地降临到她们母女身上。这一次的主要原因,落到了伊表姐身上。因为伊表姐的丈夫是一位地主的儿子:"我的伊表姐就是在那个河水上涨的夜晚,梦正在月亮背后飞行的时候,被震耳的敲门声惊醒,睡眼迷蒙中,冲进来一批穿大头皮鞋的人,大头皮鞋用手铐和绳子把她新婚的丈夫捆个结实带走了。她的丈夫是地主的儿子,地主的儿子还没有来得及和她说一句告别的话,眨眼间就消失了。"接下来出现的,就是那个时代司空见惯的游街示众场景了:"我的伊表姐步履蹒跚,腹中怀了六个月的身孕,她的头谦恭地下垂到凸起的肚子上。她的身边跟着她的母亲,我的二姑妈,这两个女人被戴袖章的人前后管着,跟在一辆卡车的后面示众,卡车上的男人正是我的表姐夫……"修白是一位特别善于使用细节来传情达意的作家。关于二姑妈一家的命运悲剧,她所巧妙使用的,就是父母双全的大表哥竟然在孤儿院长大这一细节:"一定不是为了划清和父亲的界限,大表哥才去孤儿院生活。没有哪个亲生父母愿意把自己的孩子送到孤儿院。也没有哪个小孩愿意离开家庭。当然,更没有孤儿院会接受父母双全的孩子。大表哥为什么去了那里,家里是用了怎样的方法让他去了那里?我在成年以后才略知一二,真是一言难尽。"大表哥到底为什么去孤儿院?他究竟采用什么办法去了孤儿院?修白在文本中到最后也没有给出明确的交代,而是留下了令人填充的空白。然而,与大表哥在孤儿院长大紧密相关的一个耐人寻味的细节却是,到后来,"他如愿考取南京大学,在天文系念书。"只要对那个不正常的时代略有所知,我们就不难理解,大表哥最后的命运归宿与他的孤儿院出身之间所存在的内在隐秘关联。

尤其值得注意的一点是,"我"的家族中,不仅父辈的生命记忆中因为历史暴力的存在而饱经沧桑,即使是身兼叙述者功能的第一人称叙述者"我",在自己的生命历程中竟然也同样充满着与暴力紧密相关的痛感记忆。尤其令人不可思议的一点在于,"我"的生命痛感记忆,竟然来自自己的亲生母亲:"母亲的口头禅是人嘴两块皮,翻过来倒过去都是它。既然人嘴是这个样子,人嘴就可以创造世界。你这个阴死鬼,像你大姑妈一样。她的手指头指着我的鼻子敲我的脑袋。这个时候的大姑妈俨然成了她嘴里的魔鬼。母亲有儿子,自己是红军的后代。她在气愤的时候,会不断咒骂我。我躲在小屋子里以沉默对待她的咆哮。大姑妈以沉静面对她的咒骂。她能够不沉静吗?世界允许她像母亲一样喧哗?她是多么卑微,她用卑微裹藏住自己最后的尊严,她以无边的沉静来面对母亲的喧嚣。如果她也像母亲一样咆哮,我相信,她的咆哮一定会成为万妈妈之流的利剑,这利剑足以戳碎她赖以存在的肉体。"一般情况下,母女之间的感情应该是相对要好的。退一步说,也不至于如同《金川河》中的颉柏母女这样搞到势不两立剑拔弩张的地步。一方面,母亲总是会差使"我"去干包括买菜在内的各种杂务;另一方面,她却又总是对"我"所干的杂务挑三拣四地表示强烈不满。一旦不满,她就会开始无休无止地咒骂:"不仅仅是菜买得不好,什么都不好,做什么骂什么。"而且,母亲对"我"的咒骂总会连带着辐射延伸到大姑妈与二姑妈她们身上:"祖母一家的女人以及我,都是她天生的敌人。她没有这些敌人,就不能强大,不能独占父亲一个人的爱。她用各种谗言和心机把这个沉默的不会说谎的男人欺骗了一辈子,把他永远地从母亲、姐妹和女儿的世界中隔开了。"然而,试图独占父亲的爱,只是导致母亲一贯咒骂"我"以及大姑妈与二姑妈她们原因的一个方面。相比较而言,更重要的原因恐怕在于母亲心态的严重失衡。具体来说,母亲心态的失衡与她的婚姻选择存在着无法剥离的内在关联:"她不顾世俗车轮的追堵,没有犹豫地嫁给地主老财家的小少爷。在胜利的呼声中回味过来的红军外祖父甚至拿着缴获的鬼子的手枪顶住她的太阳穴,命她回头。那时,她是地主老财家的小崽子班上的学生,学生变成女粉丝的时候,女粉丝就不怕子弹了,子弹击穿了门板,女粉丝没有被子弹吓退。她像外祖父在战场上一样骁勇,机智地搭上一辆去缅甸的军车。在她的逃亡路上,我茫然无知地被她孕育,然后出生。"然而,当年凭着一腔冲动背叛家庭嫁给地主老财家少爷的母亲,根本就不知道地主老财这一社会身份在未来的时代将会给自己造成怎样的负面影响。等未来的社会变成现实的时候,她才发现自己其实已经别无选择地找不到退路了。也因此,在她对于"我"及大姑妈、二姑妈她们的咒骂与不齿背后,实际上隐含着一种不容忽视的精神失衡问题。如此一种精神失衡,与父亲早已深入骨髓的重男轻女观念,再加上试图独占父亲的爱,以上三种因素叠加在一起的最终结果,就是母亲以咒骂的形式施加到"我"身上的那些家庭暴力。

面对着母亲简直就是毫无来由的无休无止的咒骂,"我"之所以能够坚忍地生存下来,一方面固然来自大姑妈以及大伯他们必要的呵护;但在另一方面,也是更重要的一点,恐怕是"我"对母亲一种静默无声的坚决反抗:"被她罚跪在院子里,我跪在冰冷的地上想,我要造反,我要离开她,去一个没有纷争、没有谗言、不被人欺负的地方。可是,哪里有这样一个角落呢?我第一次意识到,做一个女孩子是多么悲哀。""是对抗还是柔软地反抗,一定有一个支撑的底线。那个瘦弱的小孩没有支撑,她不能反抗。但是,她有记忆,金子一样的记忆,这些强大的记忆像滚滚洪流,会不断地涌出水面淹没我、裹挟我。我看到,在记忆里面,现实与虚构难以分解,遗忘从虚构的河流中浮出水面。那些暗流,总是在沉寂的黑夜中,纷纷扬扬地浮出水面。它们喧嚣、咆哮,冲破惯有的寂静。"面对着强大的母亲,弱小如"我"者当然无法直接对抗,但正所谓柔能克刚,滴水穿石,当"我"坚持着以书写的方式写出自己那充满痛感的记忆的时候,这种书写行为本身,就已经构成了对于母亲这样的家庭暴力及潜藏于家庭暴力之后的历史暴力的柔性反抗。

"1970年的夏天模糊而漫长,日光像白霜一样战栗。清晰的镜像是穿大头鞋的户籍警来查户口。我和弟弟正在地上玩耍,母亲紧张而惶恐地在箱子的衣服里搜寻那唯一能证明我们身份的户口簿,如果找不到这本户口簿,我们在大地上的生存就显得荒谬。"活生生的人无法证明自己的存在,只有那户口簿才能证明自己的存在,小说开头处的如此一种书写,就已经从根本上凸显出了小说的根本矛盾将发生在个体生存与外在的规则之间。这样一部具有相对长叙事时间跨度的长篇小说,之所以被命名为"金川河",从写实的角度看,当然是因为南京的确存在着这样一条河流;但从象征的角度来看,其中隐含有一种孔子层面上"时间的河流"的意蕴,却又是显而易见的一个事实。在这样的意义层面上,我们完全可以把修白的《金川河》理解为一部在时间的河流里借助于痛感记忆书写以对抗历史暴力的优秀长篇小说。